मौत का सफर

जेम्स हेडली चेइज़

डायमंड बुक्स

प्रकाशक : **डायमंड पॉकेट बुक्स (प्रा.) लि.**
X-30 ओखला इंडस्ट्रियल एरिया, फेज-II
नई दिल्ली-110020
फोन : 011-40712200
ई-मेल : sales@dpb.in
वेबसाइट : www.diamondbook.in
मुद्रक : रेप्रो (इंडिया)

Maut Ka Safar

James Hadley Chase

मौत का सफर

1

फेनर ने अपनी एक आंख खोली और प्यूजा डोलन की ओर घूमकर देखा। उसका घुंघराले बालों वाला सिर ऑफिस के दरवाजे की ओर घूम गया। उसने सिर झुकाकर प्यूजा के प्रति सम्मान प्रदर्शित किया और फिर आराम से अपनी रिवाल्विंग चेयर पर बैठ गया। उसने अपने बड़े-बड़े पैर ब्लाटिंग पैड पर बड़े आराम से टिका लिए। फिर उसकी रिवाल्विंग डेक्स चेयर खतरनाक ढंग से 45 अंश के कोण पर झुक गई। उसने ऊंघते हुए कहा– 'भाग जाओ बेबी। मैं तुम्हारे साथ फिर बात करूंगा। इस समय मैं कुछ सोच रहा हूं।'

प्यूला ने अधखुले घूमने वाले दरवाजों को घुमाया और डेस्क के पास आकर बोली– 'तुम्हारा एक ग्राहक बाहर बैठा है।'

फेनर धीरे से बोला, उससे कह दो कि इस समय वह चला जाए। हम व्यापार के सिलसिले में ओटा जा रहे हैं। प्यूजा, में कभी-कभी इसी बहाने सो लेता हूं। क्यों ठीक है न?'

'तुम्हारा बिस्तर किसी काम आ सकता है?' प्यूजा ने जल्दी से कहा।

इस तरह की बातें मत पूछों– 'फेनर ने अपने आपको कुर्सी में संभालते हुए धीरे से बड़बड़ाकर कहा।

प्यूजा ने अनुनय भरे स्वर में कहा– 'उसे एक बार देख तो लो, वह प्यार का सुंदर फूल है, जो बाहर बैठी तुम्हारी प्रतीक्षा कर रही है। शायद अपने दुःख और शोक को तुमसे मिलकर बांटना चाहती है।'

फेनर ने पुनः एक आंख खोली– 'वह क्या चाहती है? शायद कुछ चंदा मांगने आई हो?'

प्यूजा डेस्क के किनारे पर बैठ गई। 'कभी-कभी मुझे आश्चर्य होता है कि तुमने यह प्लेट अपने मकान के दरवाजे पर क्यों लगाई? क्या तुम काम नहीं करना चाहते?'

फेनर ने सिर हिलाया– 'नहीं, मैं इस समय किसी की कोई सहायता नहीं कर सकता। हम सभी किसी-न-किसी परेशानी में घिरे हैं। ऐसी स्थिति में हम एक-दूसरे की क्या सहायता कर सकते हैं। हमें जीवन के हर दुःख-सुख को सहज भाव से लेना चाहिए।'

'तुम सही रास्ते पर जा रहे हो। यह रास्ता वैसा ही है, जैसा तुम महसूस करते हो।' प्यूजा ने डेस्क पर खिसकते हुए कहा।

'एक मिनट ठहरो प्यूजा।' फेनर ने कहा और फिर तैयार होने लगा। उसने अपने सिर पर हैट लगाया और फिर उसे आगे को खिसकाकर बोला– 'क्या वह वास्तव में प्यार का फूल है?'

प्यूजा ने 'हां' में सिर हिलाया और बोली– 'मेरा ख्याल है वह किसी परेशानी में है।'

'ठीक है, उसे अंदर भेजो।'

प्यूजा ने दरवाजा खोलकर पूछा– 'क्या तुम अंदर आओगी?'

एक आवाज उभरी– 'धन्यवाद।' और फिर एक युवती ने ऑफिस में कदम रखा तथा फेनर को अपनी बड़ी-बड़ी आंखों से देखती हुई धीरे-धीरे चलती हुई प्यूला के पास आ खड़ी हुई।

वह सामान्य से अधिक लंबी-पतली और नाजुक थी। उसकी टांगें लंबी, लेकिन हाथ और पांव छोटे-छोटे-से थे। उसका सीना बहुत ही उभरा हुआ था। उसके बाल काले रिबन के साथ उसके हैट में बारीकी से मुड़े हुए थे। उसने दो तरह के कपड़े पहने हुए थे, जिनके कारण वह अत्यधिक भरपूर जवान दिखाई दे रही थी। लेकिन वह बहुत ही भयभीत दिखाई दे रही थी।

प्यूजा उसकी हिम्मत बंधाने के लिए मुस्कराई और फिर बाहर चली गई। बाहर जाते हुए उसने दरवाजा अच्छी तरह से बंद कर दिया।

फेनर अपने पैर डेस्क पर रखकर खड़ा हो गया– 'बैठो, और बताओ कि मैं तुम्हारे लिए क्या कर सकता हूं?'

उसने अपने डेस्क के सामने पड़ी खाली कुर्सी की ओर इशारा किया।

युवती ने सिर हिलाकर कहा– 'मैं थोड़ी देर खड़ी रहना चाहती हूं। मैं यहां बहुत देर तक नहीं रुक सकती।'

फेनर अपनी रिवाल्विंग चेयर पर बैठ गया और उसे तसल्ली देते हुए बोला– 'तुम इसे अपना ही घर समझो। तुम बहुत थकी हुई लग रही हो। तुम मुझसे बहुत कुछ कहना चाहती हो। इत्मीनान से बैठकर बताओ।'

वह जानता था कि युवती रहस्यपूर्ण नहीं है। यदि कोई रहस्य है तो केवल यह कि वह उसके संबंध में कुछ भी नहीं जानता।

युवती की आंखें असहज थीं। उसने बहुत ही कसी ब्रेजरी पहन रखी थी। लगता था उसकी उभरी हुई छातियां उस ब्रेजरी को फाड़कर बाहर आने के लिए बेचैन हैं।

युवती ने कहा– 'मैं आपसे अपनी बहन की तलाश कराना चाहती हूं। उसके लिए बहुत ही चिंतित हूं। इसके लिए आप क्या पारिश्रमिक लेंगे?'

'लगता है तुम्हें पारिश्रमिक की कोई चिंता नहीं है। फिर भी तुम जरा इत्मीनान से बैठ जाओ और फिर मुझे सारी बात बताओ। पहले तो तुम यह बताओ कि तुम कौन हो? तुम्हारा परिचय क्या है?'

तभी पास रखा टेलीफोन चीख उठा। उसकी चीख सुनकर लड़की चौंक पड़ी। उसने जल्दी-जल्दी अपने दो सुंदर कदम फोन की ओर बढ़ाए और फिर उसकी आंखें धुंधली होकर फैल गईं।

फेनर ने कहा— 'एक पल के लिए मुझे क्षमा कीजिएगा।' और फिर उसने रिसीवर उठाकर कहा— 'यस।'

टेलीफोन की लाइन शायद कई जगह से खराब थी। थोड़ी देर बाद किसी ने बहुत ही कोमल स्वर में कहा— 'फेनर।'

'जी...।'

'फेनर एक लड़की तुमसे मिलने और कुछ बातचीत करने आ रही है। तुम उससे जरूर बात करना। मैं चाहता हूं कि जब तक मैं तुम्हारे ऑफिस न पहुंच जाऊं, तुम उसे बातों में व्यस्त रखो। मैं तुम्हारे ऑफिस के रास्ते में ही हूं।'

फेनर ने एक नजर उस युवती पर डाली और धीरे-से बोला— 'नहीं, मेरी उससे अभी तक मुलाकात नहीं हुई।'

'खैर सुनो, एक लड़की तुम्हारे पास आएगी और अपनी बहन के खो जाने की कहानी तुम्हें सुनाएगी। जब तक मैं तुम्हारे ऑफिस में आऊं, तुम उसे रोके रखो। वह अपना धीरज खो बैठी है। वह यहां कल ही आई है। इस समय तुम्हारे ऑफिस की ओर गई है। उसे मेरे पहुंचने तक रोके रखो।'

फेनर ने अपना हैट नाक की ओर झुकाकर पूछा— 'वहां कहां से आई है?'

'मैं तुम्हारे पास आकर विस्तार से सब कुछ बता दूंगा। यदि तुम यह काम कर दोगे, तो तुम्हें तगड़ा पारिश्रमिक मिलेगा।'

फेनर ने कहा— 'ओ.के. आ जाओ।'

युवती ने कांपते हुए पूछा— 'क्या वह यहां आ रहा है?' वह अपने हाथ में पकड़ा बैग संभाल नहीं पा रही थी। उसका बैग उसके स्कर्ट पर ऊपर-नीचे हो रहा था।

फेनर ने रिसीवर रखकर धीरे से 'हां' में सिर हिला दिया।

युवती ने एक पल के लए अपनी बड़ी-बड़ी आंखें बंद कर लीं और फिर वह एकदम लिड्स की गुड़िया की तरह मुड़ गई और निराशा भरे संवर में बोली— 'किसी को विश्वास दिला पाना बहुत कठिन है।' और यह कहकर उसने अपना बैग डेस्क पर रख दिया और दस्ताने उतारने लगी।

फेनर ने उसकी ओर देखते हुए अपना हाथ फोन पर रख दिया।

युवती ने अपना कोट उतार दिया और सिसकी भरकर थर-थराती उंगलियों से अपना ब्लाउज उतारने लगी।

फेनर ने एकदम खड़े होकर कहा— 'नहीं-नहीं, ऐसा मत करो। मुझे तुम्हारे केस में दिलचस्पी है। मुझे किसी प्रमाण की आवश्यकता नहीं है।'

युवती एक लंबी सांस भरकर फिर कराही और फेनर की ओर झुक गई। उसने अपना ब्लाउज उतारकर फेंक दिया और झपटकर फेनर का हाथ फोन से हटा दिया।

उस युवती की पीठ पर चोट के उभरे हुए निशान स्पष्ट दिखाई दे रहे थे। उसकी कमर पर उंगलियों के नीले-नीले निशान उभरे हुए थे।

कुछ पल के बाद युवती ने अपना ब्लाउज पहन लिया। उसके बटन लगाए और फिर अपना कोट भी पहन लिया।

उसने फेनर की ओर आंखें फैलाकर देखते हुए कहा— 'क्या तुम अब विश्वास करोगे कि मैं वास्तव में संकट में हूं?'

फेनर ने अपना सिर हिलाया— 'तुम ऐसा मत सोचो। तुम मेरे पास सहायता मांगने आई हो। तुम्हें अब भयभीत होने की आवश्यकता नहीं है। तुम मुझे इस तरह क्यों देख रही हो?'

वह अपने निचले होंठ को काटती हुई वहीं खड़ी रही। फिर उसने अपना बैग खोलकर नोटों की एक गड्डी निकाली और उसे डेस्क पर रखते हुए बोली— 'क्या तुम वकीलों की तरह फीस लोगे?'

फेनर ने अपनी पतली उंगलियों से नोटों की गड्डी को छुआ। वह नोटों को गिने बिना निश्चित रूप से कुछ नहीं कह सकता था। उसने अनुमान लगाया कि इस गड्डी में छह ग्रांड से कम रुपए नहीं हैं। उसने धीरे-से गड्डी उठा ली और युवती को वहीं बैठने के लिए कहकर दरवाजे की ओर बढ़ गया।

प्यूला टाइपराइटर के पास बैठी थी। उसके हाथ उसके होंठों पर थे और आंखें फैली हुई थीं।

फेनर ने धीरे-से कहा— 'प्यूला, जल्दी से अपना हैट ले लो और इस लड़की को लेकर 'बाल्टीमोटर होटल' में चली जाओ। वहां एक कमरा ले लेना और इस लड़की को अच्छी तरह समझा देना कि यह उस कमरे से बाहर न निकले। नोटों की गड्डी ले जाओ। इसे कमना दिलवाने के बाद बाकी रुपए बैंक में जमा कर देना। इसके विषय में सारी जानकारी प्राप्त करने की कोशिश करना और इसे तसल्ली दिलाना कि घबराने की कोई जरूरत नहीं है। मैं इसकी निगरानी कर रहा हूं। सचमुच यह कुछ दुष्ट लोगों के फंदे में फंसी हुई है। यह सचमुच संकट में है और इतनी बड़ी हो जाने पर भी एक नन्हीं और मासूम बच्ची की तरह है। इसे आज भी मां के संरक्षण की आवश्यकता है।

प्यूजा को सारी बातें अच्छी तरह समझाकर फेनर फिर अपने ऑफिस में चला गया।

'तुम्हारा क्या नाम है?' उसने युवती से पूछा।

युवती ने अपने दोनों हाथ एक साथ हिलाकर पूछा— 'क्या मुझे यहां से जाना चाहिए।'

फेनर ने उसकी दोनों बांहें थामकर कहा— 'मैं तुम्हें अपनी सेक्रेटरी के साथ बाहर भेज रहा हूं। वह तुम्हारी देखभाल करेगी। तुम्हारा नाम क्या है?'

'मेरिना डेली।' युवती ने उत्तर दिया और फिर जल्दी से थूक निगलकर बोली— 'मुझे कहां जाना होगा?'

तभी अपने दस्तानों को खींचकर ठीक करती हुई प्यूला अंदर आ गई। फेनर ने युवती से कहा— 'तुम प्यूजा के साथ जाओ। पिछले रास्ता से जाना और अपने संबंध में किसी को कुछ मत बताना।'

मेरिना डेली ने हल्की-सी मुस्कराहट के साथ कहा— 'मुझे खुशी है कि मैं तुम्हारे पास चली आई। तुम देख रहे हो कि इस समय मैं कितने संकट में हूं। इसी तरह मेरी बहन भी संकट में है। उसे उन बारह चीनियों से क्या मिल सकता है?'

'मुझे सोचने दो मेरिना—।' फेनर ने दरवाजे की ओर बढ़ती हुई युवती से कहा— 'हो सकता है उसे चीनी पसंद हों। इस संबंध में तुम अधिक मत सोचो।'

जब मेरिना डेली सेक्रेटरी प्यूजा के साथ एलीवेटर की ओर बढ़ गई, तो फेनर अपने ऑफिस में लौट आया। उसने धीरे-से दरवाजे बंद किए और अपने डेस्क के पास आ बैठा। उसने ऊपर वाली दराज खोलकर विशेष रूप से पुलिस के लिए बनाया गया रिवाल्वर निकाल लिया था और फिर एक बंदूक निकलकर डेस्क के पीछे सैट कर दी। उसने अपनी आंखें फिर मूंद लीं और पांव डेस्क के ऊपर रख लिए।

वह दस मिनट तक इसी तरह बैठा रहा और मन-ही-मन योजनाएं बनाता रहा। उसके सामने उस समय मुख्य रूप से तीन प्रश्न थे— 'छह हजार डालर, युवती की पीठ पर उभरे हुए चोट के निशान और बारह चीनी।' वह सोच रहा था कि इस युवती ने उसे यह क्यों नहीं बताया कि इन बारह चीनियों में से ही किसी ने उसके कपड़े उतारने पर मारा था। उसने बारह चीनियों का नाम क्यों लिया? उसने यह क्यों नहीं बताया कि वह बारह चीनियों से क्या चाहती थी? वह बुरी तरह घबराई हुई थी, फिर भी नार्मल थी।

उसने अपनी आंखें खोलीं और डेस्क पर रखी क्रोमियम की घड़ी की ओर देखने लगा। उस युवती को गए हुए बारह मिनट हो चुके थे।

तभी उसे लगा कि वह इस केस पर पूरा ध्यान नहीं दे रहा। उसका आधा दिमाग इस केस में उलझा हुआ था और आधा दिमाग उन सीटियों को सुन रहा था, जो कॉरीडोर में कोई बजा रहा था।

वह झुंझला उठा और फिर वर्तमान केस के बारे में सोचने लगा— 'मेरिना डेली कौन है? इसके तो कोई संकेत नहीं कि वह किसी धनी-संपन्न घराने की लड़की है, क्योंकि उसके कपड़े अत्याधिक मूल्यवान नहीं थे।'

तभी बाहर कॉरीडोर में सीटी बजनी बंद हो गई और कोई धीम-धीमे गुनगुनाने लगा। उसने उस धुन को सुनने की कोशिश की और फिर स्वयं भी उस धुन को गुनगुनाने लगा। उसे लगा शायद धुन गुनगुनाने वाले व्यक्ति के साथ कोई दुखद घटना घटी है।

फिर बाहर धीरे-धीरे गाने की आवाज आने लगी। गाने वाला अपनी उंगलियों से अपनी हथेली पर ताल देते हुए गा रहा था।

अचानक उसे लगा जैसे कोई बच्चा निरंतर सीटी बजा रहा हो और तभी उसे बाहर से दो रहस्यमयी आवाजें सुनाई दीं।

फेनर ने धीरे-से डेस्क पर से अपने पैर हटा लिए और फिर धीरे-से कुर्सी पीछे सरका दी। दर्द-भरी धुन अभी भी सुनाई दे रही थी। उसने अपने दोनों हाथ कोट की जेब में डाल लिए। 38 प्वाइंट का रिवाल्वर उसके कोट की दाईं जेब में पड़ा था। उसके ऑफिस के अंदर आने का एक ही रास्ता था, जो बाहर के ऑफिस से होकर आता था। उसके ऑफिस में भी बाहर निकलने का एक ही दरवाजा था, जो उसने बंद कर रखा था। यह दरवाजा ब्लॉक के पिछवाड़े खुलता था और उसी दरवाजे के बाहर से सीटी की आवाज आ रही थी।

वह दरवाजे के पास ला गया। उसने धीरे से ताले में चाबी घुमाई। कोहरे के ढके चकड़े के टुकड़े पर पड़ती हुई अपनी परछाईं को सावधानी से हटाते हुए उसने धीरे-से दरवाजा पकड़ा और बड़ी सावधानी से उसे जैसे ही खोलने लगा कि सीटी की आवाज एकाएक बंद हो गई। वह कॉरीडोर में चला गया। उसने ऊपर-नीचे देखा, वहां कोई नहीं था। वह तेजी से चलता हुआ सीढ़ियों पर पहुंचा और फिर दीवार के पीछे की ओर झांकने लगा। वहां भी कोई नहीं था। वह हैरानी में डूबा कॉरीडोर की दूसरी ओर चला गया। उसने दीवार से झांककर देखा। उसे वहां भी कोई दिखाई नहीं दिया।

उसने अपना हैट नाक की नोक की ओर खींच लिया और एक ओर खड़ा होकर सुनने की कोशिश करने लगा। उसे सड़क पर ट्रैफिक की धीमी आवाज सुनाई दे रही थी। इसके अलावा केवल एलीवेटर की दर्द-भरी चीखती हुई आवाज सुनाई दे रही थी, पर फिर अपने सिर के ऊपर दीवार पर लगी घड़ी की टिकटिक सुनाई दे रही थी। वह धीरे-धीरे चलता हुआ अपने ऑफिस में वापस आ गया और खुले हुए दरवाजे में खड़ा हो गया। उसकी नसों में तनाव आ गय था।

और फिर जैसे ही उसने अंदर जाकर दरवाजा बंद किया, सीटी की आवाज फिर से आने लगी।

उसकी आंखें स्याह पड़ गईं वह ऑफिस से फिर बाहर निकल आया। उसके हाथ में 38 प्वाइंट का रिवाल्वर था। वह कॉरीडोर में जा खड़ा हुआ और बड़बड़ाने लगा।

उसने देखा एक छोटे कद का ठिगना आदमी स्याह रंग का शानदार सूट पहने विजिटर्स के लिए रिजर्व गद्देदार कुर्सी पर कुर्सी की गद्दी मोड़े बैठा था। उसका हैट आगे की ओर इतना झुका हुआ था कि फेनर उसका चेहरा नहीं देख पाया। लेकिन वह उसे देखते ही यह जरूर समझ गया कि वह आदमी मर चुका है। उसने अपना रिवाल्वर संभाला और उसकी ओर बढ़ गया। उस आदमी के पीले-पीले, छोटे-छोटे हड्डीदार हाथ उसकी गोद में रखे थे।

फेनर ओर आगे बढ़ा और उस आदमी के सिर पर से हैट खींच लिया।

बहुत ही भयानक दृश्य था। उस चीनी आदमी का किसी ने गला काट दिया था। दाहिने कान की ओर से एक आधी गोल लकीर बाएं कान की ओर बड़ी सफाई से चली गई थी और कटे सिर को बड़ी सफाई से सिल दिया गया था। वह चीनी आदमी किसी दुखद स्वप्न की तरह दिखाई दे रहा था।

फेनर ने अपना रूमाल निकलकर मुंह साफ किया और फिर धीरे-से बोला— 'कितना मनहूस है आज का दिन।'

अभी वह उस लाश के पास खड़ा-खड़ा यह सोच ही रहा था कि अब उसे आगे क्या करना चाहिए, तभी टेलीफोन की घंटी बज उठी। वह फोन के पास चला गया। उसने लाइट का स्विच ऑन किया और फिर रिसीवर उठा लिया।

उसे दूसरी ओर से प्यूज़ा की घबराई हुई आवाज सुनाई दी— 'देव, वह लड़की न जाने कहां चली गई। जैसे ही 'बाल्टीमोर होटल' में पहुंचे, वह अचानक न जाने कहां गायब हो गई।'

फेनर ने अपनी ठोड़ी उंगली से बजाते हुए कहा— 'तुम्हारा मतलब क्या है, उसे कोई उड़ा ले गया?'

'नहीं, वह मेरे पास यहां कमरे में डेस्क के पास बैठी थी। फिर जैसे ही मैंने दूसरी ओर देखा वह घबराकर उठी और तेजी से बाहर निकल गई। मैंने उसे सड़क पर जाते हुए देखा और जब तक मैं सड़क पर पहुंची, वह गायब हो चुकी थी।'

'और रुपए के बारे में तुम्हारी क्या राय है? क्या वे भी चले गए?'

'जी नहीं, वे पूरी तरह सुरक्षित हैं। वे बैंक में हैं। लेकिन मुझे अब क्या करना चाहिए? क्या मैं वापस आ जाऊं?'

फेनर ने चीनी आदमी पर एक नजर डालकर जल्दी से कहा— 'नहीं, तुम बाल्टीमोर होटल के चारों ओर ध्यान रखो और दोपहर का खाना वहीं होटल में खा लो। मैं स्थिति स्पष्ट होने पर आऊंगा। अच्छा अब मेरे पास मेरा एक ग्राहक आ गया है।'

'लेकिन देव, उस लड़की के बारे में क्या विचार है? क्या यह अच्छा नहीं होगा कि तुम इसी समय चले आओ।'

फेनर में अब बिलकुल भी धीरज नहीं रह गया था। उसने जल्दी से कहा— 'मैं ऑफिस से आ रहा हूं। यह बहुत ही उलझा हुआ मामला है प्यूला।' और फिर उसने रिसीवर क्रेडिल पर पटक दिया।

उसने सीधे खड़े होकर उस चीनी पुरुष पर एक नजर डाली।

* * *

प्यूला बाल्टीमोर होटल में तीन बजे से भी अधिक रुकी रही। वह सवा तीन बजे तक तनाव में घिरी बैठी रही। सवा तीन बजे के बाद फेनर वहां पहुंचा। मानसिक तनाव के कारण उसकी भौंहें टेढ़ी हो गई थीं और आंखें कठोर तथा ठंडी हो गई थीं।

वह अपने कोट को खींचते हुए उसके पास वाली कुर्सी पर अधलेटा-सा बैठ गया और बोला— 'बेबी, मैं तुमसे कुछ विशेष बात करना चाहता हूं।'

प्यूला उसे लेकर कॉकटेल लॉउन्ज में आ गई, जहां इस समय लगभग सन्नाटा और सूनापन छाया हुआ था। फेनर उसे प्रवेश-द्वार के दूसरी ओर पड़ी मेज के पास ले गया। उसने

बड़ी सावधानी से मेज को दीवार से कुछ दूर खींच लिया, ताकि वे हिलते हुए दरवाजे की ओर मुंह करके बैठ सकें।

'क्या आजकल तुम खुशबूदार शराब पीने लगी हो? क्या हम इस कॉकटेल लॉउन्ज में कोई और भी अधिक नशीली शराब पी सकते हैं?' फेनर ने कुर्सी पर बैठते हुए कहा।

'यह अच्छा मजाक है। क्या ऐसे स्थानों पर कोई अकेली लड़की ऐसा कर सकती है? मेरे पास कुल तीन मार्टिन हैं। मैं यहां तीन घंटे से बैठी-बैठी ऊब गई हूं।'

फेनर ने वेटर को बुलाकर दो डबल स्कॉच और जिंजर एल का ऑर्डर दिया। वह प्यूला की ओर पीठ करके बैठ गया और वेटर की प्रतीक्षा करने लगा।

थोड़ी देर के बाद वेटर स्कॉच और जिंजर ले आया। फेनर ने दोनों गिलासों में स्कॉच उड़ेली और बाकी खाकी गिलास जिंजर एल से भर दिए। उसने एक गिलास प्यूला की ओर बढ़ाते हुए कहा– 'बेबी, तुम आइने में एक बार अपना चेहरा देखो।' और फिर उसने अपना गिलास उठाकर होंठों से लगा लिया।

प्यूला ने आह भरी और फिर बड़ी आतुरता से बोली– 'मुझे ग्राउंड फ्लोर पर ही रहने दो। मैं तीन घंटे से परेशान हूं।'

फेनर ने सिगरेट सुलगाई और एक लंबा कश लेकर बोला– 'क्या तुम इस संबंध में आश्वस्त हो कि मेरिना डेली बिना किसी प्रोत्साहन के भाग गई?'

प्यूला ने सिर हिलाकर कहा– 'मैंने तुम्हें बताया था न मैं डेस्क पर जाकर कमरे की व्यवस्था कर रही थी। वह मेरे पीछे ही खड़ी थी। मैं रजिस्टर पर हस्ताक्षर करने के लिए अपना दस्ताना उतार रही थी, तभी मुझे महसूस हुआ कि मैं अकेली हूं। मैंने मुड़कर देखा तो वह सड़क पर जा रही थी। वह अपने आपमें खोई हुई थी और बहुत तेजी से चली जा रही थी। मैं दौड़कर दरवाजे पर पहुंची, तो वह नजरों से ओझल हो चुकी थी। इस बात से मुझे एक जबरदस्त झटका लगा है। मुझे सबसे ज्यादा इस बात की चिंता सता रही थी कि मैंने उससे सारा रुपया ले लिया था।' प्यूला ने दुःखी स्वर में कहा– 'मैंने सारा रुपया एक लिफाफे में बंद करके कैशियर के पास रख दिया है।'

'यह तुमने अच्छा किया प्यूला।' फेनर ने सिगरेट का लंबा कश लेते हुए कहा।

'कैशियर के पास रुपए जमा करके मैं फिर हाटल से बाहर किनलकर सड़क पर आ गई। मैंने सड़क पर गोली चलने की आवाज सुनी। मैंने मुड़कर उस ओर देखा, लेकिन मुझे कुछ भी दिखाई नहीं दिया। मैं वापस होटल में लौट आई और इसके बाद ही मैंने तुम्हें फोन किया था।'

फेनर ने सिर हिलाकर कहा– 'ठीक है, अगर तुम्हारा अनुमान यह है कि वह बिना किसी के प्रोत्साहन के यहां से भाग गई है, तो हमें कुछ देर और प्रतीक्षा करनी चाहिए।'

'मेरा भी यही विचार है।' प्यूला ने फेनर की 'हां' में 'हां' मिलाई।

'अब मुझे तुमको कुछ बताना चाहिए। लेकिन यह होटल बहुत ही रहस्यपूर्ण हैं यहां बहुत ही शक्तिशाली रिसीवर लगे हुए हैं।' फेनर ने कहा— 'तुम्हारे जाने के बाद कोई आदमी ऑफिस से बाहर एक मरी हुई 'चिन्क' रख गया और उसके ऊपर पादरियों वाला चोगा डाल गया।

'मरी हुई चिंक?' प्यूला ने आश्चर्य से कहा।

फेनर ने मुस्कराकर कहा— 'हां, उस चिंक ने थोड़ी देर अपनी गर्दन हिलाई और कुछ देर के बाद मर गई। उसे देखकर मैंने सोचा कि या तो उसने मुझे चेतावनी दी है या फिर एक घटनाक्रम तैयार किया है। मुझे मौका ही नहीं मिल पाया, इसलिए मैं उसे उठाकर बाहर ले गया और कॉरीडोर के अंतिम छोर वाले खाली कमरे में डाल आया। मुझे उस खाली कमरे से निकले थोड़ी ही देर हुई थी कि वहां एक साथ तीन गोलियां आईं। वे उस चिंक को देखने लगीं। मैं उनके चेहरे नहीं देख पाया। मैं उन्हें देखकर एक ओर छिप गया।'

आश्चर्य से प्यूला की आंखें फैली हुई थीं।

'मेरे विचार से वे वहीं लोग थे, जिन्होंने मुझे फोन किया था कि मैं मेरिना को अपने पास रोके रखूं। उन्होंने मेरे ऑफिस की तलाशी ली और जब उन्हें वहां कुछ नहीं मिला तो वे चले गए। अगर वे छह हजार डालर वहां होते तो वे उन्हें जरूर ले जाते। इस संबंध में मैं पहले ही सजग था, इसीलिए मैंने सारे रुपए तुम्हें दे दिए थे।'

'लेकिन इस सबका मतलब क्या है?' प्यूला ने गंभीर होकर पूछा।

'उन्होंने यह मेरे साथ मजाक किया था। लेकिन इसका मतलब यहीं नहीं कुछ और भी है। तुम्हें मिस मेरिना डेली से क्या जानकारी प्राप्त हुई?'

प्यूला ने सिर हिलाते हुए कहा— 'उसने मुझे कुछ नहीं बताया। मैंने उससे कहा कि मुझे अपने रिकॉर्ड के लिए कुछ जानकारी चाहिए, लेकिन उसने मुझे कुछ भी बताने से इनकार करते हुए कहा कि वह केवल तुम्हीं को बताएगी।'

फेनर ने स्कॉच का गिलास खाली करके एक और सिगरेट सुलगा ली तथा गहरी नजरें से चारों ओर देखते हुए बोला— 'हमें उसने छह हजार डालर दिए, लेकिन हम उसके लिए कुछ भी नहीं कर पाए।'

'लेकिन तुम उसके लिए बिना कुछ किए कैसे रह सकोगे?'

'क्यों नहीं, उसने मुझे रुपया दिया तो बदले में मैंने उसे सुरक्षा दी। वह मुसीबत में थी, संकट में थी। यहां वह बड़े आराम और इत्मीनान से रह सकती थी। अब मैं क्यों चिंता करूं? अगर उसे मेरी सलाह और सहायता की आवश्यकता होगी तो वह मेरे पास फिर आएगी।'

तभी पतले चेहरे, नुकीली ठोड़ी और चपटी नाक वाला एक आदमी लॉउंज में आया और पास पड़ी हुई मेज के पास आ बैठा। प्यूला उसकी ओर जिज्ञासा से देखने लगी। उसकी आंखें देखकर उसे लगा कि वह रो रहा है।

तभी फेनर ने उसकी विचार श्रृंखला छिन्न-भिन्न कर दी— 'तुम इस मेरिना डेली के विषय में क्या सोचती हो?'

'वह पढ़ी-लिखी लड़की थी। उसके कपड़े अच्छे और महंगे थे। उसके पास कोई महत्वपूर्ण रहस्य था। मैंने उसकी उम्र का अनुमान लगाने में भूल की थी। मैंने उसकी उम्र चौबीस वर्ष बताई थी, लेकिन मैं उसकी उम्र में छह वर्ष कम कर सकती थी। वह बहुत अच्छी लड़की थी और एक अच्छी अभिनेत्री भी थी। उसका मेकअप कोमल और हल्का-हल्का-सा था और शायद एक लंबे समय से कठिनाई में थी। वह शरीर और स्वभाव दोनों से ही नाजुक थी।'

फेनर से अपना सिर हिलाया– 'इसमें तो कोई संदेह नहीं कि वह बहुत ही नाजुक किस्म की लड़की थी, लेकिन फिर उसने मुझे अपनी पीठ के घाव दिखाने के लिए अपने कपड़े क्यों उतारे?'

प्यूला ने अपना गिलास मेज पर रख दिया, फिर बोली– 'अजीब बात है।'

'तुम्हें मामूली नहीं, जब मैं उससे बात कर रहा था, तो मुझे एक आदमी ने फोन किया था। उसने मुझसे कहा था कि वह बहुत ही दुष्ट लड़की है। लेकिन वह मुझे एक पीड़ा देकर चली गई। वह किस तरह की लड़की थी, मैं अभी तक समझ नहीं पाया हूं। उसकी सारी पीठ घावों से भरी हुई थी।'

'शायद उसे किसी ने चोटें पहुंचाई होंगी।' प्यूला ने दर्द भरे स्वर में कहा।

'हां, शायद किसी ने उसे बहुत ही बेरहमी से पीटा था। उसकी पीठ पर निशान इतने घने थे, जैसे किसी ने पेंट किए हों।'

प्यूला एक पल कुछ सोचती रही। फिर बोली, हो सकता है कि वह इतनी भयभीत हो कि तुम उसे पागल समझने लगोगी।'

वेटर दोबारा शराब रख गया।

प्यूला को वह लंबा आदमी फिर दिखाई दिया। उसने फेनर से कहा– 'तुम अभी इस ओर मत देखना। यहां एक आदमी बैठा है, जो तुममें बहुत रुचि ले रहा है।'

'इससे क्या हुआ? हो सकता है उसे मेरा चेहरा अच्छा लग रहा हो।' फेनर ने बेचैनी से कहा।

'नहीं, ऐसा नहीं हो सकता। मेरा अनुमान है कि शायद वह सोच रहा है कि तुम कोई चिक्चर बना रहे हो।'

लंबा आदमी अचानक खड़ा हो गया और फिर दोनों के पास आकर खड़ा हुआ। उसके चेहरे पर अनिश्चय और आंखों में दीनता था। प्यूला उसकी हिम्मत बांधने के लिए मुस्कराने लगी।

उस लंबे आदमी ने बड़ी विनम्रता से कहा– 'कृपया क्षमा कीजिएगा, आप मिस्टर फेनर ही हैं न?'

'आपका अनुमान सही है।' फेनर ने बिना किसी उत्साह के कहा।

'मेरा नाम लिंडसोय है–एंड्रयू लिंडसोय। मुझे आपकी सहायता की आवश्यकता है।'

फेनर ने कुछ खिसककर कहा— 'आपसे मिलकर बड़ी खुशी हुई मिस्टर लिंडसोय। लेकिन मैं आपकी कोई सहायता नहीं कर सकता।'

लिंडसोय परेशान-सा दिखाई देने लगा। उसने एक नजर प्यूला पर डाली और फिर फेनर की ओर देखने लगा।

'क्या आप बैठेंगे नहीं मिस्टर लिंडसोय?' प्यूला ने बड़ी आत्मीयता से कहा।

फेनर अप्रसन्नता और कठोरता से प्यूला की ओर देखने लगा। लेकिन प्यूला उसके चेहरे और आंखों के भावों को नहीं देख पाई।

लिंडसोय ने पहले तो संकोच किया और फिर बैठ गया।

प्यूजा लिंडसोय के साथ शिष्टाचार प्रदर्शित कर रही थी। प्यूला का यह व्यवहार फेनर को हमेशा ही प्रभावित करता था।

'मिस्टर लिंडसोय।' प्यूला ने कहा— 'बात यह है कि मिस्टर फेनर बहुत व्यस्त व्यक्ति हैं। फिर भी मैंने इन्हें कभी कठिनाई में फंसे किसी भी व्यक्ति को वापस करते हुए नहीं देखा।'

फेनर सोचने लगा— 'प्यूला वास्तव में बहुत ही स्मार्ट और चतुर है। जब हम अकेले होंगे, तब मैं इसका चुंबन लूंगा।'

कुछ सोचकर फेनर ने अपना सिर लिंडसोय की ओर घुमाकर पूछा— 'आपकी परेशानी क्या है मिस्टर लिंडसोय?'

'मैं समझ गया हूं कि आपने उस ब्लांडिश लड़की को कैसे पाया। उसे तो भगा दिया गया था और कल से मेरी छोटी बेटी भी गायब है। मैं इसी परेशानी में हूं।' लिंडसोय ने कहा। उसके दुबले-पतले चेहरे पर दो आंसू लुढ़क आए। उसने अपनी आंसूभरी आंखों से फेनर की ओर देखते हुए कहा— 'मेरी प्रार्थना है कि आप मेरी छोटी बेटी की तलाश करें। भगवान जाने उस पर क्या बीत रही होगी।'

फेनर ने व्हिस्की का गिलास खाली करके मेज पर रख दिया और जल्दी से पूछा— 'तुमने पुलिस में रिपोर्ट की है?'

लिंडसोय ने 'नहीं' में सिर हिलाया।

'मिस्टर लिंडसोय, अपहरण मिल-जुलकर किए जाने वाला अपराध है। मैं इस संबंध में एफबीआई से अधिक अच्छा नहीं कर सकता। आपको पुलिस में रिपोर्ट करनी चाहिए और धीरज रखना चाहिए कि पुलिसवाले उसे वापस ले आएंगे।'

'लेकिन मिस्टर फेनर—!'

'मुझे खेद है, मैं इस काम के लिए बाहर चक्कर नहीं लगा सकता।' फेनर ने इनकार करते हुए कहा।

एक निराश बच्चे की तरह लिंडसोय का चेहरा सिकुड़ गया। उसने अपने हाथ बढ़ाए और फेनर की बांहें पकड़ लीं।

'मिस्टर फेनर, मेरे लिए यह काम अवश्य कर दीजिए। आप जो भी पारिश्रमिक चाहेंगे मैं दूंगा। दूसरों की अपेक्षा आप मेरी छोटी बेटी को जल्दी ढूंढ सकते हैं। मैं आपसे याचना करता हूं, आप मेरा यह काम कर दीजिए।'

फेनर ने लिंडसोय के हाथ अपने हाथों में ले लिए और बड़ी सभ्यता, शिष्टता और दृढ़ता के साथ कहा— 'सुनिए! मैं उसी काम को अपने हाथ में लेता हूं, जिसे मैं करना चाहता हूं। अगर मैं कोई काम नहीं करना चाहता, तो स्पष्ट इनकार कर देता हूं। मैं अपनी मर्जी का मालिक हूं। मेरे पास एक ऐसा काम है, जिसने मेरे दिमाग को परेशान कर रखा है। मुझे दुःख है कि आपकी लड़की ने अपने को स्वयं ही परेशानी में डाला है। लेकिन मैं इस विषय में कुछ नहीं कर सकता। एफबीआई बहुत बड़ा संगठन है, वह आपकी बेटी की रक्षा कर पाने में समर्थ है। इसके अलावा और भी कई संगठन हैं। मुझे खेद है कि मैं इस सिलसिले में कुछ भी नहीं कर सकूंगा।'

फेनर ने प्यूला की ओर सिर को झटका और उठकर दरवाजे की ओर बढ़ गया।

लिंडसोय ने असहाय होकर अपने हाथ लटका दिए और उठकर जोर-जोर से चीखने लगा। प्यूला ने उसकी बांहें थपथपाईं और उठकर फेनर की ओर बढ़ गई।

फेनर उसकी प्रतीक्षा में दरवाजे पर खड़ा था। जैसे ही प्यूला उसके पास पहुंची, उसने कठोरता से कहा— 'तुम्हें इस बात का ध्यान रखना चाहिए कि परिस्थिति क्या है। तुम नहीं जानती कि हम कितने भयंकर जाल में फंस गए हैं।'

प्यूला ने अर्थपूर्ण नजरों से उसकी ओर देखा और फिर बोली— 'वह बूढ़ा आदमी अपनी बेटी को खो बैठा है, क्या तुम्हारे लिए इसका कोई अर्थ ही नहीं है?'

'इसका अर्थ है, मेरी गर्दन में एक सुराख है। मैं जा रहा हूं। तुम ऑफिस पहुंच जाना। वहां हमारे करने के लिए कुछ जरूरी काम पड़े हैं।'

'मैं ऐसा महसूस कर रही हैं कि तुम मेरी बात की उपेक्षा कर रहे हो।' प्यूला ने रिसेप्शन हॉल की ओर बढ़ते हुए कहा— 'मैं भी तुम्हारे साथ अब ऐसा ही व्यवहार करूंगी।'

लंबे कद का एक नौजवान बड़ी लॉउंज से निकलकर फेनर की ओर बढ़ा तथा उसके सामने पहुंचकर रुक गया। उसने कहा— 'मेरा नाम ग्रोस्ट है। मैं डीए ऑफिस से आया हूं और आपसे कुछ बात करना चाहता हूं।'

फेनर ने हल्की-सी गुर्राहट के साथ कहा— 'मैं इस समय बहुत व्यस्त हूं और फिर प्यूला की ओर मुड़कर बोला— 'प्यूला, इससे कहो कि यह कल किसी समय मेरे ऑफिस में आ जाए।'

ग्रोस्ट ने विनम्रता से दाहिने हाथ के दरवाजे की ओर इशारा करते हुए कहा— 'हम वहां चलकर बात कर सकते हैं या फिर ऑफिस में चलिए।'

फेनर को बहुत गुस्सा आया, लेकिन फिर उसने अपना गुस्सा दबाकर कहा— 'अच्छी बात है, चलो यही बात कर लेते हैं, लेकिन जल्दी।'

'प्यूला ने कहा— 'मैं कॉकलेट लॉउंज में कुछ भूल आई हूं। मैं अभी लौट आऊंगी।' यह कहकर वह कॉकटेल लॉउंज में चली गई।

लिंडसोय अभी तक वहीं बैठा था। प्यूला उसके पास जा बैठी। उसने लिंडसोय को तसल्ली देते हुए कहा— 'मिस्टर लिंडसोय, आपको यह नहीं समझना चाहिए कि मिस्टर फेनर आपके साथ कठोरता का व्यवहार कर रहे हैं। उनके पास आपके केस जैसा ही एक और केस है, जिसके कारण वे परेशान हैं।'

लिंडसोय ने सिर हिलाया और प्यूला की ओर देखते हुए बोला— 'सोचता हूं कि मुझे उससे नहीं कहना चाहिए था। लेकिन क्या करूं, मैं अपनी छोटी बेटी को बेहद प्यार करता हूं।'

लिंडसोय के स्वर में निराशा थी।

प्यूला ने अपना बैग खोलकर एक छोटी-सी नोटबुक निकाली— 'मुझे तथ्य बताइए। मैं वादा नहीं करती, पर हो सकता है मैं उन्हें आपका काम करने के लिए तैयार का सकूं।'

लिंडसोय की आंखों में आशा की हल्की-सी चमक जाग उठी— 'बोलो तुम्हें क्या तथ्य चाहिए?'

फेनर और ग्रोस्ट लॉउंज के बाहर एक एकांत कोने में जा बैठे। फेनर अनमना होते हुए भी बहुत चौंकन्ना था।

ग्रोस्ट एक छाया की तरह सामान्य था। उसने अपनी जेब से सोने का एक पतला-सा सिगरेट-केस और लाइटर निकाला। उसने फेनर को सिगरेट पेश की और एक सिगरेट सुलगाई।

फेनर ने बहुत ही रूखे स्वर में पूछा— 'तुम अच्छी तरह तो हो न?'

ग्रोस्ट ने कहा— 'मैंने तुम्हारा लाइसेंस चैक किया है। तुमने ब्लांडिश अपहरण केस में काफी धन कमाया है। यह उस समय की बात है, जब तुम इस धंधे में नए-नए आए थे और एक इंवेस्टिगेटर के रूप में पहाड़ी पर गए थे। वहां भाग्य ने तुम्हारा साथ दिया। तुम वहां से एक प्लेट ले आए। मैं ठीक कह रहा हूं ना।'

फेनर ने सिगरेट का एक लंबा कश लिया और नाक से धुआं छोड़कर बोला— 'तुम एक कहानी सुना रहे हो। क्या तुम अब तक इसे सच समझ रहे थे?'

'तुम छह महीने न्यूयार्क में भी रहे थे, लेकिन वहां तुम्हें कुछ काम करते हुए नहीं देखा गया। हमारी नजरें तुम पर हर समय लगी रहीं। अभी-अभी हमने तुम्हारे ब्लॉक की तलाशी ली है। हमें एक चीनी आदमी की लाश तुम्हारे ऑफिस के पास ही एक खाली कमरे में मिली है।'

फेनर ने भौंहें फैलाकर कहा— 'यह तुम क्या कह रहे हो? मैं तो यह देखने गया था कि तुमने उसकी हत्या किस तरह की।'

ग्रोस्ट ने जलती हुई सिगरेट का टुकड़ा ऐश-ट्रे में डाल दिया और बोला— 'सुनो फेनर, हम-तुम लड़ेंगे नहीं। मैं अपने कार्ड्स मेज पर रख दूंगा। उस चीनी की मृत्यु अब से 36 घंटे पहले हुई है। हमें उस चीनी में दिलचस्पी है और हमें ऐसा लगता है कि वह चीनी किसी गंभीर षड्यंत्र में शामिल था। हम उस षड्यंत्र के संबंध में जानना चाहते हैं। तुम्हारी क्या राय है?'

फेनर ने अपनी नाक खींचकर कहा— 'देखो ग्रोस्ट, अगर उस चीनी के साथ मेरा कोई संबंध होता तो मैं जरूर बता देता। मेरे ऑफिस में कभी कोई चीनी नहीं रहा। मेरा उस मरे हुए चीनी से कोई संबंध नहीं था।'

ग्रोस्ट ने बड़ी गहरी नजरों से फेनर के चेहरे को देखते हुए कहा— 'तुम स्वयं बचना चाहते हो, इसलिए तुमने सब कुछ हम पर डाल दिया है। कोई बात नहीं, अगर तुम इसी रास्ते को पसंद करते हो तो मैं तुम्हें रोकूंगा नहीं। अगर हम तुम्हारी कोई सहायता कर सके, तो अवश्य करेंगे। लेकिन अगर तुम जानबूझकर अपने आपको परेशानी में डालोगे, तो हम तुम्हारी कोई सहायता नहीं कर पाएंगे, क्योंकि उस स्थिति में सरकार तुम्हारी विरोधी बन जाएगी।'

फेनर ने उसे विश्वास दिलाते हुए कहा— 'ठीक है। अगर आपका ऐसा विचार है तो मैं इस संबंध में खोजबीन करूंगा। इस समय तो मैं एक बहुत ही जरूरी काम में व्यस्त हूं।'

ग्रोस्ट ने अपना सिर हिलाया— 'अपने काम में लगे रहो फेनर—मैं जल्दी ही तुमसे फिर मिलूंगा।'

ग्रोस्ट ने उठकर अपने रक्षकों की ओर देखा तथा फिर चला गया।

* * *

प्यूला कॉकटेल लॉउंज से बाहर आई तो बाहर जाने वाले दरवाजे पर ही उसकी भेंट फेनर से हो गई। फेनर ने पूछा— 'तुम कहां थीं?'

'मैं मिस्टर लिंडसोय से बात कर रही थी। मैंने उसकी छोटी बेटी के संबंध में सारे तथ्य एकत्र कर लिए हैं।'

'सुनो प्यूला, इस केस में मेरी कोई दिलचस्पी नहीं है और मैं इसमें कोई रुचि भी नहीं लूंगा।'

प्यूला चुप हो गई और उसके साथ सड़क पर आ गई।

* * *

अपने ऑफिस में लौटकर फेनर अपनी मेज के पीछे अपनी रिवॉल्विंग चेयर पर जा बैठा। उसने एक सिगरेट सुलगाई और प्यूला को आवाज दी— 'यहां आओ बेबी।'

प्यूला ने अंदर जाकर धीरे-से दरवाजा बंद कर दिया और उसके घुटने पर जा बैठी। उसके हाथ में नोटबुक देखकर फेनर ने अपना सिर झटककर कहा— 'प्यूला, इस समय मैं तुम्हें डिक्टेशन नहीं दे रहा। मैं तुम्हारी कंपनी चाहता हूं।'

प्यूला ने मुस्कराते हुए कहा— 'जैसी तुम्हारी इच्छा।'

फेनर ने सोचते हुए कहा— 'अगर मैं पादरियों जैसा आचरण अपना लूं, तो मैं इस काले धन को बड़ी आसानी से सफेद धन में बदल सकता हूं। ग्रोस्ट उस चीनी के लिए परेशान है। उसकी नजरें मुझ पर जमी हुई हैं। कुछ भी सही, मैं उस लड़के के साथ समझौता कर लूंगा।'

'जरूर करो। तुम उसे अगर अवसर दो तो वह तुम्हारे लिए लड़की भी खोज देगा।'

फेनर ने अपने सिर को छटका देकर कहा— 'मैं योजना बना रहा हूं। मुझे कुछ बताओ कि मुझे क्या करना चाहिए?'

प्यूला ने घड़ी की ओर देखकर कहा— 'पांच बज रहे हैं। मुझे कुछ जरूरी काम है। तुम उस लड़की का ख्याल अपने दिमाग से निकाल दो। तुम अब उसे कभी नहीं पा सकोगे।'

'जो भी हो, उस पागल ने मुझसे संपर्क स्थापित किया। मैं नहीं जानता कि वह कौन थी? कहां से आई थी? मैं तो बस इतना ही जानता हूं कि वह अपनी बहन को चाहती थी, जिसकी बारह चीनियों में दिलचस्पी थी। अगर मृत चीनी उन्हीं में से एक था, तो अब उसकी रुचि केवल ग्यारह व्यक्तियों में रह जाती है। वह मुझे उलझन में डालकर न जाने कहां चली गई।'

प्यूला ने बड़ी नरमी से कहा— 'हो सकता है, उसने किसी को देख लिया हो, जिसे वह जानती हो और उसे देखते ही वह अपना मानसिक संतुलन खो बैठी हो।'

फेनर ने एक पल सोचकर पूछा— 'क्या तुमने ऐसे किसी आदमी को देखा था, जिसने उसे चोट पहुंचाई हो?'

प्यूला ने सिर को झटका देकर कहा— 'बाल्टीमोर लॉबी के बारे में तुम्हारा क्या विचार है?'

सोच में डूबा फेनर अपनी रिवाल्विंग चेयर से उठकर कारपेट पर टहलने लगा।

कुछ देर बाद उसने अचानक रुककर कहा— 'प्यूला, तुम जल्दी से घर चली जाओ और एक बैग पैक करके फौरन लौट आओ। तुम आरामीकुर्सी पर सो सकती हो न?'

प्यूला ने अपना कोट और हैट पहना तथा बोली— 'बात यह है देव कि जब भी मैं यहां सोती हूं रात-भर विचारों का तांता लगा रहता है।' और फिर वह दरवाजे के बंद होने की आवाज को पीछे छोड़ती हुई धीरे से बाहर निकल गई।

फेनर ने कोई नंबर डायल किया और रिसीवर कान से लगाकर बोला— 'डीए ऑफिस, मुझे ग्रोस्ट से मिलाओ। उसने कहो कि फेनर उससे बात करना चाहता है।'

थोड़ी देर के बाद ग्रोस्ट की आवाज सुनाई दी— 'हैलो फेनर, क्या तुमने अपना विचार बदल लिया है?'

फेनर ने कहा— 'अभी नहीं, मैं एक विशेष समस्या पर बात करना चाहता हूं। तुमने जिस चीनी को यहां पड़े पाया था, क्या तुमने उसके ऊपर कोई चीज पड़ी पाई थी?'

ग्रोस्ट ने हंसते हुए कहा— 'लगता है तुम नर्वस हो गए हो फेनर। तुम मुझसे कुछ भी जान नहीं सकते।'

फेनर ने गंभीर होकर कहा— 'सुनो ग्रोस्ट, यह केस अभी-अभी शुरू हुआ है। इतनी जल्दी समाप्त नहीं होगा। जब यह केस शुरू हुआ था, तभी मेरी मुलाकात एक कुबड़ी से हुई थी। कोई उसे मार डालना चाहता है और मैं उसकी हत्या न हो, इसलिए उसे रोक लेना चाहता हूं।'

'कुछ भी हो फेनर, मैं तुम्हें चेतावनी देता हूं कि अगर तुमने उसे रोकने की कोशिश की तो जो कुछ होने जा रहा है, उसका परिणाम तुम्हारे लिए ठीक नहीं होगा। मैं जानता हूं कि तुम उसे जानते हो। मैं तुम्हें अपने शिकंजे में जकड़ने जा रहा हूं।' ग्रोस्ट ने कहा।

निराश होकर फेनर अपनी कुर्सी पर बैठ गया और अधीरता से बोला— 'सुनो ग्रोस्ट, मुझे अपने क्लाइंट को बचाने का पूरा-पूरा अधिकार है। अगर तुम बताना पसंद करो तो मुझे बता देना। मैं तुम्हारी जानकारी ब्याज सहित तुम्हें लौटा दूंगा।'

ग्रोस्ट ने शंकित होकर कहा— 'तुम चापलूस हो फेनर। खैर, मैं जो कुछ जानता हूं, तुम्हें बताए देता हूं। हमें वहां कुछ नहीं मिला था।'

'वे उसे अंदर कैसे लाए?'

'यह इतना कठिन नहीं था। वे उसे किसी बड़ी टोकरी में बिना पैक किए हुए पहले तुम्हारे ऑफिस में लाए और फिर उसे शूट करने के लिए उस खाली कमरे में ले गए।'

'बात गढ़ने की कोशिश मत करो ग्रोस्ट।' फेनर ने कहा।

'वे उसे मेरे ऑफिस में नहीं लाए थे। क्या किसी ने लाने वाले को देखा था?'

'नहीं।'

'अच्छा, धन्यवाद। एक दिन मैं भी तुम्हारे साथ ऐसा ही व्यवहार करूंगा।'

'कोई बात नहीं। यह सुविधा तुम्हीं को मुबारक हो।'

'क्या किसी का गला काटकर सिल देना, उसे सुविधा देना है?'

'हां, लेकिन कोई बात नहीं, मैं देख लूंगा।'

'मैं इसकी परवाह नहीं करता।'

फेनर ने रिसीवर प्रोग पर टांग दिया। वह कई मिनट टेलीफोन के पास ही बैठा रहा। उसका मुंह सूख गया था और उसकी आंखों में थकान के बादल घिर आए थे।

प्यूला को वापस लौटने में दो घंटे लग गए। उसने देखा, फेनर अपनी कुर्सी में धंसा हुआ था। उसके पांव डेस्क पर थे। तंबाकू की राख उसके सारे कोट पर बिखरी हुई थी और आंखों में थमान दिखाई दे रही थी।

प्यूला ने एक छोटा सूटकेस लॉउंज पर रख दिया और अपना कोट तथा हैट उतारते हुए उसने पूछा— 'क्या हुआ?'

फेनर ने अपने सिर को झटका दिया— 'उन्होंने मुझे अपने रास्ते से हटाने के लिए यह जाल फैलाया था।'

प्यूला ने अपना सूटकेस खोलकर एक किताब निकाली और डेस्क के पास वाली गद्दीदार कुर्सी पर बैठकर बोली— 'मैं खाना खा चुकी हूं। मैं हर तरह ठीक हूं। अगर तुम चाहो तो जा सकते हो।'

फेनर ने सिर हिलाया। उसने उठकर अपने कपड़ों पर से राख झाड़ी और बोला— 'मैं थोड़ी देर में ही वापस आ जाऊंगा। अगर वह फोन करे, तो उससे कह देना कि मैं उससे मिलना चाहता हूं। उसका पता ले लेना। मैं उस लड़की को क्लोज करना चाहता हूं।'

'मुझे उससे डर लगता है।' प्यूला ने बड़बड़ाकर कहा।

लेकिन फेनर उसकी बात अनसुनी करता हुआ दरवाजे से बाहर निकल गया।

फेनर ने बाहर निकलकर देखा, काले सूट पहने दो आदमी दरवाजे के सामने आ खड़े थे। वे मैक्सिन जैसे मालूम होते थे। उन दोनों के हाथ अपनी टाइट पैंट की जेब में थे। उनके बदन पर काले सूट थे। काले जूते, सफेद कमीज और चौंधियाने वाली टाई थी। वे ऐसे लग रहे थे, जैसे वे किसी लाल पदार्थ में से निकलकर आ रहे हों। उनकी आंखें बिना पंखों वाले सांप जैसी दिखाई दे रही थीं।

फेनर ने कहा— 'क्या तुम लोग मुझसे मिलना चाहते हो?'

वह जान गया था कि दो रिवाल्वर उसके पेट की ओर निशाना लगाए हुए हैं, जो उन दोनों के कोट की जेबों में पड़े थे।

उन दोनों में से छोटे कद वाले ने कहा— 'हां, अंदर चलो।' फेनर ऑफिस की ओर मुड़ा।

प्यूला डेस्क की दराज खोले फेनर के 38 प्वाइंट के रिवाल्वर पर हाथ रखे बैठी थी।

छोटे कद वाले ने कहा— 'होल्ड।'

प्यूला ने दराज में से हाथ बाहर निकाल लिया।

छोटे कद का आदमी ऑफिस से बाहर चला गया। उसने चारों ओर नजर डाली। उसके चेहरे पर परेशानी उभर आई।

ऑफिस में वापस आकर वह कपबोर्ड की ओर चला गया, जहां प्यूला ने स्टेशनरी रखी हुई थी। उसने स्टेशनरी देखी और गुर्राने लगा।

फेनर ने कहा— 'अगर तुम इत्मीनान से प्रतीक्षा कर सको, तो हम तुम्हें गर्म खाना और बिस्तर दे सकते हैं। तुम्हें अपने घर में पाकर हमें बहुत खुशी हुई है।

छोटे कद के आदमी ने भारी ऐश-ट्रे उठाई और बहुत जोर से फेनर के मुंह पर दे मारी। फेनर ने जल्दी से सिर झुका लिया। फिर भी ऐश-ट्रे की नीचे की खूटियों ने उसके चेहरे को एक ओर से काट दिया।

दूसरे आदमी ने बिना आवाज वाला ऑटोमेटिक रिवाल्वर अपनी जेब से निकाला और बड़ी जोर से प्यूला की ओर दे मारा। प्यूला चीख उठी। लेकिन जैसे ही वह हिली, छोटे कद के आदमी ने कहा– 'बिना हिले-डुले खड़ी रहो, वरना हम तुम्हारी आंतें निकालकर चटाई पर डाल देंगे।'

फेनर ने अपनी सीने की जेब से रूमाल निकालकर अपने मुंह पर रख लिया। उसके हाथ पर खून बहने लगा और उसकी कमीज के कफ भीग गए।

छोटे कद के आदमी ने कहा– 'दीवार की ओर मुंह करके खड़े हो जाओ। मैं इस जगह को देखना चाहता हूं।'

फेनर दीवार की ओर मुंह करके खड़ा हो गया और उसने अपने हाथ अपने कंधे पर उठा लिए। क्रोध से उसका खून खौल रहा था। अगर उसे मौका मिल जाता, तो वह न जाने क्या कर बैठता।

प्यूला अपने स्थान पर उसी तरह खड़ी थी, लेकिन उसे मौका मिलना कठिन था।

छोटे कद के आदमी ने फेनर से कहा– 'अपना कोट उतारकर मुझे दो।'

फेनर ने कोट उतारकर उसके आगे फेंक दिया। छोटे कद का आदमी शेर के बच्चों की तरह डेस्क के किनारे पर बैठ गया और फेनर के कोट की तलाशी लेने लगा। उसे कोट में एक छोटी-सी डायरी मिली। उसने डायरी के पन्ने उलट-पलटकर देखे और फिर कोट की अच्छी तरह तलाशी लेने के बाद कोर्ट फर्श पर फेंक दिया।

फिर वह उठकर फेनर के पास गया और उसकी ऊपर से नीचे तक तलाशी लेने लगा। फेनर ने महसूस किया कि उसने सुगंधित खाना खाया था। उसकी उंगलियां गले को चारों ओर खुजाने लगीं।

छोटे कद के आदमी ने गुर्राकर प्यूला से कहा– 'इधर आओ।'

प्यूला का चेहरा लटक गया। उसने एक कदम बढ़ाते हुए कहा– 'अपना यह भारी हाथ मुझ पर मत मारना।'

छोटे कद के आदमी ने स्पेनिश भाषा में अपने साथी से कुछ कहा।

दूसरे आदमी ने अपने सिर से फेनर को धक्का देते हुए कहा– 'उधर चलो।'

फेनर कमरे की दूसरी ओर मुड़ा, लेकिन उसने मुड़कर कदम उठाया ही था कि पीछे से छोटे कद के आदमी ने अपने रिवाल्वर का दस्ता उसके सिर पर दे मारा। फेनर घुटनों के बल फर्श पर जा गिरा। उसके दोनों हाथ फैल गए। वह बेहोश हो गया।

प्यूला ने चीखने के लिए मुंह खोला ही था कि दूसरे आदमी ने अपनी बंदूक की नाल से चोट मारकर उसे नीचे गिरा दिया। चीखने के बजाय प्यूला दर्द से तड़पती हुई धीरे-धीरे सांस लेने लगी।

छोटे कद के आदमी ने उसकी बांह पकड़ी और उसे सीधा खड़ा कर दिया और उसकी तलाशी लेने लगा। लेकिन उसे जिस चीज की तलाश थी, वह चीज उसे नहीं मिली।

दूसरे आदमी ने उसे दूध धकेल दिया और मेज के किनारे पर जा बैठा।

छोटे कद के आदमी ने जल्दी-जल्दी ऑफिस की तलाशी ली। वह इस तरह तलाशी ले रहा था, जैसे तलाशी लेने का अभ्यस्त हो।

फिर वह ऑफिस के बाहर चला गया। उसने वहां भी तलाशी ली।

फेनर को होश आ गया था। उसने छोटे आदमी के मुड़ने की आवाज सुनी। पर उसकी मांसपेशियां काम नहीं कर रही थीं। उसने उठना चाहा, लेकिन वह हिल भी न पाया। उसकी आंखें क्रोध और पीड़ा से लाल हो उठीं।

जब वे चले गए और उनके पीछे दरवाजा बंद होने की आवाज सुनाई दी, तो उसने फर्श पर से उठने की कोशिश की। उसने सहारा लेने के लिए डेस्क को पकड़ा और घूरकर ऑफिस के चारों ओर नजर डाली।

प्यूला गठरी बनी बैठी थी। उसने गुस्से से चिल्लाकर कहा— 'धिक्कार है तुम्हें। मेरी ओर मत देखो, मेरी ओर मत देखो।'

फेनर जैसे-जैसे उठा और ऑफिस के बाईं ओर बने छोटे कमरे में चला गया। वह बेसिन के सामने जा खड़ा हुआ। उसने ठंडा पानी हाथ में लेकर सिर पर डाला। पानी एकदम लाल हो गया। उसने धीरे-धीरे पानी से सिर का घाव साफ किया और फिर कपबोर्ड की ओर चला गया। उसने स्कॉच की अधभरी बोतल और दो गिलास निकाले। उसने एक गिलास में स्कॉच उड़ेलकर एक लंबा घूंट भरा। उसके सिर में असहनीय दर्द हो रहा था। स्कॉच ने उस दर्द को दूर कर दिया। उसने दोनों गिलासों में स्कॉच उड़ेली और उन्हें लेकर धीरे-धीरे ऑफिस की ओर चल दिया।

इस बीच प्यूला उठकर खड़ी हो गई थी, लेकिन वह अब भी चीख-चिल्ला रही थी।

फेनर ने स्कॉच से भरा गिलास डेस्क के किनारे रख दिया और बोला— 'बेबी, इसे उठा लो। तुम्हें इसकी जरूरत है।'

प्यूला ने पहले उसे देखा और फिर उस गिलास को देखने लगी। वह उसकी ओर बढ़ी और उसने धीरे से गिलास उठा लिया। उसके सफेद चेहरे पर उसकी आंखों में ज्वाला धधक रही थी। उसने स्कॉच फेनर के मुंह पर फेंक दी।

फेनर रूमाल से अपना मुंह साफ करने लगा।

प्यूला ने अपने हाथों से अपना मुंह ढक लिया और रोने लगी।

फेनर डेस्क के पीछे की ओर बैठ गया। गिलास खाली करके उसने एक ओर रख दिया तथा रूमाल से गर्दन साफ करने लगा।

वे कई मिनट तक यूं ही बैठे रहे। प्यूला की सिसकियां कमरे की निस्तब्धता भंग करती रहीं।

फेनर का सिर दर्द से फटा जा रहा था। चोट की पीड़ा से उसका चेहरा बुझ गया था। उसकी गर्दन व्हिस्की से जल रही थी। उसने सिगरेट-केस से सिगरेट निकाली और उंगली में दबा ली। उसकी उंगलियां कांपने लगीं।

प्यूला ने रोना बंद करके अपने चेहरे पर से हाथ हटाए बिना कहा— 'तुम सोचते हो कि तुम जिद्दी हो। और तुम जो कुछ सोचते हो ठीक सोचते हो। तुम जो कुछ करते हो, ठीक करते हो। तुमने मामूली बंदूकधारियों को यों ही चले जाने दिया, जिन्होंने हमारे साथ यह सब कुछ किया। मेरे भगवान—ओ देव, क्या तुम सो रहे हो? तुम कमजोर और पीले पड़ गए हो। क्या तुम सुन रहे हो? मैं तो तुम्हारे साथ इसलिए चली आई थी कि तुम न केवल अपनी बल्कि मेरी भी देखभाल करोगे, लेकिन मैंने गलती की। तुम यहां बैठे रहे और तुमने उन्हें बाहर जाने दिया। और फिर चुपके से बोतल की ओर खिसक गए। देव, मुझे धक्के दिए गए हैं। मुझे मसला गया है।' प्यूला ने तकिए को कसकर पकड़ लिया और सिसकने लगी।

कुछ देर के बाद उसने अपनी सिसकियां रोककर कहा— 'तुमने उन्हें मेरे साथ यह सब कैसे करने दिया?'

फेनर चुपचाप बैठा सुन रहा था। उसका मुंह सूख गया था और चेहरा बर्फ के टुकड़े की तरह सफेद पड़ गया था। उसकी आंखें आधी खुली हुई थीं। उसने धीरे से कहा— 'मैं यहीं बैठा था, तुम ठीक हो हनी!' उसने प्यूला के पांव पकड़ लिए— 'मुझ पर नाराज मत हो, जल्दी ही सब कुछ ठीक हो जाएगा। ऑफिस का दरवाजा बंद कर लो। मैं कुछ काम करने जा रहा हूं।'

फेनर ने झटके से डेस्क की दराज खोली और उसमें से 38 प्वाइंट का रिवाल्वर निकाल लिया। उसका प्वाइंट ठीक किया। हत्थे को कवर किया और तेजी से ऑफिस से बाहर निकल गया।

सड़क पर आकर फेनर ने एक टैक्सी ड्राइवर को इशारे से बुलाया और शहर की किसी गंदी गली का पता बताकर टैक्सी में जा बैठा।

जब सड़क पर टैक्सी चली जा रही थी, शाम की ट्रैफिक से सड़कें भरी हुई थीं। वह अपने विचारों में इतना डूबा हुआ था कि उसके पैर का बचाव ही उसे अपनी उपस्थिति का आभास करा देता था।

ड्राइवर ने सातवां ऐवेन्यू पर किया और कोलाहल भरी गली में मुड़ गया। कुछ देर के बाद उसने टैक्सी रोक दी। फेनर उछलकर टैक्सी से उतर गया। उसने जेब से एक डालर निकालकर ड्राइवर की ओर फेंक दिया। और फिर इस बात की परवाह किए बिना बच्चे उसके पैरों में उलझ रहे हैं, आगे बढ़ने लगा।

काफी दूर चलने के बाद वह टूटी-फूटी सीढ़ियों के पास पहुंचकर रुक गया। उसने घंटी बजाई।

एक पल के बाद दरवाजा खुल गया। एक अभद्र दिखाई देने वाली बुढ़िया दरवाजे में खड़ी थी।

फेनर ने धीरे से पूछा— 'आइक अंदर है?'

'तुम कौन हो?'

'उससे कहो, फेनर उससे मिलने आया है।'

बुढ़िया ने दरवाजे की जंजीर खींचकर उसे खोल दिया और बोली— 'लेकिन श्रीमान, आप ऊपर कैसे जा सकते हैं। आज की रात लिंकन आराम कर रहा है।'

लेकिन फेनर उसे पीछे धकेलता हुआ अंधेरी सीढ़ियों पर चढ़ने लगा।

वहां की दुर्गंध और धूल उसकी नाक में घुसने लगी। उसने मुंह सिकोड़ लिया। पहली मंजिल पर पहुंचकर उसने एक दरवाजे को थपथपाया। अंदर खांसी की आवाज और बड़बड़ाहट सुनाई दी। फिर दरवाजा धीरे से खुल गया और एक छरहरा, हृष्ट-पुष्ट नौजवान, जिसकी दाढ़ी बढ़ी थी, उसे सुअर की तरह घूरते हुए सामने आ खड़ा हुआ।

'हां।' उसने कहा।

'आइक से कहो कि फेनर उससे मिलना चाहता है।'

नौजवान ने दरवाजा बंद कर दिया।

फेनर ने उसे किसी से कुछ कहते सुना।

दरवाजा फिर खुला और नौजवान ने सिर हिलाकर कहा— 'अंदर आ जाओ।'

अंदर आइक बुश एक मेज पर चार आदमियों के साथ बैठा पोकर खेल रहा था।

फेनर बुश के ठीक पीछे जा खड़ा हुआ। अन्य लोग उसे संदेह की नजर से देखने लगे। आइक का बदन लंबा-तगड़ा, हृष्ट-पुष्ट था। उसका चेहरा रौबीला था। उसकी भौंहें टेढ़ी थीं। उसकी मोटी-मोटी उंगलियों में तलाश के पत्ते इस तरह लग रहे थे, जैसे वह उन पर छाया हुआ हो।

फेनर थोड़ी देर खड़ा-खड़ा उसे खेलते हुए देखता रहा, फिर उसके ऊपर झुककर उसके कान में धीरे-से बोला— 'क्या तुमने गुप्त रूप से किसी को यहां छिपा रखा है?'

उसने एक नजर फेनर पर डाली और फिर अपने कार्डों को देखने लगा। उसने अपने मस्तिष्क में घुमड़ते विचारों को एक ओर झटककर फर्श पर थूक दिया। उसने कार्ड मेज पर फेंक दिए, कुर्सी पीछे धकेली और उछलकर पूछा— 'तुम क्या चाहते हो?'

फेनर ने जल्दी से कहा— 'दो कवनों को। जो काले सूट पहने हुए हैं। काले झुके हुए हैट, सफेद कमीज, चमकदार टाई और नुकीले काले जूते। उनके कपड़े बहुत ही चुस्त हैं।'

आइक ने अपने सिर को झटका दिया— 'नहीं, मुझे नहीं मालूम। वे यहां नहीं आए।'

फेनर ने गंभीर स्वर में कहा— 'तब जल्द पता करो कि वे कौन हैं? मैं दो दिन के अंदर-अंदर उन्हें पाना चाहता हूं।'

आइक ने पूछा— 'उन्होंने तुम्हारे साथ क्या किया है?'

फेनर ने सिर घुमाकर चोट दिखाई। फिर गाल का घाव भी दिखाया और बोला— 'वे दोनों आदमी मेरे ऑफिस में अए थे और मुझे यह सब देकर भाग गए।'

आइक की आंखें क्रोध से जलने लगीं। उसने कहा— 'ठहरो।' और फिर कमरे के दूसरे कोने में चला गया, जहां एक छोटी-सी मेज पर टेलीफोन रखा हुआ था।

काफी देर तक फोन पर बातचीत करने के बाद जब उसने रिसीवर क्रेडिल पर रख दिया तो फेनर ने उसके पास जाकर पूछा— 'क्या उनका पता चल गया?'

'हां।' आइक ने अपने मुंह पर आए पसीने को पोंछते हुए कहा— 'वे लोग शहर में पांच दिन से हैं। कोई नहीं जानता कि वे किस नरक से आए हैं। उन्होंने नाले के रास्ते पर साझे में एक मकान किराए पर ले लिया है। मैंने पता मालूम कर लिया है। उलझन भरा मामला है। कोई नहीं जानता कि उनका इरादा क्या है?'

फेनर ने टेलीफोन के पास रखा कागज उठा लिया, जिस पर आइक ने पता लिखा था।

आइक ने पूछा— 'तुम क्या कुछ करने जा रहे हो? क्या तुम्हें एक-दो लड़कों की जरूरत है?'

फेनर खुश होकर मुस्कराया और फिर धीरे से बोला— 'मैं व्यवस्था कर सकता हूं।'

आइक ने बिना लेबिल लगी एक काली बोतल उठाई और पूछने के अंदाज में फेनर की ओर देखकर कहा— 'तुम्हारे जाने के पहले...।'

फेनर ने अपने सिर को झटका और आइक का कंधा थपथपाकर बाहर आ गया।

टैक्सी ड्राइवर अभी तक उसकी प्रतीक्षा कर रहा था। फेनर सीढ़ियों से नीचे आया तो उसे देखकर ड्राइवर टैक्सी से उतर आया और खीसें निपोरते हुए बोला— 'मैं यह समझा था कि यह तुम्हारा नहीं है, इसलिए मैं रुका रहा। अब कहो कहां जाना है?'

फेनर दरवाजा खोलकर अंदर जा बैठा और बोला— 'तुम्हें काफी दूर चलना है और मेल ट्रेन की तरह चलना है।'

ड्राइवर ने गंभीरता से कहा— 'ये दिन खुशी भरे दिन हैं। शायद तुम भी अपना नारियल तोड़ने जा रहे हो, लेकिन कहां?'

'नाले के पुल की दूसरी ओर, लेकिन मैं आराम करने जा रहा हूं।'

'टैक्सी सातवें एवेन्यू की रोशनी भरे रास्ते पर बढ़ने लगी।

ड्राइवर ने पूछा— 'तुम्हें किसी की तलाश है?'

'नहीं।' फेनर गुर्राया— 'मेरी चाची चुप रहना ज्यादा पसंद करती थी।' ड्राइवर एकदम चुप हो गया।

जब टैक्सी नाले पर पहुंची, तो चारों ओर गहरा घना अंधेरा छाया हुआ था। फेनर ने ड्राइवर को किराया चुकाया और पास के ही एक बार में घुस गया। उसने बैरे को बुलाकर खाने का आर्डर दिया।

और फिर जैसे ही उसने खाना शुरू किया, उसके सामने उस लड़की का चेहरा नाच उठा, जो उससे आज सहायता मांगने आई थी।

वह खाना छोड़कर बाहर आ गया।

वह तेजी से चलकर दस मिनट में वहां पहुंच गया। वह किसी से पूछे बिना ही सही रास्ते पर चल रहा था। वह हर छाया पर गहरी नजर डालते हुए चला जा रहा था। उसे जिस

घर की तलाश थी, वह गली के किनारे पर था। एक बड़े अहाते के अंदर एक दो-मंजिला मकान एक संदूक की तरह दिखाई दे रहा था। उस मकान का दरवाजा ठीक सामने की ओर था। किसी भी खिड़की से रोशनी आती दिखाई नहीं दे रही थी।

फेनर ने धक्का देकर दरवाजा खोला और घुमावदार रास्ते से आगे बढ़ने लगा। उसकी नजरें समय नष्ट किए बिना काली खिड़की तलाश कर लेना चाहती थीं। वह सामने वाले दरवाजे पर न जाकर मकान के पिछवाड़े की ओर चल दिया। वहां रोशनी नहीं थी, चारों ओर गहरा अंधेरा छाया हुआ था।

उसे एक खिड़की दिखाई दी, जिसके सिरे पर एक छोटा-सा सुराख था। उसने एक सुराख से अपने छोटी-सी टार्च की रोशनी अंदर फेंकी। कमरा बिलकुल खाली पड़ा था। कमरे का फर्श धूल से भरा हुआ था।

थोड़ी देर के बाद वह उस खिड़की के द्वारा उस कमरे में पहुंच गया और बड़ी सावधानी से हल्के-हल्के कदम रखता हुआ दरवाजे की ओर बढ़ने लगा।

उसने धीरे-से दरवाजा खोला। सामने एक छोटा-सा हॉल था। उसने टार्च की रोशनी कारपेट और बड़ी अलमारी पर डाली तथा फिर आहट सुनने की कोशिश करने लगा। सड़क के ट्रैफिक की आवाज के सिवाय और कोई आवाज उसे सुनाई नहीं दे रही थी।

वह सीढ़ियों से ऊपर पहुंचा। उसके हाथ में 34 प्वाइंट का रिवाल्वर था। उसके चेहरे पर दृढ़ता और कठोरता थी। वह आहट लेने लगा, लेकिन उसे कोई आहट सुनाई नहीं दी। सहसा अंदर से आती हुई एक दुर्गंध ने उसे बेचैन कर डाला। उसने आश्चर्य और घृणा से अपनी नाक सिकोड़कर कहा— 'यह दुर्गंध किसकी हो सकती है?'

उसके सामने तीन दरवाजे थे। उसने बीच का दरवाजा चुना। उसने धीरे से दरवाजा खोला। दुर्गंध और भी तेज हो गई। यह दुर्गंध ऐसी ही थी, जैसी मांच बेचने वालों की दुकानों पर आती है। उसने आहट ली और फिर अंदर जाकर दरवाजा अंदर से बंद कर लिया। उसने टार्च जलाई और उसकी रोशनी पूरे कमरे पर डाली।

यह एक सुसज्जित बैडरूम था। सोने का कमरा। उसकी उंगली रिवाल्वर के ट्रेगर पर थी। उस कमरे में कोई भी नहीं था। वह बिलकुल समय नष्ट नहीं करना चाहता था। वह टार्च की रोशनी डालते हुए कमरे का निरीक्षण करने लगा।

वह किसी स्त्री का कमरा था। ड्रेसिंग टेबल पर मेकअप का तथा अन्य जरूरी सामान रखा हुआ था। पलंग छोटा-सा था और उस पर नाइट ड्रेस पहने ऊन के बालों वाली एक गुड़िया तकिया लगाए लेटी हुई थी।

फेनर बड़ी अलमारी के पास चला गया। उसने अलमारी खोली। सामने ही खूंटी पर पहनने के एक जोड़ा कपड़े टंगे थे। ये कपड़े वही थे, जिन्हें पहनकर मेरिन डिले उससे मिलने गई थी। उन कपड़ों के अलावा अलमारी के उस खाने में और कुछ नहीं था। उसने अलमारी में से वे कपड़े निकालकर पलंग पर फेंक दिए।

उसने उचककर अलमारी के ऊपरी खाने में देखा। अलमारी के सबसे ऊपरी खाने में एक छोटा साफ-सुथरा हैट टंगा था। उसने उसे भी निकालकर पलंग पर फेंक दिया। एक-दूसरे

खाने में अंदर पहनने वाले कपड़ों का एकबंडल मिला, जिसमें कमरबंद, गैलिस, अंडरवीयर और ब्रेजरी आदि थे। उसने थे सारे कपड़े निकालकर पलंग पर फेंक दिए।

फिर वह ड्रेसिंग टेबल के पास गया। उसने आइने के पास वाली छोटी दराजों के खोला। एक दराज के अंदर एक हैंडबैग था। उसने बड़ी कठिनाई से उसे बाहर निकाला। वह उसे लेकर पलंग पर आ बैठा। उसने हैंडबैग खोला और उसका सामान निकाल-निकालकर कारपेट पर फेंकने लगा। उसे यह सब अच्छा नहीं लग रहा था। उसने बड़े ध्यान से उसे टटोला। उसने हैंडबैग की एक जेब में दो उंगलियां डालीं और उसकी नली में से कापी का एक मरोड़ा हुआ सलवटें पड़ा हुआ कागज का टुकड़ा निकाला। वह एक पत्र था। वह पत्र को पढ़ने लगा—

कीवेस्ट

प्यारी मेरिन!

चिंता मत करो। नोलिन ने मेरी सहायता करने का वादा किया है। अभी इससे अधिक और कुछ नहीं जानता। मेरी विचार है कि अब सब कुछ ठीक हो जाएगा।

पत्र के अंत में किसी के हस्ताक्षर नहीं थे।

फेनर ने पत्र को सावधानी से मोड़कर अपने सिगरेट केस में रख लिया और सोचते हुए पलंग पर बैठ गया। कीवेस्ट और दो कवने। उसने महसूस किया कि उसे एक महत्वपूर्ण सूत्र मिल गया। वह उठकर खड़ा हो गया और बड़ी सावधानी से कमरे की तलाशी लेने लगा। उसने पूरे कमरे की तलाशी ले डाली, लेकिन उसे कुछ नहीं मिला। उसने कमरे का दरवाजा बंद करके स्विच ऑफ किया और सीढ़ियों की ओर चल पड़ा।

तभी न जाने क्या सोचकर वह बाईं ओर के कमरे की ओर चल पड़ा। टार्च की रोशनी में देखा वह एक काफी लंबा चौड़ा बाथरूम का उसने टार्च की रोशनी में खोजकर बत्ती का स्विच ऑन का दिया। बाथरूम में फैली दुर्गंध से उसका दिमाग भिन्ना उठा, जी मिचलाने लगा।

उसने देखा, दीवार के साथ बना स्नानगृह खून के धब्बों से भरा हुआ था। दीवारें और फर्श खून से लाल थे। पास ही रखी मेज और तौलिया भी खून में सने हुए थे।

फेनर को लगा, मेज पर कुछ ढककर रखा हुआ है।

वह बाथरूम में चारों ओर देखता हुआ वहीं खड़ा रहा। उसका उदास मुंह और भी सूख गया था। वह मेज के पास गया। उसने अपने रिवाल्वर की नाल से तौलिया एक ओर हटा दिया तथा तौलिया के हटते ही एक पतली सफेद बांह मेज पर से लुढ़ककर उसके पैरों के पास आ गिरी।

फेनर का सारा बदन पसीने से डूब गया। उसने बड़ी कठिनाई से अपने आपको संभाला। उसने उस बांह को बड़े ध्यान से देखा। लेकिन उसे छुआ नहीं। बांह लंबी और पतली थी। उसके हाथ की उंगलियों पर बड़ी सावधानी से नेल पॉलिश लगाई गई थी। उसे कोई संदेह नहीं रहा। यह बांह किसी स्त्री की ही थी।

उसने अपनी जेब में से सिगरेट केस और लाइटर निकालकर एक सिगरेट सुलगाई और उसका धुआं फेफड़ों में से होता हुआ नाक के नथुनों में से बाहर निकाल दिया, ताकि उस लाश की दुर्गंध कुछ कम हो जाए। वह स्नानागार के ऊपर गया और फिर वापस सीट पर आ गया।

फेनर बहुत ही जिद्दी था। अखबारों में प्रकाशित होने वाली हत्याओं के समाचार वह वर्षों से पढ़ता चला आ रहा था। इसलिए मृत्यु याहत्या के संबंध में उसे कभी कोई परवाह नहीं होती थी, लेकिन मेरिन की हत्या ने उसे झिंझोड़ डाला था। उस पर इस हत्या का प्रभाव इसलिए भी अधिक पड़ा था कि वह उसे जानता था। वह उसकी क्लाइंट थी और कुछ घंटे पहले तक वह जीवित थी।

बाथरूम की दशा स्पष्ट बता रही थी कि वह जो कुछ सोच रहा था गलत नहीं था। मेरिन की मृत देह एक चादर से ढकी एक ओर पड़ी थी।

फेनर ने चादर हटाकर मेरिन की लाश देखी और फिर उस पर चादर डाल दी।

वह उस बाथरूम से बाहर निल आया और खींचकर उसका दरवाजा बंद कर दिया। उसे जोर की प्यास लग रही थी, लेकिन वह विचार शून्य-सा वहीं खड़ा रह गया। फिर उसने जेब से रूमाल निकालकर अपना मुंह पोंछा और सीढ़ियों की ओर मुड़ गया।

वह उन दोनों कवनों को पाना चाहता था। वह खड़ा-खड़ा सोचने लगा कि वे कौन हैं। शायद इस समय वे मेरिन की मृत देह को यहां से ले जाने की योजना बना रहे होंगे।

फेनर की आंखें सिकुड़ गईं। उसने निश्चय किया कि उसने उनकी प्रतीक्षा करनी चाहिए।

तभी उसे कार के आने और फिर कार का दरवाजा खुलने की आवाज सुनाई दी।

वह तेजी से लपककर बैडरूम में वापस आ गया। उसके हाथ में 38 प्वाइंट का रिवाल्वर था। दरवाजा थोड़ा-सा खुला छोड़कर कमरे के अंदर की ओर खड़ा हो गया।

उसने सामने के दरवाजे के खुलने और फिर बंद होने की आवाज सुनी और फिर हॉल में रोशनी फैल गई। वह थोड़ा-सा आगे मुड़ा। हॉल में दो कवने खड़े थे। दोनों बहुत ही सतर्क थे, जैसे आहट ले रहे हों। फेनर बिना हिले-डुले खड़ा था। वे दोनों बहुत ही पैनी नजरों से इधर-उधर देख रहे थे।

कुछ देर के बाद छोटे ने अपने साथी से फुसफुसाकर कुछ कहा। उसने अपना सूटकेस नीचे रख दिया और तेजी से सीढ़ियों पर चढ़ने लगा। वह इतनी तेजी से ऊपर चढ़ा कि फेनर को कहीं छिपने का समय ही नहीं मिल पाया।

उस छोटे कवने ने सीढ़ियों के घुमाव पर से उसे देख लिया था। उसने तेजी से अपना हाथ कोट की जेब में डाला। फेनर ने अपने दांतों को एक-दूसरे पर जमाया और एक साथ तीन फायर झोंक दिए। सूने मकान में गोलियों के चलने की आवाज गूंज उठी। छोटे कवन ने अपने सीने को दबा लिया। वह आगे की ओर झुका तथा फिर धड़ाम से नीचे गिर पड़ा।

फेनर बाहर आने वाले रास्ते की ओर झपटा और उसने नीचे जाने वाली सीढ़ियों को घेर लिया।

छोटे कवने के पास बाहर निकल पाने का अब कोई मौका न रह गया था। रिवाल्वर की गोली ने उसकी सारी शक्ति छीन ली थी। अर्ध मूर्च्छित अवस्था में उसके हाथ कूल्हे पर गए, लेकिन वह अपना पांव नहीं उठा सका।

फेनर ने उसकी पीठ पर कई ठोकरें मारीं। वह फर्श पर लुढ़कता हुआ ढेर हो गया। दूसरे कवने ने नजर घुमाई, तो उसे लगा जैसे कोई चीज उसके ऊपर गिरती चली आ रही हो। वह घबराकर गिरने लगा। तभी फेनर के रिवाल्वर की एक गोली ने उसके हाथ को घायल कर दिया। वह नीचे गिर पड़ा। उसने घुटनों के बल उठना चाहा, लेकिन तभी उसने अपनी बांह में भयंकर दर्द महसूस किया।

अब वह चल या उठ पाने में भी असमर्थ हो गया था। फेनर ने उसकी पीठ पर एक जोरदार ठोकर मारी। वह दोहरा हो गया और फिर फेनर ने ठोकर मार-मारकर उसका सिर तोड़ डाला।

उसने कवने के पास घुटनों के बल बैठकर उसकी तलाशी ली, लेकिन उसकी जेबों में उसे कुछ नहीं मिला, वे बिल्कुल खाली थे। सूटकेस में लगे खून के धब्बों ने फेनर के इस अनुमान की पुष्टि कर दी थी कि वे मेरिन की कटी हुई मृत देह को लेने आएंगे।

उसने अपना रिवाल्वर संभाला और बड़े धैर्य और दृढ़ता से दूसरे कवने को देखने के लिए ऊपर की सीढ़ियों की ओर चल दिया। दूसरा कवना भी सुअर के बच्चे की तरह मरा पड़ा था। उसकी लाश एक कोने में ऐंठी हुई पड़ी थीं उसका मुंह खुला हुआ था, जिसमें से उसके दांत स्पष्ट दिखाई दे रहे थे। वह पागल कुत्ते की तरह दिखाई दे रहा था। उसने उसकी तलाशी ली, लेकिन उसके पास भी कुछ नहीं मिला। फेनर सीढ़ियों से दोबारा नीचे चला गया। उसने बत्ती बुझाई और सामने वाला दरवाजा खोलकर रात के अंधेरे में उस मकान के अहाते से बाहर निकल आया।

अहाते के बाहर कार उन दोनों कवनों की प्रतीक्षा कर रही थी। उसमें कोई भी नहीं था, लेकिन फेनर ने उसे उसी तरह रहने दिया और पैदल ही अंधेरे से भरी गली में धीरे-धीरे आगे बढ़ने लगा। जब वह कल्टन स्ट्रीट की भीड़ में मिल गया, तब उसने राहत की सांस ली।

वह एक टैक्सी द्वारा अपने ऑफिस पहुंच गया। कवनों के उस मकान से अपने ऑफिस तक पहुंचने के इस थोड़े से समय में ही उसने अपना कार्यक्रम निर्धारित कर लिया था। उसने अपने काम करने की योजना बना ली थी। उसने सीढ़ियां चढ़कर अपने ऑफिस तक पहुंचते-पहुंचते अपनी योजना को अंतिम रूप दे दिया।

उसने देखा, उसके ऑफिस में अभी तक बत्ती जल रही थी। एक पल के लिए उसे अंदर जाने में हिचकिचाहट हुई। उसने अपनी जेब में पड़े रिवाल्वर पर हाथ रखे-रखे ऑफिस में प्रवेश किया।

प्यूला टेलीफोन के सामने आरामकुर्सी पर बैठी थी। फेनर को देखते ही उसने झटके से अपना सिर उठाया, जैसे वह गहरी नींद से चौंककर जाग उठी हो।

'तुम घर क्यों नहीं गईं प्यूला?' फेनर ने धीरे से कहा।

'मैं उसके फोन की प्रतीक्षा करती रही। वह कम-से-कम हमें फोन तो कर ही सकती थी, लेकिन उसने फोन नहीं किया।' प्यूला ने एक लंबी सांस भरकर धीरे से कहा।

फेनर उसके साथ सटकर बैठ गया।

'देव, मैं उस बारे में शर्मिंदा हूं।' प्यूला ने खेद भरे स्वर में कहा।

'छोड़ो उसे।' फेनर ने उसके हाथ को थपथपाते हुए कहा— 'तुम्हारा उत्साहित करना लाभदायक सिद्ध हुआ। सब कुछ ठीक हो रहा है। उन दोनों कवनों ने उस लड़की को बड़ी क्रूरता से मार डाला और उसी तरह मैंने भी उन्हें खोजकर मौत के घाट उतार दिया, दोनों मर गए। उस लड़की के लिए दुःखी होने की जरूरत नहीं, बल्कि दृढ़ता की जरूरत है। मुझे वह काम हर हालत में पूरा करना है, जो वह मुझे सौंप गई है।'

यह कहकर फेनर ने मेरीन के हैंडबैग में मिला पत्र अपने सिगरेट-केस से निकालकर प्यूला को थमा दिया।

प्यूला ने उसे पढ़ा। उसका मुंह लटक गया। फिर भी वह शांत रही। उसने धीरे से कहा— 'कीवेस्ट—?'

'तुम तो सोच में पड़ गईं।' फेनर ने मुस्कराकर कहा।

प्यूला सचमुच सोच में पड़ गई थी।

'मेरीन अपनी छोटी बहन को पाना चाहती थी। उसने मुझसे कहा था कि उसे पता नहीं कि उसकी छोटी बहन कहां है। मैं सोच रहा हूं कि उसने मुझे भी कीवेस्ट के बारे में क्यों नहीं बताया? मुझे भी बेबी यह कोई भयानक षड्यंत्र दिखाई देता है—एक सोची-समझी योजना। इस सिलसिले में कोई-न-कोई दिलचस्प बात जरूर है।'

प्यूला ने पत्र दोबारा पढ़ा और फिर पूछा— 'यह नोलिन कौन है?'

फेनर ने अपने सिर को झटका। उसकी आंखों में गहरी चमक थी, गहरा सोच था। उसने सोच में डूबे-डूबे कहा— 'मैं नहीं जानता बेबी, लेकिन मैं उसके संबंध में जानने के लिए जा रहा हूं। मैंने उस लड़की से छह हजार डालर लिए हैं। अगर यह सारी रकम खर्च हो जाए, तब भी मैं उसकी छोटी बहन को तब तक खोजता रहूंगा, जब तक कि उसे पा नहीं लूंगा।'

वह उठकर टेलीफोन के पास चला गया। उसने एक नंबर डायल किया और रिसीवर कान से लगाए खड़ा रहा। उसने प्यूला से कहा— 'आइक कुछ पाने जा रहा हूं। मैं उसे सावधान कर रहा हूं।'

जब दूसरी ओर से किसी ने रिसीवर उठा लिया, तो उसने कहा— 'आइक?' और थोड़ी देर के बाद बोला— 'उससे कहो कि मैं फेनर बोल रहा हूं। उससे जाकर कह दो कि अगर वह फोन पर नहीं आया तो मैं घर आकर उसके दांतों में ऐसी ठोकर लगाऊंगा कि जिंदगी-भर याद रखेगा।'

वह रिसीवर कान में लगाकर फिर प्रतीक्षा करने लगा। उसके दाएं पांव का जूता डेस्क की एक टांग को निरंतर ठोकरें लगातार चला जा रहा था।

थोड़ी देर के बाद आइक की गुर्राती हुई आवाज फोन पर सुनाई दी।

'ठीक है, सब ठीक है।' फेनर ने कहा— 'तुम अपने खेल के साथ नरक में चले जाओ। यह बहुत ही आवश्यक है। मैं किसी को खोजना चाहता हूं। मैं कीवेस्ट पहुंचकर किसी-न-किसी के साथ संपर्क स्थापित करना चाहता हूं। क्या तुम वहां किसी से परिचित हो?'

'कीवेस्ट?' आइक की बड़बड़ाहट फोन पर सुनाई दी— 'नहीं, मैं कीवेस्ट में किसी को नहीं जानता।'

फेनर ने गुस्से से दांत पीसते हुए कहा— 'फौरन किसी से संपर्क स्थापित करो, जो इस काम को कर सके। मुझे फोन करना ठीक नहीं है। मैं तुम्हें स्वयं ही फोन कर लूंगा या फिर तुम्हीं मुझे फोन कर देना। मैं तुम्हारे फोन की प्रतीक्षा करूंगा।'

यह कहकर फेनर ने रिसीवर क्रेडिल पर रख दिया।

प्यूला ने पूछा— 'तुम कहां जा रहे हो?'

फेनर ने उसे समझाते हुए कहा— 'यह लंबा रास्ता है, लेकिन मेरा विचार है कि यही रास्ता सही रास्ता है और इसी रास्ते पर चलकर मैं अपनी मंजिल तक पहुंच जाऊंगा। हो सकता है मेरा अनुमान गलत हो, लेकिन मैं वहां जाऊंगा जरूर।'

प्यूजा ने उसके पैरों पर हाथ रखकर पूछा— 'क्या मैं भी तुम्हारे साथ चलूं?'

'नहीं, तुम यहीं रहना। अगर जरूरत पड़ी तो मैं तुम्हें बुला लूंगा। यहां रहकर मेरी अधिक सहायता कर सकती हो। मेरे जाने के बाद ग्रोस्ट मुझे देखने के लिए यहां जरूर आएगा। उससे तुम यही कह देना कि कुछ दिनों के लिए मैं शहर से बाहर चला गया हूं, लेकिन तुम्हें यह पता नहीं कहा गया हूं।'

'तो फिर मैं तुम्हारे घर जाकर तुम्हारा जरूरी सामान पैक कर दूं?'

'हां, यह काम कर दो।'

प्यूला के जाने के बाद फेनर उठकर शेल्फ के पास चला गया। उसने पान अमेरिकी हवाई सर्विस की समयसारणी निकाला और उसे देखने लगा। उसने देखा, एक विमान ठीक साढ़े बाहर बजे फ्लोरिडा जाता था। उसने घड़ी पर नजर डाली, अभी ग्यारह बजकर पांच मिनट हुए थे। वह सोचने लगा कि यदि आइक से जल्दी ही फोन पर बातचीत हो जाए, तो इसी विमान से जा सकता है।

वह डेस्क के पीछे अपनी रिवालिंग चेयर पर आ बैठा। उसने एक सिगरेट सुलगाई और आइक के फोन की प्रतीक्षा करने लगा।

लगभग बीस मिनट प्रतीक्षा करने के बाद टेलीफोन की घंटी बज उठी। फेनर ने जल्दी से हाथ बढ़ाकर रिसीवर उठा लिया।

दूसरी ओर से आइक ने कहा— 'तुमने कहा था कि तुम्हें एक बक नाइटेंगिल की जरूरत है। तुम्हें वह वहां मिल जाएगा, लेकिन उसके साथ जरा सावधानी से व्यवहार करना, क्योंकि उसे गुस्सा बहुत जल्दी आ जाता है।'

फेनर ने खुश होकर कहा— 'उसे मेरे लिए तय कर दो आइक और उसे बता दो कि देव अगले विमान से पहुंच रहा है और फौरन ही उससे मिलना चाहता है। मैं प्यूला से कह जाऊंगा। वह डाक द्वारा पांच सौ ब्यूक्स का चैक तुम्हें भेज देगी। मेरी सफलता की कामना करना आइक। यह रकम उन परेशानियों के लिए है, जो तुमने मेरे लिए उठाई हैं।'

'जरूर-जरूर।' आइक की चापलूसी भरी आवाज सुनाई दी। 'मैं उसे तुम्हारे लिए तय कर दूंगा।'

और फिर फोन कट गया।

फेनर ने फिर रिसीवर उठा लिया और एक नंबर डायल करने लगा।

'प्यूजा—!' लाइन मिल जाने के बाद उसने कहा— 'जल्दी करो प्यूला, मैं साढ़े बारह बजे वाला फ्लाइट पकड़ रहा हूं। जितनी जल्दी हो सके तुम मुझे एयरपोर्ट पर मिलो।'

प्यूला को फोन करने के बाद उसने अपनी मेज की एक दराज खोली। उसमें से चैकबुक निकाली। उसने पांच खाली चैकों पर हस्ताक्षर करके चैकबुक फिर उसी दराज में रख दी।

उसने अपना कोट और हैट पहना तथा विचारमग्न मुद्रा में ऑफिस में टहलने लगा।

वह कुछ देर तक उसी तरह टहलता रहा। फिर उसने बत्ती बुझाई और ऑफिस के दरवाजे में ताला लगाया तथा एलीवेटर की ओर बढ़ गया।

2

फेनर लगभग नौ बजे कीवेस्ट पहुंच गया। उसने एयरपोर्ट के पास ही के होटल में एक कमरा ले लिया। नहा-धोकर उसने सफर की थकान दूर की और फिर आराम से बिस्तर पर लेट गया। वह पिछली सारी रात सो नहीं पाया था। इसके अतिरिक्त ऊपर चलने वाले बिजली के पंखे की ठंडी हवा ने भी उसे सोने के लिए विवश कर दिया। उसकी पलकें मुंदती चली गईं और वह गहरी नींद सो गया।

लगभग दो घंटे के बाद टेलीफोन की घंटी की आवाज ने उसकी नींद में विघ्न डाल दिया। उसकी नींद उचट गई। उसने आंखें मूंदे-मूंदे ही रिसीवर उठा लिया।

'गुड मार्निंग सर।' टेलीफोन पर होटल की रिसेप्शन गर्ल बोल रही थी— 'इस समय आप क्या लेना पसंद करेंगे?'

फेनर ने संतरे का रस, टोस्ट और स्कॉच की एक बोतल का ऑर्डर दिया और उठकर बाथरूम में चला गया।

दोबारा नहाने के बाद उसने नाश्ता किया और जब वह होटल से निकला, तो लगभग साढ़े ग्यारह बजे थे। वह शहर के दक्षिणी भाग में रूजवेल्ट बुलवर्ड की ओर चल दिया। कीवेस्ट में गर्मी अधिक थी। वह पैदल चलते हुए गर्मी के बारे में सोचता रहा। उसने सोचा, उसे तो यहां काफी दिनों तक रहना पड़ेगा। उसे इस गर्मी के लिए कुछ-न-कुछ करना ही पड़ेगा।

उसने एक पुलिसमैन से बक नाइटेंगिल के मकान के बारे में पूछा।

पुलिसमैन ने एक लंबी जम्हाई ली और फिर बोला— 'तुम यहां नए-नए आए हो?'

'नहीं, मैं तो यहां का पुराना निवासी हूं। मैंने तो यह जानने के लिए पूछा था कि तुम जानते हो या नहीं।' फेनर ने कहा और आगे बढ़ गया।

उसने महसूस कर लिया कि उसे सावधान रहना चाहिए।

वह धीरे-धीरे आगे बढ़ने लगा। गर्मी निरंतर बढ़ती चली जा रही थी।

उसने एक टैक्सी ड्राइवर से नाइटेंगिल के मकान का पता पूछा। ड्राइवर ने बड़ी शिष्टता का व्यवहार किया और उसे पता बता दिया। फिर उसने किराया पूछा। ड्राइवर ने कहा कि वह पच्चीस सेंट में उसे शहर के किसी भी हिस्से में ले जा सकता है।

वह टैक्सी में बैठकर फ्लेग्लर एवेन्यू की ओर चल दिया। टैक्सी में बैठा था, फिर भी उसके पांव गर्म होने लगे थे। उसे ऐसा लग रहा था, जैसे उसने जलते हुए स्टोव पर पांव लगा दिए हों। फ्लेग्लर एवेन्यू और थामसन एवेन्यू के मोड़ पर पहुंचकर उसने टैक्सी ड्राइवर को रुकने का इशारा किया। टैक्सी एक दुकान के सामने रुक गई।

ड्राइवर ने अपना सिर घुमाकर कहा— 'यहीं है बॉस।'

फेनर ने अपना पैर जूते में दबाया और बड़ी कठिनाई से अपना गर्म हाथ अपनी पतलून की जेब में डाला। उसने ड्राइवर को पच्चीस सेंट दिए और टैक्सी से उतर आया।

दुकान बहुत ही साफ-सुथरी थी। खिड़कियां चमक रही थीं। दाहिने हाथ की खिड़की के पास एक छोटा सफेद ताबूत रखा हुआ था। खिड़की पर काला पर्दा पड़ा हुआ था। फेनर ने आश्चर्य से देखा, ताबूत बिलकुल खाली था। फिर वह चित्रकारी की गई उस प्लेट को पढ़ने लगा, जो ताबूत के पास ही रखी थी। उस पर लिखा था— 'यदि भगवान ने उसे हमसे न छीना तो हम तुम्हारी उस नन्ही-सी स्मृति की रक्षा कर सकेंगे।'

फेनर सोचने लगा कि वे शब्द बहुत ही दिलचस्प हैं। वह दूसरी खिड़की पर गया। उस खिड़की पर भी काला पर्दा पड़ा था। एक सफेद तिपाई पर सिल्वर का एक घड़ा रखा था। उसके पास ही पत्थर की एक पटिया रखी थी, जिस पर लिखा था— 'धूल के लिए धूल।' इस वाक्य ने भी उसे बहुत प्रभावित किया।

मकान के दरवाजे पर एक प्लेट लगी थी, जिस पर लिखा था—बी. नाइटेंगिल—अस्थि संस्कार के विशेषज्ञ।'

'उत्तम—बहुत उत्तम।' फेनर के मुंह से एकदम निकला।

वह दुकान के दरवाजे की ओर बढ़ गया। उसने ज्यों ही दरवाजा खोला, बिजली की घंटी बज उठी और फिर अंदर जाकर उसने जैसे ही दरवाजे का पट बंद किया, घंटी की आवाज बंद हो गई। दुकान बहुत ही आकर्षक थी। एक छोटे काउंटर ने उस कमरे को दो भागों में विभाजित कर रखा था। काउंटर सोने-चांदी के तारों की कढ़ाई वाले एक सफेद पर्दे से ढका हुआ था। काले चमड़े में मढ़ी कई बानू वाली कुर्सियां रखी थीं। जिन पर सुनहरी

तारों की कढ़ाई वाले लिफाफे पड़े हुए थे। कमरे की बाईं ओर शीशे की केबिनेट वाला एक ताबूत रखा था। इस ताबूत पर बड़ी बारीकी से सुनहरी चित्रकारी की गई थी।

दाईं ओर क्रास पर लटके ईसा की बहुत ही सुंदर मूर्ति थी, जो बहुत ही कुशलता से बनाई गई थी। न दिखाई देने वाले बल्बों की मद्धिम रोशनी चारों ओर बिखरी हुई थी। उसे लगा, जैसे वह किसी चर्च में खड़ा है।

काउंटर के पीछे काले-सफेद और सुनहरी लंबे पर्दे लगे हुए थे। कमरे में कोई भी नहीं था।

फेनर शीशे की केबिनट वाले ताबूत के पास चला गया और उसे बड़े आश्चर्य से देखने लगा।

तभी कमरे की पिछली ओर से एक स्त्री आई। उसके बदन पर सिल्क की बहुत ही टाइट पोशाक थी। उसकी पोशाक के कफ-कालर सफेद थे। वह बहुत ही सभ्य और शिष्ट दिखाई दे रही थी। उसका चेहरा गहरा सुर्ख था। लगता था, जैसे किसी गहरे घाव पर सुर्ख रंग का पेंट कर दिया गया हो। उसने फेनर की ओर देखा और मुस्कराने लगी।

फेनर ने अनुभव किया कि वह सामान्य स्त्री नहीं है।

'मैं आपकी क्या सहायता कर सकती हूं?' उस स्त्री ने धीरे से पूछा।

फेनर ने अपनी ठोढ़ी खुजाई और फिर शीशे के ताबूत की ओर उंगली से इशारा करते हुए उसने पूछा— 'क्या तुम इन बक्सों को बेचती हो?'

स्त्री ने बड़ी अपेक्षा से कहा— 'जी हां, लेकिन यह तो सिर्फ मॉडल हैं। आप बताइए, आपको क्या चाहिए?'

फेनर ने अपने सिर को झटका देकर कहा— 'मैं तो यूं ही जानकारी के लिए पूछ रहा हूं।'

स्त्री की आंखों में संदेह उभर आया।

'क्या नाइटेंगिल अंदर है?' फेनर ने पूछा।

'क्या आप केवल उन्हीं से मिलना चाहते हैं?'

'हां, उससे कहो रोज मिलने आया है।'

'देखती हूं। इस समय वे बहुत व्यस्त हैं।' उस स्त्री ने कहा और अंदर चली गई।

फेनर उसे अंदर जाते हुए देखता रहा। उस स्त्री के बदन का पिछला भाग बहुत ही सुंदर और आकर्षक था।

वह स्त्री दूसरे पल ही लौट आई और बोली— 'आइए।'

फेनर उस स्त्री के पीछे-पीछे ऊपर की मंजिल में जाने वाली सीढ़ियों पर चढ़ने लगा।

आधी सीढ़ियां पार करने के बाद फेनर ने उस स्त्री से कहा— 'तुम जो इत्र इस्तेमाल करती हो, वह बहुत अच्छा है।'

वह स्त्री मुड़कर उसके कंधों को देखते हुए मुस्कराने लगी। उसके दांत बहुत ही सुंदर थे। उसने धीरे से कहा— 'मेरा चेहरा लाल हो गया है। इसके लिए मैं क्या कर सकती हूं?'

फेनर ने गंभीर होकर कहा— 'मैं उसी महिला से बात करना पसंद करता हूं, जो ठीक-ठाक हो।'

उस स्त्री ने एक दरवाजे की ओर इशारा करके कहा— 'वे इस कमरे में हैं, चले जाइए।'

'धन्यवाद।' फेनर ने आभार प्रकट किया।

'आपकी आंखें बहुत सुंदर हैं। आप मुझे बहुत अच्छे लग रहे हैं।' उस स्त्री ने कहा और पलटकर सीढ़ियों से उतरकर नीचे चली गई।

फेनर की उंगलियां उसकी टाई पर थीं। वह सोचने लगा, यह स्त्री कितनी आकर्षक है।

और फिर वह दरवाजा खोलकर अंदर चला गया।

वह कमरा एक कारखाने की तरह था। एक ओर अधूरे बने चार ताबूत पड़े थे। नाइटेंगिल पीतल की एक प्लेट तैयार कर रहा था।

फेनर ने देखा, नाइटेंगिल का रंग सांवला था। उसने एक शीशे को काटते हुए अपनी निस्तेज और रंगहीन आंखें फेनर की ओर उठाईं।

'मैं रोज हूं।' फेनर ने उसकी ओर बढ़ते हुए कहा।

'क्या तुम मुझसे मिलने आए हो?' नाइटेंगिल ने अपना काम करते-करते पूछा।

फेनर ने कहा— 'मेरा नाम देव रोज है।' मेरा विचार है तुम्हें मेरा इंतजार था।'

नाइटेंगिल ने पेचकस नीचे रख दिया और फेनर की ओर देखने लगा। फिर बोला— 'मुझे याद आ गया। मुझे तुम्हारा इंतजार था। चलो, ऊपर चलो, वहीं बैठकर बातें करेंगे।'

फेनर उसके पीछे-पीछे वर्कशाप से निकल गया और घुमावदार सीढ़ियां चढ़ते हुए ऊपर पहुंच गया।

नाइटेंगिल उसे एक कमरे में ले गया। यह कमरा बड़ा होने के साथ ठंडा भी था। कमरे में दो खिड़कियों से मेक्सिको की खाड़ी दिखाई दे रही थी।

'बैठो, अगर चाहो तो अपना कोट उतार लो।' नाइटेंगिल ने एक कुर्सी की ओर इशारा किया।

फेनर ने कोट उतारकर अपनी बांह में डाल लिया और खिड़की के पास पड़ी एक कुर्सी पर जा बैठा।

'क्या आप कुछ पीना पसंद करेंगे?' नाइटेंगिल ने पूछा।,

'जरूर।'

नाइटेंगिल ने व्हिस्की की बोतल और गिलास लाकर फेनर के सामने एक मेज पर रख दिए और फिर पैग बनाने लगा।

फेनर सोचने लगा— 'मुझे सावधान रहना चाहिए। पता नहीं इस व्यक्ति पर किस सीमा तक विश्वास किया जा सकता है?' उसने नाइटेंगिल से पूछा— 'तुम मेरा साथ कहां तक दोगे?'

नाइटेंगिन ने अपनी पतली उंगली से शीशा साफ करते हुए कहा— 'जहां तक तुम चाहो।'

'मुझे कुछ लड़कों की जरूरत है। अगर वे न्यूयार्क के रहने वाले हों तो और भी अच्छे रहेंगे।'

नाइटेंगिन ने बड़े सहज भाव से कहा— 'यह काम हो जाएगा। क्रोटी के साथ मेरे बहुत अच्छे संबंध हैं। मैं तुम्हारी हर तरह सहायता करूंगा।'

फेनर ने अनुमान लगाया, शायद क्रोटी आइक द्वारा खोजा गया आदमी है। उसने सूखे गले से कहा— 'शायद पांच सिक्के क्रोटी की अपेक्षा कहीं अधिक बेहतर रहेंगे।'

नाइटेंगिल ने एक उड़ती हुई नजर फेनर पर डाली और फिर बोला— 'मैं इस झंझट में नहीं पड़ता। क्रोटी ने मुझसे कहा था कि मैं तुम्हारी सहायता करूं। मेरे लिए यही काफी है।'

फेनर ने महसूस किया कि नाइटेंगिल बहुत ही समझदार आदमी हैं उसने हिचकिचाकर कहा— 'मुझे गलत मत समझो नाइटेंगिल। मैं जहां से आया हूं, उस शहर और इस शहर में बहुत अंतर है।'

'मैं कुछ लोगों से तुम्हारा परिचय करा दूंगा। लेकिन जिस काम के लिए तुम यहां आए हो, क्या वह बस यही काम है?'

फेनर ने कहा— 'ऐसा भी हो सकता है कि तुम्हारे शहर की इस भीड़ में कोई मेरा इस्तेमाल करे।'

'क्रोटी ने मुझे बताया कि तुम बहुत ही आदरणीय व्यक्ति हो। तुम अपने रिवाल्वर से नए-नए ढांचों का निर्माण करने में कुशल हो। फिर भी मेरा विचार है कि कार्ल्स तुम्हारे काम आ सकेगा।'

फेनर ने एक पल कुछ सोचा और फिर बोला— 'नोलिन के संबंध में तुम्हारा क्या विचार है? वह कैसा रहेगा?'

नाइटेंगिल की आंखें एकदम फैल गई। उसने आश्चर्य और भय भरे स्वर में कहा— 'नोलिन—दक्षिणी हवाओं की तरह तेज।'

'ऐसा?'

'कार्ल्स अपनी प्रत्येक योजना में नोलिन को अवश्य लेता है। नोलिन जैसा भाला फेंकने वाला तुम्हें शायद ही कहीं कोई मिले।'

'मैंने सुना है कि नोलिन बहुत अच्छा निशानेबाज है।' फेनर ने कहा— 'खैर, यह बताओ कार्ल्स कौन है?'

'एक लड़का है, उससे तुम्हारी कहीं भेंट हो सकती है।'

फेनर ने स्कॉच में सोडा मिलाते हुए पूछा— 'क्या उसका पूरा नाम प्यो कार्ल्स है?'

'हां, क्या तुम उससे मिलना चाहते हो?' नाइटोंगिल ने अपने हाथ की उंगलियां एक-दूसरी में उलझाते हुए कहा।

'जरूर मिलना चाहते हूं; लेकिन नाइटेंगिल, इस अजनबी शहर में मेरी सुरक्षा की पूरी जिम्मेदारी तुम पर है।'

नाइटेंगिल ने अपना गिलास खाली करके मेज पर रख दिया— 'मुझे कुछ काम करना है। तुम यहीं आराम करो, बाहर बहुत गर्मी है।'

नाइटेंगिल के जाने के बाद फेनर ने अपनी आंखें मूंद लीं और अपने अगले कदम के बारे में सोचने लगा।

तभी उसने एक हल्का-सा खटका महसूस किया और जल्दी से आंखें खोल लीं।

वह औरत अंदर आई और उसने धीरे से दरवाजा बंद कर लिया। फेनर को ताले में चाबी घूमने की आवाज सुनाई दी। वह सोचने लगा— 'लगता है यह मुझ पर झपटने आ रही है।' उसने जल्दी से कुर्सी पर रखी टांगें उठा लीं और संभलकर बैठ गया।

'आराम से बैठे रहो।' उस औरत ने उसके पास आकर कहा— 'मैं तुमसे कुछ बात करना चाहती हूं।'

'तुम्हारा क्या नाम है हनी?' फेनर ने पूछा।

'वे मुझे क्यूर्ली कहते हैं।'

'अच्छा नाम है क्यूली। तुम्हारा विचार है?'

क्यूर्ली नाइटेंगिल वाली कुर्सी पर आ बैठी। उसने धीमी आवाज में कहा— 'मुझे एक बार जी भरकर प्यार कर लो और फिर यहां से चले जाओ। जिद्दी आदमी इस शहर में अधिक दिन नहीं रह सकता।'

फेनर की भौंहें टेढ़ी हो गईं— 'तुमसे किसने कहा कि मैं जिद्दी हूं?'

'मुझसे किसी ने नहीं कहा। तुम जब नीचे आए थे, तभी मैंने तुम्हारी आंखों की चमक देखकर यह जान लिया था कि तुम बहुत जिद्दी हो। कोई ऐसा-वैसा काम मत कर बैठना। यहां के निवासी किसी विदेशी के साथ मुकाबला नहीं करते। कुछ ही दिनों में तुम्हें बिल्लियों के लिए गोश्त में बदल दिया जाएगा।'

फेनर ने उसकी कमर में हाथ डालकर उसे लिपटाते हुए कहा— 'तुम बहुत सुंदर हो। तुम्हें चिंता करने की जरूरत नहीं है। मैं यहां रहने आया हूं।'

'तुम नहीं जानते कि तुम्हारी भलाई किसमें में है? तुम्हें जल्दी ही ये लोग पीस डालेंगे। मुझे इनमें से किसी पर विश्वास नहीं है। नाइटेंगिल पर विश्वास मत करना। देखने में वह सीधा-सादा दिखाई देता है, लेकिन वह हत्यारा है—उससे सावधान रहना।'

फेनर उछलकर खड़ा हो गया— 'ओ.के. बेबी, मैं उससे सावधान रहूंगा। इससे पहले कि वह तुम्हें मेरे पास देख ले, तुम नीचे चली जाओ।'

'मैंने तुम्हें यह सब इसलिए बताया है कि मैं नहीं चाहती कि तुम जैसा बड़ा आदमी किसी परेशानी में पड़े।'

फेनर ने अपनी बांहों को फैलाकर उसे अपने आपमें समेटकर कहा— 'तुम फिर मेरी वजह से अपने आपको परेशान मत करो क्यूर्ली।'

और फिर फेनर ने अपने होंठ क्यूर्ली के होंठों पर रख दिए।

वे काफी देर तक इसी तरह खड़े रहे।

कुछ देर के बाद क्यूर्ली ने उससे अलग हटते हुए कहा— 'मैं सोचती हूं कि मैं अच्छी औरत नहीं हूं।' उसके चेहरे पर सहसा दुःख की छाया डोल उठी।

फेनर ने अपनी उंगलियों को कालर के अंदर घुमाते हुए कहा— 'अपने बारे में भी मेरा भी ठीक यही विचार है। धीर रखो, मेरे काम शुरू करने से पहले उन्हें मुझ पर आक्रमण करने दो। मैं तुम्हें चर्च में मिलूंगा।'

क्यूर्ली दरवाजा खोलकर बाहर निकल गई।

फेनर ने अपनी जेब से रूमाल निकाला और कुछ सोचते हुए अपने हाथ साफ करने लगा। फिर वह धीरे से अपने आपसे बड़बड़ाया— 'मेरा विचार है, मेरा काम आरंभ हो चुका है। कुछ चीजें अपने आप ही स्पष्ट होती चली जा रही हैं।'

वह वापस आकर खिड़की के पास वाली कुर्सी पर आ बैठा।

कुछ देर के बाद वह नाइटेंगिल के पास फ्लेग्लर होटल की लॉबी में था। वहां काफी भीड़ थी।

नाइटेंगिल ने लिफ्ट के दरवाजे पर लगा बटन दबाया। थोड़ी देर बाद ही लिफ्ट नीचे आ गई। वे दोनों लिफ्ट से अंदर चले गए। नाइटेंगिल ने पांचवीं मंजिल के लिए बटन दबा दिया। लिफ्ट तेजी से ऊपर जाने लगी।

पांचवीं मंजिल पर पहुंचकर लिफ्ट रुक गई। वे दोनों लिफ्ट से निकलकर कॉरीडोर में आ गए।

नाइटेंगिल 47 नंबर कमरे के सामने पहुंचकर रुक गया। उसने तीन बार जल्दी-जल्दी और दो बार धीरे-धीरे दरवाजे पर थपकी दी।

फेनर समझ गया कि यह गुप्त संकेत है।

थोड़ी देर बाद दरवाजा खुल गया। दरवाजे में एक छोटा कवना खड़ा था। उसके बदन पर काला सूट था। उसने उन्हें ऊपर से नीचे तक देखा।

फेनर ने सीटी बजाने के अदांज में अपने होंठ खोले, लेकिन उसने सीटी नहीं बजाई।

नाइटेंगिल ने धीमी आवाज में कवने से कहा— 'मुझे विश्वास है कि यह हर तरह से ठीक है।'

कवना दरवाजे में से हट गया। वे दोनों अंदर चले गए। जैसे ही वे अंदर पहुंचे, कवने ने दरवाजा बंद कर दिया। फेनर ने उसकी पि-पॉकेट पर निशान देखा।

वह बड़ा हॉलनुमा कमरा था। उसमें सामने की ओर तीन दरवाजे थे।

'लड़के अंदर हैं?' नाइटेंगिल ने छोटे कवने से पूछा।

कवने ने 'हां' में सिर हिलाया और अखबार उठाकर दरवाजे के सामने एक कुर्सी खींचकर बैठ गया।

नाइटेंगिल हॉल के बीच में पहुंचा, तो वहां चार आदमी बैठे पाइप पी रहे थे। इनमें से दो अखबार पढ़ रहे थे। एक रेडियो सुन रहा था और चौबा एक रॉड साफ कर रहा था। उन सभी ने नाइटेंगिल का अभिवादन किया और फेनर की ओर घूरकर देखने लगे।

रॉड साफ करने वाले आदमी ने उठकर फेनर को घूरते हुए पूछा— 'यह कौन है?'

वह बंद दांतों में ही बोल रहा था। वह सफेद सूट, काली कमीज और सफेद टाई पहने हुए था। उसके बाल घुंघराले थे। उसकी आंखों का रंग पीला और हरा था, जो ठंडी और चमकदार दिखाई दे रही थीं।

'यह रोज है, न्यूयार्क से आया है।' नाइटेंगिल ने कहा— 'क्रोटी इसे जानता है। यह सभी तरह से ठीक है।' औरफिर उसने फेनर की ओर मुड़कर कहा— 'रोज, रेजर से मिलो।'

फेनर ने रेजर की ओर मुस्कराकर देखा। उसे रेजर का इस तरह देखना बिलकुल अच्छा नहीं लगता था।

'यहां कब तक रहने का इरादा है?' रेजर ने पूछा।

फेनर ने अपना हाथ हिलाया— 'तुम्हारा यह मित्र क्या सजावट के लिए है?'

नाइटेंगिल ने फेनर के कफ के ऊपर अपना हाथ रख दिया। उसने कुछ कहा नहीं, लेकिन उसने उसे चेतावनी दे दी थी।

रेजर के जी में आया कि फेनर से झगड़ बैठे, लेकिन उसने अपने आपको रोककर कहा— 'रेडियो पर पयूगकेन है। सीधे हाथ की ओर वर्ग और बाईं ओर मिलर है।'

तीनों आदमियों ने फेनर की ओर सिर हिलाकर फेनर का अभिवादन किया, लेकिन उनकी नजरों में मित्रता की भावना नहीं थी।

फेनर ने विनम्रता से कहा— 'तुम तीनों से मिलकर मुझे बड़ी खुशी हुई है। तुमने पीने-पिलाने के बारे में नहीं पूछा। क्या तुम्हारे पास माल नहीं है?'

रेजर तेजी से नाइटेंगिल की ओर मुड़कर गुर्राते हुए बोला— 'यह क्या है, यह सूखी लकड़ी-सा दुबला-पतला मुंहफट आदमी कौन है?'

मिलर मोटा और पैनी आंखों वाला एक गंजा आदमी था। उसने झपटकर मेज पर से ऐश-ट्रे उठा ली।

फेनर झपटकर उसके सामने पहुंच गया और उसने दो जोरदार तमाचे उसके मुंह पर जड़ दिए।

सहसा नाइटेंगिल ने बड़ी फुर्ती से रिवाल्वर निकाल ली। उसने कड़ककर कहा— 'ऐसा मत करो मिलर, झगड़ा ठीक नहीं है।'

फेनर को बड़ा आश्चर्य हुआ। नाइटेंगिल के आदेश पर वे सब जैसे जम गए। रेजर तो इस तरह दिखाई देने लगा, जैसे वर्षों से बीमार हो।

नाइटेंगिल ने फेनर की ओर देखते हुए आदेशात्मक स्वर में कहा— 'उसके पास से हटकर यहां आ जाओ।'

नाइटेंगिल की यह बात बहुत मामूली-सी थी, फिर भी फेनर को पसीना आ गया। क्यूर्ली ने ठीक ही कहा था। नाइटेंगिल वास्तव में हत्यारा है।

फेनर मिलकर के पास से हटकर नाइटेंगिल के पास आ खड़ा हुआ और उसने अपना दायां हाथ अपनी जेब में डाल लिया।

'मुझे यह पता नहीं था कि तुम लोग मेरे मित्र के साथ ऐसा व्यवहार करोगे?' नाइटेंगिल ने गुस्से से कहा।

फेनर ने हंसते हुए कहा— 'यह भी एक प्रकार का शिष्टाचार है। भले ही तुम इसे गलत समझो।'

नाइटेंगिल ने अपना रिवाल्वर जेब में रख लिया। वे चारों कभी के ढीले पड़ चुके थे।

रेजर ने जबरदस्ती मुस्कराते हुए कहा— 'ऐसी गर्मी में इस प्रकार का खेल बहुत ही गलत है।'

यह कहते हुए वह अलमारी के पास चला गया और शराब की बोतल तथा गिलास निकाल लाया।

फेनर रेजर के पास जा बैठा और बोला— 'इसी गर्मी से मुझे भी सख्त नफरत है।'

रेजर को फेनर के इस व्यवहार पर आश्चर्य हो रहा था। उसने बड़ी आत्मीयता से कहा— 'जो कुछ हो गया, उसे भूल जाओ और इसे अपना ही घर समझो।'

फेनर ने गिलास उठाते हुए पूछा— 'कार्ल्स अंदर है?'

रेजर ने नशे में बोझिल पलकें उठाते हुए कहा— 'कार्ल्स के पास मिलने वालों के लिए समय नहीं है। मैंने तुम्हारे आने के बारे में उसे बता दिया था।'

'फेनर ने अपना गिलास खाली किया और उठकर खड़ा हो गया। उसने उन सबकी ओर देखते हुए कहा— 'मुझे आप लोगों के साथ बैठकर बहुत खुशी हुई है। मेरा विचार है कि कार्ल्स बहुत देर तक व्यस्त रहेगा। मैं नोलिन से मिलने जा रहा हूं।'

रेजर का हाथ बहुत तेजी से अपनी जेब में चला गया, लेकिन नाइटेंगिल सावधान था। फुर्ती से अपना रिवाल्वर निकाल लिया और कड़कर बोला— 'अपना हाथ बाहर निकालो।'

रेजर ने चुपचाप अपना हाथ बाहर निकाल लिया। उसके तीनों साथी चुपचाप बैठे रहे। उनके चेहरे देखकर फेनर को हंसी आने लगी।

नाइटेंगिल ने कहा— 'अगर इसे यह कार्ल्स की उपेक्षा पसंद नहीं है, तो इसे जाने दो। यह क्रोटी का मित्र है और जो क्रोटी का मित्र है, वह मेरा मित्र है।'

'मैं फिर कभी आकर तुम लोगों से मिलूंगा।' फेनर ने कहा और फिर तेजी से कमरे से निकलकर बाहर आ गया।

लिफ्ट के नीचे पहुंचकर उसने दरवाजे से नोलिन के बारे में पूछा, तो दरबान ने उसे बताया कि नोलिन का ऑफिस दवेल स्ट्रीट पर है।

फेनर ने उसे धन्यवाद दिया और एक टैक्सी में बैठकर दवेल स्ट्रीट की ओर चल दिया।

* * *

नोलिन का ऑफिस एक दुकान के ऊपर था। फेनर चौड़ी-चौड़ी सीढ़ियां पार करके ऊपर पहुंच गया। ऑफिस का शीशे का दरवाजा खोलकर जब उसने अंदर कदम रखा तो टाइपराइटर के पीछे बैठी युवती ने मुस्कराकर उसका स्वागत किया।

'नोलिन अंदर है?' फेनर ने मुस्कराकर पूछा। वह उस युवती को देखते ही समझ गया था कि युवती किसी पुरुष की मुस्कराहट पाने के लिए कुछ भी कर सकती है और इसीलिए उसने मुस्कराकर नोलिन के बारे में उससे पूछा था।

'वे अभी व्यस्त हैं।' युवती ने उत्तर दिया और फिर फेनर के चेहरे की ओर देखते हुए उसने पूछा— 'तुम कौन हो?'

'मेरा नाम देव रोज है। मैं कुछ बेचने नहीं आया, मुझे उससे सिर्फ मिलना है।'

युवती उठी और अपने पीछे वाले दरवाजे के अंदर चली गई।

फेनर एक पल खड़ा रहा और फिर उसके पीछे-पीछे वह भी अंदर चला गया।

नोलिन अधेड़ उम्र का काला और बहुत ही भद्दा आदमी था। उसकी ठोड़ी दोहरी थी। नाक उठी हुई थी। उसकी आंखें पैनी और उभरी हुई थीं। उसने एक नजर फेनर पर डाली और फिर उसने औरत की ओर देखकर मुस्कराते हुए पूछा— 'यह कौन है?'

फेनर ने देखा—नोलिन के नाखून काफी बढ़े हुए और गंदे थे। हाथ मैले थे और उसके कपड़ों पर जगह-जगह धब्बे दिखाई दे रहे थे। नाइटेंगिल ने उसके बारे में जो कुछ कहा था, सच था।

'मेरा नाम रोज है।' फेनर ने उत्तर दिया— 'और तुम कैसे हो?'

नोलिन ने सिर झुकाकर युवती की ओर देखा। वह दरवाजे से निकलकर बाहर चली गई। दरवाजा बंद हो गया।

'तुम क्या चाहते हो?' नोलिन ने जोर से पूछा।

फेनर ने डेस्क पर हाथ रखे और उसकी ओर झुककर बोला— 'मैं अपने काम में तुम्हें साझीदार बनाना चाहता हूं। मैं कार्ल्स को देख चुका हूं। मेरा काम वह नहीं करेगा। उसके बाद केवल तुम्हारा ही नाम मेरी सूची में था, इसलिए मैं यहां चला आया।'

'तुम कहां से आए हो?'

'क्रोटी—।'

नोलिन कुछ देर अपनी उंगलियों के नाखूनों को देखता रहा, फिर बोला— 'सी. कार्ल्स तुम्हारे काम का आदमी नहीं है। खैर, मामला क्या है?'

'कार्ल्स से मेरी मुलाकात नहीं हुई, लेकिन मैं उसके आदमियों से मिल चुका हूं। उनके व्यवहार से मुझे निराशा हुई है, इसलिए मैंने कार्ल्स का ख्याल ही छोड़ दिया है।'

'मेरे पास क्यों आए हो?'

'उन्होंने मुझे बताया है कि तुमने दक्षिण की कई बार यात्राएं की हैं, इसलिए मैंने सोचा कि हो सकता है, हम दोनों मिलकर कोई काम कर सकें।'

नोलिन के चेहरे पर लाली दौड़ गई। उसने मुस्कराते हुए कहा— 'उन्होंने ऐसे कहा है? तुमने मेरे साथ मिलने की बात कहकर उस गैंग के साथ अच्छा मजाक किया है। खैर, अब मतलब की बात करो।'

फेनर पैर से एक कुर्सी सरकाकर नोलिन के सामने बैठ गया। उसने सिगार केस में से एक सिगार निकालकर सुलगाया और उसके हल्के-हल्के कश लेने लगा।

नोलिन उसे घूरकर देख रहा था। उसकी आंखें फैल गई थीं और वे और अधिक चमक उठी थीं।

'सुनो नोलिन, मैं क्रोटी के पास से आया हूं। मैं एक समस्या को सुलझाना चाहता हूं। क्रोटी ने मुझसे सलाह दी थी कि कार्ल्स या तुमको अपने साथ ले लूं। कार्ल्स इन दिनों बुरी तरह व्यस्त है। उससे मेरी मुलाकात तक नहीं हो सकी। इसलिए मैं तुम्हारे पास चला आया हूं। क्रोटी ने तुम्हें क्यों महत्व दिया? शायद इसलिए कि तुम किसी से मिले हो या फिर क्रोटी ने काई बात सुनी हो। मुझे विश्वास है कि यदि हम दोनों मिलकर काम करें, तो हमें अवश्य सफलता मिलेगी।'

नोलिन ने सिर को झटककर कहा— 'मैं क्रोटी को नहीं जानता। उसके बारे में मैंने कभी कुछ सुना भी नहीं है। मुझे विश्वास नहीं कि तुम उसके पास से आए हो। लगता है किसी काम के बहाने तुम मुझे धोखे में डालना चाहते हो। मैं तुम्हारे साथ कोई काम करना नहीं चाहता। मुझे तुम्हारी कोई जरूरत नहीं है।'

फेनर जम्हाई लेते हुए उठ खड़ा हुआ— 'अच्छी बात है। अब मैं खुद ही इस समस्या को हल करूंगा। अगर इस विषय में तुम्हारा विचार बदल जाए तो तुम हेवर्थ होटल में आकर मुझसे मिल लेना। नाइटेंगिल तो मुझे बच्चे की तरह समझता है। अगर तुम्हें उससे कोई जानकारी मिले, तो चले आना।'

नोलिन को समझाकर वह ऑफिस से बाहर आ गया।

सड़क पर पहुंचकर उसने टैक्सी ली और अपने होटल में लौट आया।

वह डाइनिंग हॉल में बैठा खाना खा रहा था कि नाइटेंगिल वहां पहुंच गया।

फेनर ने भरे मुंह से कहा— 'आओ नाइटेंगिल। मैं कोई ताबूत बनवाना नहीं चाहता, यह धंधा अच्छा नहीं है।'

'तुम ठीक कहते हो। जब किसी की खुशियां टूटती हैं, तो जी चाहता है कि धंधे को छोड़ दूं।'

'सुनो नाइटेंगिल, रेज ठीक आदमी नहीं है। मैं उसे लेना नहीं चाहता।' फेनर ने कहा।

नाइटेंगिल ने ब्राउन ब्रेड, पनीर और एक गिलास दूध का ऑर्डर दिया और अपनी नजरें मेज पर बिछे सफेद मेजपोश पर जमा लीं।

जब वेटर सारी चीजें रखकर चली गई और नाइटेंगिल ने खाना शुरू कर दिया, तो फेनर ने अपनी जेब में से चाकू निकाला और मेज पर गाड़ते हुए बोला— 'मैं तुम्हें पसंद कर सकता हूं नाइटेंगिल। केवल तुम एकमात्र ऐसे व्यक्ति हो, जिसने मेरी ओर मित्रता का हाथ बढ़ाया है। अगर तुम्हें कभी मेरी जरूरत पड़े तो मुझे याद कर लेना।'

नाइटेंगिल अपने झुके हुए हैट के नीचे से फेनर को ताक रहा था। सूर्य की किरणें गिलासों पर पड़ रही थीं। नाइटेंगिल ने रूखे स्वर में कहा— 'तुम मेरी सहायता के बजाय मुझे नुकसान ही पहुंचा सकते हो।'

खाना समाप्त करने के बाद फेनर अपनी कुर्सी खिसकाकर खड़ा हो गया— 'ओ.के. पॉल, मैं तुमसे फिर मिलूंगा।'

'हमें किसी समय मिलकर बातचीत करनी चाहिए।' नाइटेंगिल ने आशा भरे स्वर में कहा।

'अच्छी बात है।' फेनर ने कहा और मैनेजर की ओर चल पड़ा।

मैनेजर उस समय बहुत व्यस्त था, लेकिन फेनर को देखते ही वह मुस्कराने लगा। उसकी मुस्कराहट में चापलूसी की झलक थी।

'मैं सोने जा रहा हूं।' फेनर ने मैनेजर से कहा— 'लेकिन यह ध्यान रखिए कि यहां मेरी हत्या भी की जा सकती है।'

और फिर मैनेजर के उत्तर की प्रतीक्षा किए बिना वह सीढ़ियों की ओर बढ़ गया।

अपने कमरे में पहुंचकर उसने दरवाजा बंद किया और उसमें ताला लगा दिया। कोट उतारा और बिस्तर पर लेट गया।

थोड़ी देर बाद उसे नींद आ गई।

वह गहरी नींद सोया पड़ा था कि टेलीफोन की घंटी ने उसे जगा दिया। उसने उठकर घड़ी देखी। वह लगभग दो घंटे सो चुका था।

टेलीफोन के पास पहुंचकर उसने रिसीवर उठाया और कान से लगाकर खड़ा हो गया।

दूसरी ओर से किसी ने कहा— 'फ्लेग्लर होटल पहुंचो, बॉस तुमसे मिलना चाहते हैं।'

फेनर ने अपनी आंखें मिचमिचाते हुए कहा— 'अपने बॉस से कहो, मैं सुबह आया था और अब मैं उस जगह को दोबारा देखना नहीं चाहता।' और यह कहकर उसने रिसीवर क्रेडिल पर रख दिया।

वह फिर बिस्तर पर आ लेटा और उसने अपनी आंखें मूंद लीं।

उसे लेटे हुए अभी दो ही मिनट हुए थे कि टेलीफोन की घंटी फिर बज उठी।

उसने झल्लाकर रिसीवर उठा लिया।

दूसरी ओर से फिर वही आवाज सुनाई दी— 'तुम आ जाओ तो अच्छा है। कार्ल्स ज्यादा देर तक किसी की प्रतीक्षा नहीं करता।'

‘कार्ल्स से कहो कि वह खुद यहां आ जाए।’ फेनर ने बड़ी उपेक्षा से कहा और फोन डिस्कनेक्ट कर दिया।

वह बाथरूम में चला गया। नहाने के बाद उसने अपना कोट और हैट पहना तथा सीढ़ियों से उतरकर नीचे आ गया।

दोपहर बाद की गर्मी पड़ रही थी। सूर्य नीचे खिसकता जा रहा था।

फेनर होटल के प्रवेश-द्वार के पास जा बैठा और बाहर की ओर देखने लगा। कुछ देर बाद एक बड़ी कार अचानक सड़क पर आई और होटल के नीचे आकर रुक गई।

उस कार में चार आदमी थे। उनमें से ड्राइवर अपनी सीट पर बैठा रहा ओर बाकी तीन आदमी कार से उतरकर होटल की ओर बढ़ गए।

फेनर ने रेजर और मिलर को पहचान लिया, लेकिन वह तीसरे को नहीं पहचाना पाया। उसने उसे पहली ही बार देखा था।

रेजर फेनर को देखकर उसकी ओर बढ़ने लगा।

‘क्या किसी से मिलने आए हो?’ फेनर ने उसकी ओर देखते हुए पूछा।

‘कार्ल्स ने तुम्हें बुलाया है, चलो।’ रेजर ने कहा— ‘अच्छा होगा कि तुम हमारे साथ चुपचाप चले चलो। वरना हम तुम्हें जबरदस्ती ले जाएंगे।’

‘अगर ऐसी बात है तो चलो।’ फेनर ने कहा और उनके साथ कार में बैठ गया।

वे गाड़ी में चुपचाप बैठे रहे। फेनर, रेजर और मिलर के बीच बैठा था तथा तीसरा आदमी ड्राइवर के पास अगली सीट पर बैठा था।

उस तीसरे आदमी को रेजर और मिलर व्यूसी के नाम से संबोधित कर रहे थे।

फ्लेग्लर होटल पहुंचकर वे लिफ्ट द्वारा 47 नंबर कमरे में गए। रेजर ने बिना कुछ बोले एक दरवाजे को धकेला और फेनर तथा अपने साथियों के साथ अंदर चला गया।

कार्ल्स एक बहुत बड़ी खुली खिड़की के पास कोच पर बैठा था। उसके बदन पर क्रीम कलर का फूलदार सूट था। सफेद सिल्क का तह किया हुआ रूमाल उसके होंठों पर था। उसके पैरों में टर्किश स्लीपर थे।

वह एक कीमती सिगार पी रहा था। उसकी ब्राउन बालों वाली कलाई पर सुनहरी चैन वाली घड़ी थी।

कार्ल्स बिलकुल नौजवान था। उसकी उम्र कम-से-कम 20 वर्ष और अधिक-से-अधिक 24 वर्ष की हो सकती थी। चेहरा भरा हुआ था। होंठ लाल थे। उसके होंठ बहुत ही पतले थे। ऐसा लगता था, जैसे ब्लेड से तराशकर पतले किए गए हों। उसकी आंखें बड़ी-बड़ी और आकर्षक थीं। बाल घुंघराले और गहरे काले थे। वह बहुत ही सुंदर नौजवान था, लेकिन ध्यान से देखने पर उसकी सुंदर और आकर्षक आंखें मृत्यु से भी कहीं अधिक भयानक दिखाई देती थीं।

‘यह रोज है।’ रेजर ने कहा और अपने साथियों के साथ बाहर चला गया।

फेनर ने ‘हां’ में सिर हिलाया और कार्ल्स के सामने बैठ गया।

कार्ल्स ने उसे बड़े रूखेपन से देखा और सपाट लहजे में पूछा— 'क्या बात है?'

'आज सुबह मैं तुमसे मिलने आया था, लेकिन तुम्हारे आदमियों ने बताया कि तुम काम में व्यस्त हो, इसलिए मैं वापस चला गया। मैं अब तुमसे बात करना चाहता हूं।'

कार्ल्स ने फर्श पर से पैर उठाकर कोच पर रख लिए और उसी प्रकार सपाट स्वर में बोला— 'सावधानी और सतर्कता मेरा स्वभाव बन गई है। मैं यहीं था, जब तुम्हारे आने के बारे में मुझे पता चला तो, मैंने क्रोटी से संपर्क स्थापित किया था। मैं तुम्हारे संबंध में जानकारी प्राप्त करना चाहता था और जानकारी प्राप्त किए बिना मैं तुमसे मिलना नहीं चाहता था। इसलिए तुमसे सुबह मैंने मुलाकात नहीं की। मेरे विचार से मैंने जो कुछ किया था, ठीक ही था। क्रोटी ने बताया है कि तुम पर विश्वास किया जा सकता है—तुम मेरे काम आ सकते हो। तुम भी मेरी ही तरह हो।'

फेनर की आंखें सिकुड़ गईं। उसने दृढ़ता भरे स्वर में कहा— 'मैं अभी कुछ नहीं बता सकता। मुझे अभी गहराई से सोचने दो।'

'तुम काफी समझदार हो और इस काम में यह बहुत जरूरी है।' कार्ल्स ने मुस्कराकर कहा— 'तुम्हें अभी पता चल जाएगा।'

'हमें यहां से कहां चलना होगा?' फेनर ने पूछा।

'मेरे पास एक छोटा-सा काम है। शायद तुम्हें पसंद आए।'

'क्या मैं लेन-देन के संबंध में जान सकता हूं?' फेनर ने पूछा।

'सौ व्यूक्स के बारे में तुम्हारा क्या विचार है? वैसे मेरे विचार से लेन-देन की बात काम देखकर ही की जाए तो अच्छा रहेगा।'

फेनर ने सहज भाव से कहा— 'इतनी रकम का मेरे निकट कोई महत्व नहीं है।'

वे दोनों उठकर बाहर निकल आए।

एक घंटे के बाद कार्ल्स ने फेनर, रेजर और व्यूसी के साथ एक कॉफी हाउस में प्रवेश किया। रेजर और फेनर को एक-दूसरे से घृणा थी। दोनों इस बात को भली-भांति जानते थे। रेजर कार्ल्स के साथ चल रहा था और फेनर तथा व्यूसी उन दोनों के पीछे थे। वे एक छोटे से गलियारे में पहुंचकर सीढ़ियों पर चढ़ते हुए ऊपर पहुंच गए। सीढ़ियों के छोर पर एक दरवाजा था। कार्ल्स ने उस दरवाजे को खोला और अंदर चला गया।

काफी बड़ा कमरा था। फेनर ने देखा व्यूसी ने अंदर आते ही धड़ाम से दरवाजा बंद कर दिया था। कमरे में अंधेरा छाया हुआ था, लेकिन दूर एक कोने में बल्ब चमक रहे थे। कार्ल्स और रेजर दोनों उस कोने में चले गए।

फेनर व्यूसी के साथ दरवाजे के पास ही खड़ा रहा।

व्यूसी ने धीमे से कहा— 'यह इसका ऑफिस है।'

'हमें क्या करना है? क्या यहीं खड़े रहें?' फेनर ने पूछा।

'हां, हम यहीं खड़े रहेंगे।' व्यूसी ने कहा।

कार्ल्स एक बड़ी मेज के पास जा बैठा। उसने रेजर से कहा— 'उसे यहां ले आओ।'

रेजर अंधेरे में चलता हुआ अंदर चला गया। फेनर ने ताला खुलने की आवाज सुनी।

लगभग एक मिनट के बाद रेजर एक आदमी को घसीटते हुए बाहर आया। वह उसका कोट पकड़े उसे इस तरह ला रहा था, जैसे किसी गठरी को उठाकर ला रहा हो। उसने उस आदमी को लाकर कार्ल्स के सामने कुर्सी में घुसेड़ दिया।

फेनर ने उसे ध्यान से देखा। उसे आश्चर्य हुआ, वह चीनी था। उसके बदन पर काला सूट था। उसके हाथ मुड़े हुए थे। उसका शरीर दोहरा हो रहा था।

फेनर ने व्यूसी की ओर देखा। व्यूसी ने दोबारा होंठ खोले, लेकिन कुछ बोला नहीं।

रेजर ने पीछे से उस चीनी के सिर को झिंझोड़ा।

फेनर धीरे से आगे बढ़ा, लेकिन फिर रुक गया। उस चीनी का चेहरा रोशनी की ओर था। उसके शरीर की त्वचा खिंची हुई और कठोर थी। उसका चेहरा देखकर लग रहा था, जैसे वह महीनों से बीमार हो। उसकी आंखें अंदर की ओर धंसी हुई थीं।

कार्ल्स ने उस चीनी से कहा— 'अब तुम्हें पत्र लिखना है।'

चीनी चुपचाप बैठा रहा।

रेजर ने उसकी गर्दन को आगे की ओर झटका।

कार्ल्स ने मुस्कराकर कहा— 'जिद्दी आदमी।' फिर उसने दराज खोलकर कोई चीज बाहर निकालकर मेज पर रख दी और फिर रेजर से बोला— 'रेजर, इसके हाथ मेज पर रखो।'

रेजर ने उसका हाथ पकड़कर खींचा। उसने अपने हाथ अपने कोट की आस्तीन में मोड़ रखे थे।

फेनर ने देखा, वह चीनी अपने हाथ कोट की आस्तीनों में से निकालना नहीं चाहता था, लेकिन रेजर उससे उलझ गया और फिर उसका दायां हाथ एक-एक इंच करके बाहर आ गया। चीनी के चेहरे से पसीने की बूंदें टपकने लगीं और उसके होंठों से दर्द भरी धीमी-धीमी कराहें निकलने लगीं।

फेनर ने कहा— 'यह तो जीता-जागता नरक है।'

व्यूसी ने उसकी ओर घूमकर देखा, लेकिन बोला नहीं।

रेजर ने पंजे जैसी एक चीज हाथ में उठा ली। उसका चेहरा कठोर हो गया। उसने उस पंजे से चीनी की उंगलियां दबाईं। चीनी की उंगलियों से खून बहने लगा।

कार्ल्स ने दवात, कलम और एक पैड उस चीनी के सामने रखते हुए कहा— 'लिखो।'

लेकिन चीनी चुपचाप बैठा रहा।

कार्ल्स ने फेनर की ओर देखते हुए कहा— 'तुम इधर आओ रोज, मैं चाहता हूं कि तुम इसे देखो।'

'मुझे यहीं से सब कुछ दिखाई दे रहा है।' फेनर ने बड़ी उपेक्षा से कहा।

कार्ल्स झुंझला उठा। उसने वह चीज जो अपनी मेज की दराज से निकाली थी, बड़ी लापरवाही से उस चीनी की एक उंगली में फिट कर दी।

फेनर ने जल्दी से पीछे मुड़कर व्यूसी की बांह पकड़ ली— 'मुझे बताओ कि वह सब क्या हो रहा है, वरना मैं जाकर उसे रोकता हूं।'

व्यूसी का चेहरा पल-भर के लिए हरे पनीर जैसा हो गया। उसने धीरे से कहा— 'इस बूढ़े चीनी के तीन लड़के हैं। कार्ल्स चाहता है कि चीनी अपने लड़के उसे दे दे। इससे कार्ल्स को चार हजार डालर की कमाई हो जाएगी।'

अचानक फेनर ने देखा, चीनी लिखने लगा था। कार्ल्स उठकर खड़ा हो गया था और चीनी के द्वारा लिखे जाने वाले प्रत्येक शब्द को बड़े ध्यान से पढ़ता जा रहा था।

पत्र समाप्त करने के बाद चीनी अपनी कुर्सी में पीछे की ओर गिर गया।

कार्ल्स ने अपने कोट की जेब में हाथ डाला और 25 प्वाइंट का रिवाल्वर निकालकर तेजी से चीनी की ओर आ गा। उसने पीछे से चीनी के सिर पर रिवाल्वर की नाल टिकाई और ट्रेगर दबा दिया।

रिवाल्वर की गोली की आवाज शांत कमरे में गूंज उठी।

कार्ल्स ने अपना रिवाल्वर कोट की जेब में रखा और अपनी कुर्सी पर आ बैठा। उसने पत्र उठाकर मोड़ा और अपने कोट की भीतरी जेब में रख लिया।

'नाइटेंगिल से कहो कि इसका पीछा छोड़ दे।' कार्ल्स ने रेजर से कहा और फिर उठकर फेनर के पास आ गया। उसने फेनर की ओर एक उपेक्षा भरी नजर डालते हुए कहा— 'क्या तुम्हें मेरा यह तरीका पसंद है?'

फेनर ने धीमे से कहा— 'हो सकता है इसका कोई कारण रहा हो। लेकिन ठीक है। मेरा विचार है यह कोई छोटा-मोटा मामला है।'

कार्ल्स हंस पड़ा। फिर बोला— 'चलो ऊपर की मंजिल पर चलें। इस विषय में तुम्हें वहीं चलकर बताऊंगा।'

कॉफी की यह दुकान काफी हवादार थी। वे दोनों एक कोने की मेज पर आमने-सामने जो बैठे।

रेजर और व्यूसी चले गए।

कार्ल्स ने एक सिगरेट निकालकर सुलगाई। तंबाकू का धुआं पीले और ब्राउन रंग का था। कुछ देर के बाद आकर्षक आंखों वाली एक सुंदर लड़की कॉफी के दो छोटे-छोटे प्याले रखकर चली गई।

उसके जाने के बाद कार्ल्स ने कहा— 'अब तुम भी इस खेल में सम्मिलित हो गए हो। अगर तुम्हें यह पसंद न हो तो स्पष्ट बताओ। अगर तुम्हें पसंद न हो तो मैं तुम्हें रोकूंगा नहीं और यदि तुम्हें पसंद हो तो तुम मेरे साथ आगे बढ़ना चाहते हो तो मैं तुम्हें बता दूंगा कि ऐसा क्यों हुआ? तुम जान जाओगे कि काम किस तरह किया जाता है। क्या तुम रुकोगे?'

फेनर ने स्वीकृति में सिर हिलाते हुए कहा— 'मैं तुम्हारे साथ काम करने को तैयार हूं।'

'जो भी आदमी कुछ बनना चाहेगा, मेरे काम को पसंद करेगा।' कार्ल्स ने कहा— 'हड़बड़ाहट में कोई निर्णय मत करो।'

'तुम इस विषय में चिंता क्यों करते हो? अगर मैं इसे पसंद नहीं करूंगा तो यह मेरी मौत होगी।'

कार्ल्स ने कॉफी सिप की और इधर-उधर नजरें दौड़ाकर रहस्यपूर्ण स्वर में बोला— 'पश्चिमी समुद्र तट पर चीनी मजदूरों की भारी मांग है, क्योंकि वे बहुत सस्ते मिल जाते हैं। अधिकारियों का विचार है कि चिंक काम करना नहीं चाहते, लेकिन वे इन्हें छोड़ना भी नहीं चाहते। मजदूरों को प्राप्त करने का यह एक टेढ़ा रास्ता है। इस आदमी से मैंने इसके लड़कों को मांगा था। मजदूर जुटाने का मेरा यह अपना रास्ता है। मैंने उन लड़कों को पा लिया है।'

'तुम्हारा अभियान है कि तुम उन्हें स्मगल करते हो?' फेनर ने सिर हिलाते हुए कहा।

'बहुत ही आसान काम है। समुद्र तट पर सैकड़ों ऐसी जगहें हैं, जहां से मैं इन मजदूरों को पा लेता हूं। समुद्र तट के गार्ड मेरे काम में कोई रुकावट नहीं डालते। कभी-कभी मुझे असफलता का भी मुंह देखना पड़ जाता है।'

फेनर ने कहा— 'ठीक है। इस लाइन में कोई झमेला नहीं है।'

'तुमने अभी इस संबंध में गंभीरता से विचार नहीं किया है। चिंक बहुत ही दुष्ट होते हैं। हवाना में एक आदमी के साथ मेरी मुलाकात हुई थी। वह खाड़ी के पार चिंकों की स्मगलिंग किया करता था। इसी धंधे में उसने अंधाधुंध रुपया कमाया है। ये चिंक काफी महंगे होते हैं। एक चिंक के बदले में पांच सौ से एक हजार डालर तक मिल जाते हैं। हम एक बार में बारह चिंक भेजते हैं। नाव पर सवार होते ही वे मेरी संपत्ति बन जाते हैं और मैं उन्हें पश्चिमी तट पर भेज देता हूं। एक चिंक को भेजने में ही पांच सौ व्यूक्स मिल जाते हैं।'

'इसका मतलब है, पहले तुम चिंक खरीदते हो और फिर बेच देते हो।' फेनर ने कहा

'यह काम मुझे खेल जैसा लगता है। मैंने इस सप्ताह पचास चिंक जहाज पर चढ़ाए हैं। हर चिंक पर मुझे तीस ग्रांड खर्च करने पड़े हैं।'

'लेकिन क्या उस नरक में जाकर ये चिंक चीखते-चिल्लाते नहीं हैं?'

'ये कैसे चीख-चिल्ला सकते हैं? इन्हें वहां किसी प्रकार का कोई भी अधिकार प्राप्त नहीं होता। इन्हें कैदियों जैसा जीवन बिताना पड़ता है। उन्हें केवल खाना मिलता है। पश्चिमी तट पर तुम इन्हें हर कहीं काम करते पाओगे। धोबी का काम रेस्तरां में और लांड्री में, हर जगह तुम्हें ये चिंक काम करते हुए दिखाई देंगे।'

'इस बूढ़े चीनी से पत्र लिखवाकर तुम क्या चाहते हो?'

कार्ल्स ने हंसते हुए कहा— 'सब कुछ।'

फेनर को हंसी आ गई। उसने अपनी हंसी रोककर पूछा— 'तुम्हारी उम्र क्या होगी। अगर तुम्हें कोई परेशानी न हो तो क्या बताओगी कि तुमने उस बूढ़े से पत्र क्यों लिखाया था?'

'इस बूढ़े के तीन लड़के हैं, तीनों चीन में हैं। मुझे चिंक्स की सख्त जरूरत है। मैंने इस बूढ़े से उन्हें पत्र लिखवाया है कि वे तीनों यहां आ जाएं। वे अपने पिता का पत्र पाते ही यहां चले आएंगे।'

'फिर इस काम में मेरा स्थान कहां है?' फेनर ने कहा।

'क्या तुम ट्रिप पर जाना पसंद करोगे। एक या दो दिन में ही मैं ट्रिप भेज रहा हूं, तुम वहां जाकर मेरे लिए कुछ गुलाब इकट्ठे करना।'

'ठीक है, मैं जरूर करूंगा।'

'क्या तुम अपने साथ व्यूसी को ले जाना पसंद करोगे?'

'जरूर।' फेनर ने कहा और कार्ल्स को वहीं बैठा छोड़कर सड़क पर आ गया।

तभी व्यूसी उसके सामने आ खड़ा हुआ।

'यह तो बहुत ही आसान काम है।' फेनर ने कहा।

'अगर तुम्हारा निशाना अचूक होगा, तो तुम्हें कोई कठिनाई नहीं होगी। मैं उस जगह से परिचित हूं।' व्यूसी ने कहा।

फेनर ने महसूस किया कि व्यूसी इस संबंध में कुछ और ही सोच रहा है। उसने धीरे से कहा— 'लगता है तुम कुछ दूसरे ही ढंग से सोच रहे हो।'

'हां, मैं जुआरी नहीं हूं।' व्यूसी ने घृणा भरे स्वर में कहा।

वे दोनों समुद्र के किनारे घूमते रहे।

फेनर को यह काम बहुत आसान लग रहा था। उसने पूछा— 'तुम्हें कितना वेतन मिलता है, व्यूसी।'

'एक सौ व्यूक्स।' व्यूसी ने बताया।

'यह तो चिकन खाने जैसा है।'

'हां, सो तो है।'

वे दोनों विचारों में डूबे समुद्र में चलते हुए जहाजों को देखते रहे।

अचानक फेनर की नजर एक बहुत ही आरामदेह मोटर लांच पर पड़ी, जो किनारे के पास खड़ी थी।

तभी व्यूसी सीटी बजाने लगा।

फेनर ने मुड़कर उसकी ओर देखा।

व्यूसी ने एक ओर इशारा करते हुए कहा— 'मैंने औरतों का एक झुंड देखा है, लेकिन मैं समझ नहीं पा रहा कि उन्हें किस तरह पाया जाए।'

फेनर ने उसकी बात नहीं सुनी। उसकी नजरें एक लड़की पर टिकी हुई थीं, जो लांच के एक केबिन से निकल रही थी। वह बहुत ही सुंदर थी। सुर्ख और सुनहरा रंग। लंबी टांगें। पतले-पतले पैर। वह सफेद ट्राउजर पहने हुए थी। पैरों में लाल सैंडिल थे। उसकी गर्दन उठी हुई थी। वह उसे देखते ही पहचान गया। वह मेरिन डिले की छोटी बहन थी।

उसे देखकर व्यूसी ने धीरे से सीटी बजाई और फिर बोला— 'कितनी सुंदर है।'

‘जानते हो यह कौन है?’ फेनर से कहा।

‘मेरी हंसी मत उड़ाओ।’ प्यूसी ने कहा और फिर सीटी बजाने लगा।

फेनर ने उसकी बात नहीं सुनी। वह मोटर लांच का नाम देख रहा था। उस पर लिखा था— ‘नेंसी डब्ल्यू।’ वह चकरा उठा। उसे प्रथम आधार मिल गया था, जिसके सहारे वह आगे बढ़ सकता था।

फेनर व्यूसी को लेकर एक बार में चला गया।

जब बारमैन ऑर्डर लेने आया तो, उसने पूछा— ‘वहां बाहर एक भरी हुई मोटर लांच खड़ी है।’

बारमैन ने बाहर की ओर देखकर ‘हां’ में सिर हिला दिया और फिर उसने पूछा— ‘आपको क्या चाहिए?’

फेनर ने उसे दो जिन का ऑर्डर दिया।

जब बारमैन आया तो उसने फिर कोशिश की। उसने उससे पूछा— ‘उस बोट का मालिक कौन है?’

‘किस बोट का?’

‘नेंसी डब्ल्यू का?’

‘उसका मालिक थेलर है।’

‘थेलर—? वह क्या करता है?’

‘मेरा अनुमान है, वह रहस्यपूर्ण नौजवान है। धनी-संपन्न है।’

‘क्या वह यहीं रहता है?’

‘हां, जिसके पास इतनी सुंदर मोटर लांच हो वह और कहां रहेगा।’

‘वह स्त्री कौन थी?’ फेनर ने जिन का आधा गिलास खाली करके पूछा।

‘मेरा अनुमान है, मालिक ने उसके साथ कांट्रेक्ट कर रखा है।’

‘व्यूसी ने कहा ‘हो सकता है कि मैं तुम्हारी कोई सहायता कर सकूं।’

‘लेकिन ऐसे आदमी से तुम्हारी मुलाकात कहां हो सकता है?’

‘वह नोलिन के जुआघर में मिल सकता है।’

‘तो क्या नोलिन का जुआघर है?’ फेनर ने आश्चर्य से कहा।

‘हां।’

फेनर ने अपन गिलास खाली करके मेज पर रख दिया और व्यूसी की बांह में बांह डालकर उसे धूप में ले आया।

नोलिन का जुआघर जर्नेस्ट हेमिंग्वे के घर के पास ओलेविया और व्हाइट हेड के कोने पर था।

फेनर हेमिंग्वे के मकान को देखने के लिए कुछ देर रुका और फिर जुआघर की ओर चल दिया।

* * *

शाम काफी गर्म थी। नोलिन का जुआघर एक बगीचे के किनारे किसी प्राकृतिक दृश्य की तरह दिखाई दे रहा था। जुआघर के दो दरवाजे दो खिड़कियां और दो पोर्च थे।

सड़क पर खाली और भरी कारों की कतारें लगी हुई थीं।

फेनर ने ड्राइवर को किराया दिया और घूमता हुआ पत्थर की सीढ़ियों से ऊपर चला गया। सामने का दरवाजा खुला हुआ था। जुआघर की लॉबी बहुत ही सुंदर थी और रोशनी से जगामगा रही थी।

दो आदमी दरवाजे पर खड़े थे। उन्होंने कड़ी नजरों से फेनर को देखा। वे नोलिन के इशारे पर किसी को भी उठाकर पटक सकते थे।

लॉबी पार करके फेनर एक बड़े कमरे में पहुंचा, जहां दो मेजें लगी हुई थीं। उसने चारों ओर इस आशा से चक्कर लगाया कि शायद मोटर लांच वाली लड़की दिखाई पड़ जाए।

उसे उस कमरे में आए अभी पांच मिनट से अधिक नहीं हुए थे कि शाम की पोशाक पहने एक कवना उसके पास आया।

'मिस्टर रोज।' कवने ने उसकी ओर देखते हुए कहा।

'क्या बात है?'

'क्या तुम एक क्षण के लिए ऑफिस में आओगे?'

'मैं यहां अपना मन बहलाने आया हूं। मुझे तुम्हारे ऑफिस से क्या सरोकार?' फेनर ने मुस्कराकर कहा।

तभी दरवाजे के पास खड़े दोनों आदमी अचानक ही उसके पास आकर खड़े हो गए। उन्होंने मुस्कराकर फेनर की ओर देखा। लेकिन उनकी मुस्कराहट उनकी आंखों तक नहीं पहुंची।

कवने ने बड़ी नरमी से कहा— 'तुम्हारे लिए यह बेहतर होगा कि तुम मेरे साथ चलो।'

फेनर उसके साथ चल दिया। उस कमरे को पार करके वे लॉबी के पास वाले कमरे में चले गए।

नोलिन उस कमरे में इधर-से-उधर चक्कर काट रहा था। उसका सिर उसकी छाती की ओर झुका हुआ था। उसके होंठों में सिगार दबा हुआ था। फेनर को देखते ही वह मुड़कर उसकी ओर देखने लगा।

कवने ने दरवाजा बंद कर दिया। वे दोनों आदमी दरवाजे के बाहर ही रह गए।

फेनर ने देखा, इस समय नोलिन साफ-सुथरा दिखाई दे रहा था। उसके बदन पर उसके उपयुक्त ही सूट था।

'तुम यहां क्या कर रहे हो?' नोलिन ने पूछा।

'यह तो आम पब्लिक के लिए है। फिर तुम्हें क्या परेशानी हो रही है।' फेनर ने रूखे स्वर में कहा।

'हम कार्ल्स के किसी भी आदमी को यहां नहीं आने देते।'

फेनर को हंसी आ गई। वह आगे बढ़कर बाजुओं वाली कुर्सी पर जा बैठा और बोला— 'मुझे उल्लू मत बनाओ।'

नोलिन कुछ पल चुपचाप खड़ा रहा। फिर उसने कहा— 'तुम्हारे लिए यही अच्छा रहेगा कि तुम यहां से चले जाओ।'

फेनर ने अपने हाथ हिलाकर कहा— 'इस बंदर को बाहर भेज दो। मैं तुमसे कुछ बात करना चाहता हूं।'

नोलिन पहले तो हिचकिचाया, फिर उसने इशारा किया। कवना कमरे से बाहर चला गया।

'क्या तुम कार्ल्स के साथ सिकी काम पर नहीं जा रहे?' फेनर ने कहा और अपनी टांग हिलाते हुए बोला— 'तुम अपने आपको बहुत अकलमंद समझते हो।'

फेनर ने गंभीरता से कहा— 'मुझे मालूम नहीं। मैं इस शहर में अकेला हूं। अगर मेरा वश चले तो इस पूरे शहर को गोलियों से उड़ा दूं। मैं तुम्हें चाहता हूं। मैं कार्ल्स को नहीं चाहता। मुझे उसका काम करने का तरीका पसंद नहीं है।'

नोलिन ने हंसते हुए कहा— 'तुम दुष्ट हो। कार्ल्स को तुमसे बहुत आशाएं हैं।'

'लेकिन रोज, मैं तुम्हारा विश्वास नहीं करता, तुम भी दुष्ट हो।'

फेनर ने उसकी बात अनसुनी करते हुए बड़ी नरमी से पूछा— 'नोलिन, वह थेलर कौन है?'

'थेलर? उससे तुम्हें क्या काम है?' नोलिन की आंखें क्रोध से जल उठीं और बाहर की ओर उभर आईं।

फेनर भी उसके पीछे-पीछे चलता हुआ मुख्य हॉल में आ गया। उसने आग्रह भरे स्वर में कहा— 'उसे मुझे दिखा दो, मैं उससे मिलना चाहता हूं।'

नोलिन ने पहले दाएं-बाएं नजर डाली और फिर सामने की ओर देखकर बोला— 'वह तीसरी मेज पर खेल रहा है, उसकी बगल में एक लड़की बैठी है।'

फेनर ने उस लड़की को देखा। वह बहुत सुंदर दिखाई दे रही थी। मद्धिम रोशनी उसके सुर्ख सुनहरे बालों पर पड़ रही थी। उसके बदन पर काली पोशाक थी, जो उसके बदन पर बहुत ही जंच रही थी।

फेनर ने बड़े सहज भाव से पूछा— 'यह लड़की कौन है?'

'ग्लोरी लीडलर।' सुंदर है न?' नोलिन के चेहरे पर खून दौड़ने लगा। उसकी नीली आंखें फैल गईं।

फेनर बड़े धीरज से उसे देखता रहा।

'अगर तुम थेलर से मिलना चाहते हो तो इंतजार करो। वह खेलते समय किसी का दखल देना पसंद नहीं करता।'

'ठीक है।' फेनर ने कहा— 'यह लीडलर लड़की कौन है?'

नोलिन ने अपना सिर घुमाया और फेनर की ओर देखते हुए बोला— 'इतने उत्तेजित क्यों हो रहे हो?'

'उत्तेजित कैसे न होऊं, यह है ही ऐसी।'

नोलिन ने कुछ सोचते हुए कहा— 'मैं थोड़ी देर के लिए तुमसे अलग हो रहा हूं, मुझे कुछ काम है।'

नोलिन के जाने के बाद फेनर सोचने लगा कि यह सब क्या है? उसे आश्चर्य हो रहा था।

वह घूमता हुआ कमरे के आखिर में छोटे बार में चला गया और शराब का ऑर्डर देकर बार के बाहर देखने लगा। जहां वह खड़ा था, वहां से ग्लोरी का सिर और कंधे दिखाई दे रहे थे। फिर वह थेलर का अध्ययन करने लगा। एक बड़ा आदमी, चमकते सूर्य जैसा रूप-रंग। काले घुंघराले बाल। उसकी नीली आंखों और सुतवां नाक ने उसे और भी सुंदर बना दिया था।

कुछ देर के बाद जब फेनर ने ग्लोरी की ओर दोबारा देखा, तो उसने देखा ग्लोरी उसी की ओर देख रही थी। वह बहुत ही रहस्यमयी दिखाई दे रही थीं उसने सोचा—यदि यह लड़की मेरिन डिले की बहन न होती तो तीन टांग के घोड़े की तरह उसकी नजर में उसका रत्ती-भर भी मूल्य न होता।

थी थेलर ने झुककर ग्लोरी से कुछ कहा और खेलना शुरू कर दिया।

फेनर को विश्वास नहीं हुआ। फिर भी वह सोचने लगा कि ग्लोरी उसी को देखकर मुस्कराई थी। तभी उसने देखा, ग्लोरी उसकी ओर आने का इशारा कर रही थी। वह चुपचाप घूमकर उसकी ओर देखता रहा, लेकिन ग्लोरी ने दोबारा उसकी ओर नहीं देखा। वह बार में कई मिनट तक खड़ा रहा।

सहसा ग्लोरी ने थेलर से कुछ कहा और उठकर खड़ी हो गई। थेलर को शायद उसकी बात पर गुस्सा आ गया था। उसने ग्लोरी की कलाई पकड़ ली, लेकिन ग्लोरी ने अपने सिर को झटका, हंसी और फिर मेज से उठ गई। थेलर ने एक बार मुड़कर उसकी ओर देखा और फिर दोबारा अपने खेल में मग्न हो गया।

ग्लोरी धीरे-धीरे चलती हुई कार में आ गई। बार में एक ओर दो आदमी एक-दूसरे से सटे खड़े थे तथा एक छोटा कवना था, जो बार का मैनेजर था।

फेनर ने ग्लोरी की ओर देखते हुए कहा— 'अकेले पीना अशिष्टता है, क्या तुम मेरा साथ दोगी?'

लेकिन ग्लोरी ने उसकी ओर नहीं देखा। उसने अपना बैग खोलकर दस डालर का बिल चुकाकर एक जिन का ऑर्डर दिया।

'मुझे अशिष्टता पसंद है।' उसने धीरे से कहा और जिन का गिलास लेकर उससे तीन गज पीछे जा खड़ी हुई।

फेनर ने रोटी और जिंजर जल्दी-जल्दी समाप्त करके और लाने का ऑर्डर दिया और फिर आश्चर्य से उसकी ओर देखते हुए उसका अध्ययन करने लगा। जब वेटर उसके ऑर्डर की चीजें रखकर चला गया, तब उसने ग्लोरी की ओर देखते हुए— 'मिस लीडलर, मैं तुमसे बात करना चाहता हूं।'

उसने सिर घुमाकर पूछा— 'तुमने मुझसे कुछ कहा?'

'हां, यह तुम्हारा ही नाम है न?'

'हां' वह टकटकी लगाकर उसे देखने लगी और फिर अचानक ही परेशान-सी दिखाई देने लगी।

'मेरा नाम रोज है। मैं हावर्थ होटल में ठहरा हूं। मैं चाहता हूं—।' वह कहते-कहते चुप हो गया, क्योंकि उसने थेलर को जल्दी-जल्दी उसी ओर आते देखा। उसका चेहरा भयानक दिखाई दे रहा था।

उसने ग्लोरी के पास आकर कहा— 'भगवान के लिए इतना मत पियो।'

ग्लोरी उसकी ओर देखकर हंस पड़ी और फिर बोली— 'मैं समझती हूं अद्भुत है, वास्तव में अद्भुत है।'

थेलर ने कड़ी नजर से फेनर की ओर देखते हुए कहा— 'इसे छोड़ो ग्लोरी।'

'यह बहुत सुंदर है। उसकी बांहें देखो। उसकी गर्दन का साइज देखा।' ग्लोरी बड़बड़ाती हुई बोली।

फेनर ने रूमाल निकालकर अपने हाथ साफ किए और शराब का गिलास खाली कर दिया।

कवना मैनेजर उसकी चौकसी कर रहा था। उसके चेहरे पर अधिकारियों जैसी शीतलता थी।

थेलर ने गुस्से से कहा— 'तुम्हें इसकी बांह और गर्दन से क्या मतलब है?'

'इसने मुझसे पीने के लिए पूछा था। इसने मुझसे कहा था, अकेले पीना शिष्टाचार के विरुद्ध है।' ग्लोरी ने फेनर की ओर मुस्कराकर देखते हुए कहा।

थेलर ने फेनर से कहा— 'यहां से फौरन चले जाओ।'

ग्लोरी उसे रोकती हुई बोली— 'ऐसे प्यारे आदमी के साथ बात करने का यह तरीका नहीं है। तुम तो उसे मित्र बनाने के बजाय शत्रु बना रहे हो।'

फेनर ने थेलर की ओर देखते हुए कहा— 'ऐ लड़के, अपनी ओर देखो। तुम जितने छोटे हो, उतनी ही बड़ी बात करते हो।'

थेलर उसकी ओर बढ़ा, लेकिन कवना मैनेजर जल्दी से उन दोनों के बीच में आ गया। उसने थेलर से कुछ कहा।

थेलर ने कवने की ओर देखा और फिर ग्लोरी की कलाई पकड़कर कमरे से बाहर हो गया।

फेनर ने कवन से कहा— 'अच्छी लड़की थी।'

कवने ने कहा— 'बेहतर यही होगा कि तुम यहां से चले जाओ।'

फेनर कुछ सोचता हुआ खड़ा रहा। उसने उंगलियां मरोड़ीं और फिर छोड़ दीं। वह लॉबी से होता हुआ बाहर आ गया।

रात का अंधेरा चारों ओर फैला हुआ था।

एक कार दरवाजे के पास ही खड़ी थी। ड्राइवर ने उसका दरवाजा खोल रखा था।

फेनर ने कहा— 'वाटरफ्रंट।' और फिर तेजी से उछलकर गाड़ी में जा बैठा।

गाड़ी तेजी से चल पड़ी। थेलर समुद्र तट पर खड़ी अपनी मोटर लांच नेंसी डब्ल्यू में था। फेनर वहीं पहुंच गया। उसने लांच के केबिन में तेज रोशनी देखी। उसने ड्राइवर को किराया दिया और गाड़ी से निकल आया।

वह घृणा भरी नजरों से समुद्र के किनारे खड़ी उस लांच को देखने लगा और फिर तेजी से चलता हुआ केबिन के पास पहुंच गया। केबिन के शीशे वाले अधखुले दरवाजे से अंदर का दृश्य स्पष्ट दिखाई दे रहा था।

ग्लोरी केबिन के बीचों-बीच खड़ी थी और अपनी कलाई मरोड़ते हुए थेलर की ओर देख रही थी।

'यह ऐसा समय है जब हमें शक्ति परीक्षण करना है।' दरवाजे के पास खड़े थेलर ने कहा। उसका स्वर एकदम स्पष्ट था, जो फेनर को साफ-साफ सुनाई दे रहा था।

ग्लोरी ने अपनी पीठ उसकी ओर मोड़ते हुए कहा— 'मैं एक बार यहां से बाहर निकल जाऊं, फिर तुमसे कभी नहीं मिलूंगी।'

थेलर साइन-बोर्ड की ओर चला गया। उसने एक गिलास में स्कॉच उड़ेली और एक ही सांस में गिलास खाली करके हाथों को शराबी की तरह दिखाते हुए बोला— 'मैं तुम्हारे लिए घोर नरक बना हुआ हूं। मैं जानता हूं, लेकिन तुम यहां से बाहर नहीं जा सकतीं। मैं जो चाहूंगा वही होगा।'

ग्लोरी कमरे में चहलकदमी करने लगी। फेनर को लगा, जैसे कोई जानवर पिंजरे में चक्कर काट रहा हो।

'मुझे तुम्हारे लिए अफसोस है।' थेलर बोला।

ग्लोरी ने चहलकदमी करते हुए कहा— 'तुम दुष्ट हो। क्या तुम जानते हो तुम्हारे अफसोस का मेरे लिए क्या अर्थ है? किसी के दुःख का तुम्हारे निकट कोई मूल्य है और महत्व नहीं है। तुम्हें दूसरे का दुःख, दुःख नहीं लगता।'

'हां, ऐसा ही है।'

थेलर ने गिलास कसकर पकड़ रखा था।

फेनर ने देखा उसकी उंगली सफेद पड़ गई थी।

ग्लोरी अचानक हंसकर बोली— 'मैं अब यहां नहीं रहना चाहती, जानते हो क्यों?'

'हां, जानता हूं।'

'नहीं, तुम नहीं जानते, क्योंकि तुम अच्छे आदमी नहीं हो। तुम मेरे लिए कभी अच्छे आदमी सिद्ध नहीं हुए। तुम कभी किसी के बारे में नहीं सोचते। तुम केवल अपने बारे में सोचते हो।'

थेलर ने सावधानी से अपना गिलास मेज पर रख दिया और ग्लोरी की ओर बढ़ गया। उसने अपना हाथ उसके कंधे पर रख दिया। उसका चेहरा सफेद पड़ गया था।

'तुम जानती हो कितनी निंदा और बदनामी होने वाली है?'

'मैं तुमसे झूठ बोल रही हूं हेरी। मैं अब और मजाक नहीं बन सकती। मैं एक बार तुम्हारा घमंड़ तोड़ डालना चाहती हूं और जरूर तोडूंगी।'

थेलर ने अपना चेहरा झुका लिया।

फेनर ने अपना हैट सिर पर पीछे की ओर धकेला और थोड़ा-सा केबिन की ओर बढ़ गया।

थेलर ने दहाड़कर कहा— 'मैं तुम्हें मार डालूंगा।'

ग्लोरी ने अपना गाल थपथपाते हुए कहा— 'तुममें किसी को मार डालने की हिम्मत नहीं है। तुम समझ से काम क्यों नहीं लेते। मैं तो तुम्हें खुली हवा में छोड़ रही हूं।'

'यह तो खुशी की बात है।' थेलर ने कहा और उसने गिलास फिर उठा लिया।

'अपने खून की तरह लाल बने रहो, वरना तुम्हें कोई गोली से उड़ा देगा।' ग्लोरी ने कहा।

और जैसे ही ग्लोरी ने दरवाजा खोला, थेलर ने गिलास उसके ऊपर फेंका। गिलास ग्लोरी से एक गज दूर दीवार में जा लगा।

फेनर केबिन की आसमानी रोशनी में खड़े उन दोनों को देखता रहा, फिर उसने अपने आपसे कहा— 'इन्हें लड़ने दो।'

और फिर वह तेजी से अपने होटल की ओर चल दिया।

3

फेनर नाइटेंगिल के कारखाने में बैठा था और एक छोटे आदमी को ताबूत बनाते देख रहा था।

तभी रेजर वहां पहुंचा। उसने फेनर के पास आकर कहा— 'हमारे पास तुम्हारे लिए काम है। मैं यहां आठ बजे आऊंगा और तुम्हें ले जाऊंगा।'

फेनर ने जेब से सिगरेट-केस निकालकर एक सिगरेट सुलगाई और फिर पूछा— 'क्या काम है?'

'तुम्हें वहीं चलकर पता चल जाएगा।'

'सुनो रेजर, जो कुछ भी काम हो, लेकिन उस काम में तुम मेरे साथ नहीं होगे। यह बताओ काम क्या है?'

रेजर ने अपने हाथ के अंगूठे से अपना चेहरा खुजाया और फिर धीरे से बोला— 'हमने किसी को चिंक देने का वादा किया है। हम आज रात उन्हें पहुंचाने जा रहे हैं।'

'ओ.के., मैं यहीं मिलूंगा।' फेनर ने कहा।

रेजन चला गया।

'इस आदमी के साथ दोस्ती कर लो।' नाइटेंगिल ने फेनर से कहा।

'नहीं, मैं इससे सख्त नफरत करता हूं। मैं इसे मार डालूंगा।' फेनर ने घृणा भरे स्वर में कहा।

फिर फेनर ने एक ताबूत के सिरे पर अपनी उंगली घुमाई और नाइटेंगिल की बात को स्वीकार करते हुए कहा— 'तुम ठीक कहते हो नाइटेंगिल। मैं इस पर बराबर नजर रखूंगा।'

वह सीढ़ियों से उतरकर नीचे आ गया। क्यूर्ली मेज पर बैठी रजिस्टर में कुछ लिख रही थी। जैसे ही वह वहां से गुजरा, वह आशाभरी नजरों से देखने लगी।

फेनर ने बड़े प्यार से कहा— 'बेबी, आज सुबह तुम्हारा चेहरा बहुत सुंदर दिखाई दे रहा था।'

क्यूर्ली ने अपनी बड़ी-बड़ी आंखें खोलीं— 'मैं इतनी मीठी चाशनी नहीं हूं।'

'ऐसा मत सोचो। जब तुम कोई काम करोगी, तो कैसी हो जाओगी, तुम्हें आश्चर्य नहीं होगा।'

क्यूर्ली ने अपनी कलम रोकर उसकी ओर मीठी नजरों से देखते हुए पूछा— 'तुम अब काम में लग गए हो न?'

'हां।'

'उसने देखा?'

'हां, मैंने उसे देखा।'

क्यूर्ली ने सिर उठाकर कहा— 'मेरा विचार है, वह अच्छा आदमी है।'

'मेरा विचार दूसरा है। तुम उसके संबंध में अधिक नहीं जानतीं। फेनर ने कहा— 'सुनो बेबी, कार्ल्स का तुम्हारे लिए कुछ मतलब है?'

'नहीं, उस आदमी का मेरे लिए कोई मतलब नहीं।' क्यूर्ली ने कहा, लेकिन उसकी आंखें बहुत कुछ कह रही थीं।

फेनर सड़क पर निकल आया।

वह सोचने लगा, क्यूर्ली कार्ल्स के प्रति अत्यधिक उदार है और यहां काम कर रही है। यह कोई रहस्य मालूम होता है।

वह गली में घूमता रहा और अगले कदम के बारे में सोचता रहा।

फिर वह एक बार में चला गया। उसने थोड़ी-सी शराब पी। अचानक उसने महसूस किया, उसका कोई पीछा कर रहा है। उसने सड़क पर खड़े-खड़े इधर-उधर नजर दौड़ाई, लेकिन उसे कोई भी दिखाई नहीं दिया। जब उसे इत्मीनान हो गया, तो वह शहर की ओर चल दिया।

कुछ देर के बाद वह फेडरल बिल्डिंग के सामने पहुंच गया। वह कुछ देर तक इधर-उधर गहरी नजरों से देखते हुए बिल्डिंग के बाहर टहलता रहा। फिर वह बिल्डिंग में घुस गया और लिफ्ट द्वारा फेडरल फील्ड के सामने पहुंच गया।

फेडरल एजेंट का नाम होस्किस था। वह मेज के पीछे खड़ा था। फेनर को देखते ही उसने अपना हाथ आगे बढ़ा दिया।

फेनर ने हाथ मिलाया और होस्किस की टेबल के सामने पड़ी कुर्सी पर बैठ गया। उसने अपने कोट की भीतरी जेब में से कुछ कागज निकालकर होस्किस को दे दिए।

'मेरा नाम फेनर है। यह मेरा लाइसेंस है। जो मुझे प्राइवेट इंवेस्टिगेशन करने की अनुमति देता है। मैं यहां अपने एक क्लाइंट के काम से आया हूं।'

होस्किस ने कागजों की जांच की और फिर बोला— 'क्या तुम वही आदमी हो, जिसने ब्लांडिश किडनेपिंग केस का पता लगाया था?'

'जी हां।'

'तब ठीक है। मुझे ब्रेंटन ने बताया है। उसने मुझे इस संबंध में सब कुछ बता दिया है। अगर मैं तुम्हारी कुछ मदद कर सका तो मुझे बड़ी खुशी होगी।' होस्किस ने प्रसन्नता भरे स्वर में कहा।

'मैं तुम्हें सब कुछ बता दूंगा। अभी मेरा ध्यान एक लड़की पर है। मैंने कार्ल्स से मेलजोल कर लिया है। वह बहुत बड़ा जालसाज है। मैं उसके गिरोह के साथ उसे पकड़वा दूंगा। मैं अभी तुम्हारे आदमियों को दौड़ाना नहीं चाहता। आज रात मैं रेजर के साथ चिंक इकट्ठे करने जा रहा हूं। तुम आठ बजे यहीं मौजूद रहना। हो सकता है तुम्हें उसके बारे में कोई समाचार मिले।'

'सुनो फेनर, गर कार्ल्स को पता चल गया तो तुम्हें बिल्लियों के खाने के लिए गोश्त की शक्ल में बदल दिया जाएगा। वह बहुत ही खतरनाक आदमी है।'

'मैं जानता हूं। मैंने यहां आते समय पूरी-पूरी सावधानी बरती थी। मेरा ख्याल है, मुझे किसी ने नहीं देखा। लेकिन तुम इस गिरोह पर छापा क्यों नहीं मारते?'

'हमारे पास न कोई गवाह है, न कोई प्रमाण है। हम जानते हैं कि उसका धंधा क्या है, लेकिन कोई प्रमाण न होने के कारण हमने उन पर हाथ नहीं डाला। हमने हवाई जहाजों से, नावों से, समुद्र तट की चौकसी की है। एक बार हमने उसे पकड़ लिया था, लेकिन हमें उसकी मोटर बोटों में कुछ भी नहीं मिला था। बहुत ही मजबूत गिरोह है। मैं परेशान हूं कि वे किस तरह इतनी शीघ्रता से निकल जाते हैं। हमारी मोटर बोटों की आवाज सुनते ही न जाने कहां गुम हो जाते हैं।'

'लेकिन अगर आप आज रात उन्हें गिरफ्तार करने की कोशिश करें, तो आपको निराशा नहीं होगी। मैं इस रेजर को जेल में देखना चाहता हूं। मैंने अपने संबंध में आपको इसीलिए पहले ही अपना परिचय-पत्र दे दिया है।'

होस्किस बोला— 'मुझे विस्तार से बताओ।'

'मैं अभी कुछ नहीं बता सकता। मेरा ख्याल है इस केस की समाप्ति पर मुझे आपकी सहायता की आवश्यकता होगी। मैंने आपको अपने बारे में पहले ही इसलिए बता दिया है कि अगर मेरे रास्ते में कोई कठिनाई आ जाए तो मुझ पर संदेह न किया जाए।' फेनर ने कहा और उठ खड़ा हुआ।

होस्किस ने हाथ मिलाते हुए पूछा— 'तुम्हें मालूम नहीं कि तुम्हें आज रात क्या करना है?'

'नहीं, मुझे कुछ पता नहीं। लेकिन तुम चौकसी रखना।'

'ठीक है, हम आज रात-भर मोटर बोट द्वारा तुम्हारी चौकसी करेंगे।'

फेनर ने उससे विदा ली और बिल्डिंग से निकलकर सड़क पर आ गया।

* * *

कुछ देर के बाद फेनर वाटर फ्रंट पर पहुंच गया। उसने वहां से व्यूसी को अपने साथ लिया और फ्लेग्लर होटल में पहुंच गया।

जब वे दोनों कमरा नंबर 47 में पहुंचे तो कार्ल्स सामने ही खड़ा था। उसने उन दोनों को देखकर उनकी ओर गर्दन हिलाई और व्यूसी से बोला— 'तुम बाहर जाओ और आराम करो।'

व्यूसी ने आश्चर्य से कार्ल्स की ओर देखते हुए पूछा— 'तुम कल रात नोलिन के यहां क्यों गए थे?'

'तुम्हारे आदमियों के साथ मैं काम करता हूं। इसलिए मैं उनके साथ जुआ नहीं खेल सकता।' फेनर ने दृढ़ता से उत्तर दिया।

'यह तो ठीक है, लेकिन तुम नोलिन के ऑफिस में क्यों गए थे?'

'फेनर ने देखा, कार्ल्स उसके सामने खड़ा था और उसका हाथ उसके कोट की जेब के पास था। उसने जल्दी से कहा— 'मैं वहां जुआ खेलने गया था, लेकिन नोलिन ने मुझे वहां से निकाल दिया। उसने स्पष्ट शब्दों में मुझसे कहा कि वह कार्ल्स के किसी भी आदमी को अपने जुआघर में देखना पसंद नहीं करता।'

'तुमने मिस लीडलर से बात करने की कोशिश क्यों की?' कार्ल्स ने दूसरा प्रश्न किया।

'कोई भी आदमी इतनी सुंदर स्त्री को देखकर उसे पाने या बातचीत करने की कोशिश करे, यह स्वाभाविक ही है। उसका सौंदर्य अपूर्व है, अद्वितीय है। मैंने सोचा था कि उससे मित्रता कर ली जाए।' फेनर ने कहा— 'आप उसके संबंध में क्या जानते हैं?'

कार्ल्स की आंखें फैल गईं। उसने बड़ी नरमी से कहा— 'इस पूछताछ से नाराज मत होना रोज। मुझे तुम्हारा यह अभिनेताओं जैसा ढंग एकदम पसंद नहीं है। मेरा विचार है, मुझे तुम्हारी निगरानी करनी पड़ेगी।'

'तुम बेकार ही नर्वस हो रहे हो। तुम्हें नोलिन से डरने की कतई जरूरत नहीं है।' फेनर ने कहा।

‘तुम जा सकते हो।’ कार्ल्स ने कहा और अपना सिर झटककर खिड़की की ओर चला गया।

विचारों में डूबा फेनर बाहर निकल आया। वह सोच रहा था कि कार्ल्स वैसा आदमी नहीं है, जैसा कि उसने सोचा था। वह अपने आदमियों के लिए हर समय सतर्क रहता है।

उसने व्यूसी से कहा— ‘मैं एक सेकेंड के बाद तुमसे मिलूंगा। मैं अपने होटल को फोन करना चाहता हूं। मैं उन्हें यह सूचित कर दूना चाहता हूं कि मैं आज रात नहीं आ रहा।’

फेनर अपने आपको दोनों से मिलाए रखना चाहता था। उसने नोलिन का फोन नंबर मिलाया। व्यूसी टेलीफोन बूथ के बाहर ही खड़ा रहा। फेनर ने अपनी आवाज को धीमा करते हुए कहा— ‘नोलिन मैं रोज बोल रहा हूं। सुनो, कार्ल्स तुम्हारे जुआघर के संबंध में कोई योजना बना रहा है। वह तुम्हारा कवना मैनेजर, तुम्हारे यहां कितने दिनों से है?’

‘दो महीने से।’ नोलिन की आवाज घबराई हुई थी। उसने जल्दी से कहा— ‘मैं उसे चैक करूंगा।’

‘हां, मैं जान गया हूं कि वह किसके लिए काम करता है।’ फेनर ने कहा और रिसीवर रख दिया।

बाहर आकर उसने व्यूसी की बांह पकड़ते हुए कहा— ‘अब हम चलेंगे। आज रात मुझे एक छोटा-सा, लेकिन बहुत ही कठिन काम है।’

व्यूसी उसके साथ-साथ चलने लगा। फिर उसने धीरे से कहा— ‘मुझे भी काम की तारीख मिल गई है।’

* * *

फेनर नाइटेंगिल के यहां पहुंचा तो अभी आठ बजने में दो मिनट शेष थे। रेजर और मिलर तैयार थे। मिलर एक मशीनगन में ग्रीस लगा रहा था। जैसे ही फेनर ने नाइटेंगिल के साथ कारखाने में कदम रखा, वे दोनों उसकी ओर देखने लगे।

फेनर ने कहा— ‘मुझे वर्षा की गंध आ रही है।’

रेजर गुर्राया, लेकिन मिलर ने बड़े दोस्ताना अंदाज में कहा— ‘यह वही है, जिसे हम चाहते हैं।’

नाइटेंगिल ने धीमी आवाज में फेनर से पूछा— ‘क्या तुम्हारे पास रिवाल्वर है?’

फेनर ने ‘ना’ में सिर हिला दिया।

नाइटेंगिल एक दराज के पास गया और एक ऑटोमेटिक रिवाल्वर निकाल लाया। रेजर ने कहा— ‘इसे रिवाल्वर की कोई आवश्यकता नहीं है।’

नाइटेंगिल ने रेजर की बात पर कोई ध्यान नहीं दिया। उसने रिवाल्वर फेनर को दे दी।

रेजर कुछ बेचैन-सा दिखाई देने लगा। उसने कहा— ‘नहीं, इसे रिवाल्वर की जरूरत नहीं है।’

फेनर ने उसकी ओर देखते हुए कहा— 'मैं रिवाल्वर के साथ अपने आपको अधिक सुरक्षित महसूस करता हूं।'

मिलर ने अपनी मोटी कलाई पर बंधी छोटी घड़ी की ओर देखते हुए कहा— 'अब हमें चल पड़ना चाहिए।' उसने मशीनगन अपने गंदे कोट में छिपा ली और अपना हैट पहन लिया।

रेजर दरवाजे की ओर चल पड़ा, तो नाइटेंगिल ने फेनर से धीमे से कहा— 'इन दोनों से सावधान रहना रोज।'

नाइटेंगिल की दुकान के बाहर बड़े पार्क में गाड़ी खड़ी थी। रेजर ड्राइविंग सीट पर जा बैठा। फेनर और मिलर पिछली सीट पर बैठ गए।

जैसे ही गाड़ी स्टार्ट हुई फेनर ने नाइटेंगिल की ओर हाथ हिलाया। उसने देखा, क्यूर्ली नाइटेंगिल के पीछे से उधर देख रही थी।

फेनर ने मिलर से पूछा— 'क्या कार्ल्स भी कभी काम पर जाता है?'

'उसे काम पर क्यों जाना चाहिए?' मिलर ने कहा।

रेजर ने दक्षिण की ओर कार मोड़ते हुए कहा— 'तुम कुछ-न-कुछ पूछते ही रहते हो।'

रेजर की यह बात सुनकर फेनर ने एकदम चुप्पी साध ली। वह पूरे रास्ते चुप बैठा रहा।

* * *

जब वे लोग वाटर फ्रंट पहुंचे तो कार उन्होंने समुद्र तट से दूर ही छोड़ दिया। उस ओर चल दिए, जहां छोटे-छोटे जहाज लंगर डाल खड़े थे।

चालीस फुट लंबी एक मोटर बोट में व्यूसी एक लंबे नीग्रो के साथ उनकी प्रतीक्षा कर रहा था। ज्यों ही नीग्रो ने उन्हें आते देखा, उछलकर पूछता हुआ इंजन रूम में चला गया।

रेजर, मिलर और फेनर मोटर बोट में आ गए।

रेजर ने फेनर से कहा— 'जब तक वे उस ओर से न आ जाएं, तुम कुछ मत करना। जब वे सवार होने लगें, तो तुम उनकी अच्छी तरह तलाशी लेना। उनमें से किसी भी चिंक के पास कोई भी रिवाल्वर या हथियार नहीं होना चाहिए। उन्हें संभालने का यही एकमात्र सुरक्षित उपाय है कि उनको निहत्था कर दिया जाए। इसमें समय तो लगेगा, लेकिन सुरक्षित रास्ता यही है। जिसके पास जो भी हथियार मिले, ले लेना। यदि ऐसा महसूस हो कि कोई व्यक्ति कुछ करने जा रहा है, तो उसे मिलर के हवाले कर देना।'

'ठीक है।' फेनर ने कहा।

व्यूसी ने लंगर खोलकर रेजर की ओर इशारा किया।

रेजर के कहने पर नीग्रो ने इंजन चालू कर दिया। मोटर बोट ने एक हल्का-सा झटका लिया और पानी को चीरती हुई आगे बढ़ने लगी।

मिलर चालक-कक्ष में चला गया।

* * *

थोड़ी देर के बाद रेजर डैक पर आया और सर्च लाइट के पीछे जा बैठा।

उसने एक सिगरेट सुलगा ली और हल्के-हल्के कश लेने लगा।

फेनर को उसका अनुसरण करने में कोई परेशानी नहीं हो रही थी। सर्च लाइट के पीछे से कूदकर मिलर के पास चालक-कक्ष में पहुंच गया। यह स्थान अधिक सुरक्षित था।

'वे लोग तुम किस समय मिलेंगे?' फेनर ने मिलर से पूछा।

'लगभग दस बजे।'

* * *

जैसे ही मोटर बोट समुद्र में पहुंची, अचानक जोरदार बारिश शुरू हो गई। घने काले बादलों में चंद्रमा छिप गया और मौसम खराब हो गया।

फेनर ने सिगरेट सुलगाई और चुपचाप बैठा सिगरेट पीता रहा।

मिलर ने कहा— 'तुम्हें तीन फेरे करने हैं, फेनर। अगर तुम्हें सर्दी महसूस हो तो तुम इंजन रूम में चले जाना। मैं यहां चौकसी करूंगा।'

फेनर थोड़ी देर तक मिलर के पास बैठा रहा और फिर इंजन रूम में चला गया। उसने देखा सर्च लाइट के पीछे रेजर भावशून्य-सा बैठा था।

मोटर बोट भली प्रकार तेज रफ्तार से चली जा रही थी। फेनर ने अचानक सिगरेट बुझाकर एक ओर फेंक दी और नीग्रो की ओर देखने लगा। नीग्रो की नजरें फेनर पर ही लगी हुई थीं, लेकिन उसने अभी तक एक भी शब्द मुंह से नहीं निकाला था।

कुछ देर बाद मिलर चिल्लाया। फेनर इंजर रूम से निकलकर उसके पास चला गया।

मिलर ने एक ओर इशारा किया। समुद्र में एक रुकी हुई तेज रोशनी दूर से आती दिखाई दे रही थी। मिलर ने नाव उसी दिशा में मोड़ दी।

'मेरा अनुमान है कि ये हमारे ही आदमी हैं।' मिलर ने कहा।

अचानक रेजर ने सर्च लाइट का स्विच ऑन कर दिया, लेकिन थोड़ी देर के बाद ही ऑफ कर दिया।

तभी फेनर ने हवाई जहाज की आवाज सुनी। वह अंधेरे में मुस्कराया और उठकर रेजर के पास चला गया। मिलर ने भी हवाई जहाज की आवाज सुनी। उसने रेजर के पास जाकर कहा— 'एक हवाई जहाज आ रहा है।'

रेजर उठकर खड़ा हो गया। उसने अंधेरे में अपने सिर के ऊपर देखा। उसने जल्दी से सामने की रोशनी बंद कर दी। नाव अंधेरे में ही चलती रही।

मिलर ने उदार स्वर में कहा— 'इन तटरक्षकों ने मुझे दुखी कर रहा है।'

हवाई जहाज ऊपर आया और फिर दूर चला गया।

रेजर ने फिर रोशनी कर दी। सर्च लाइट का स्विच भी ऑन कर दिया।

दूर समुद्र की ओर से आती हुई रोशनी निरंतर निकट आती जा रही थी।

मिलर ने एक टार्च फेनर को पकड़ाते हुए कहा— 'तुम उधर चले जाओ। हम उनके निकट पहुंच रहे हैं।'

फेनर ने टार्च ले ली और छलांग लगाकर चालक कक्ष से बाहर आ गया। मिलर ने स्पीड कम कर दी।

रेजर सामने ही खड़ा था। उसने चिल्लाकर कहा— 'इंजन बंद करो।'

थोड़ी देर के बाद इंजन बंद हो गया।

रेजर सावधानी से चलते हुए फेनर के पास आ गया। उसने कहा— 'अपना रिवाल्वर निकाल लो और लोगों की चौकसी करो। मैं उन्हें तुम्हारे पास भेजूंगा। उनकी तलाशी लेना। उनके पास अगर कोई हथियार हो तो उसे छीन लेना और फिर उन्हें मिलर के पास भेज देना।'

रेजर के हाथ में मशीनगन थी। वह फेनर के साथ अंधेरे में खड़ा हो गया।

धीरे-धीरे चप्पुओं की आवाज निकट आती जा रही थी।

रेजर ने टार्च की रोशनी उस ओर फेंकी। एक छोटी नाव उनकी मोटर बोट की ओर धीरे-धीरे बढ़ी चली आ रही थी।

थोड़ी देर बाद वह छोटी नाव मोटर बोट के पास आ गई। फेनर ने देखा, उसमें चार आदमी एक-दूसरे से सटकर बैठे थे और दो आदमी चप्पुओं पर थे।

रेजर ने लैंप निकालकर जला लिया।

'फेनर, अपने कान हवाई जहाज की ओर रखना।' रेजर ने हिदायत दी।

छोटी नाव मोटर बोट से आ लगी। एक दुबला-पतला कमजोर-सा चीनी नाव से उतरकर मोटर बोट पर आ गया। उसने रेजर से कहा— 'मैं चार लाया हूं, दूसरों को भी चार-चार करके ले आऊंगा।'

'स्पेशल के बारे में क्या रहा?'

'स्पेशल को सबसे बाद में लाऊंगा।'

रेजर ने फेनर की ओर मुड़कर कहा— 'ओ.के.! अब हमें अपना काम शुरू कर देना चाहिए।'

फेनर पीछे ही रुक गया और उन लोगों के आने का इंतजार करने लगा।

एक-एक करके चीनी बोट पर आ गए। रेजर ने गिना वे चार थे। फेनर ने उनकी तलाशी ली और उन्हें मिलर के हवाले कर दिया, जिसने उन्हें सीधा केबिन में भेज दिया। हर एक चीनी एक जैसे कपड़े पहने हुए था। तंग कमीज और घुटनों तक लंबी पतलून। वे फेनर के सामने भेड़ों की तरह आ खड़े होते थे। वह उनकी तलाशी लेता था और फिर उन्हें मिलर के पास भेज देता था।

थोड़ी-थोड़ी देर के बाद दो भरी हुई नावें और आई। उनमें सवार चीनीयों की तलाशी लेकर उन्हें भी केबिन में भेज दिया गया।

रेजर के पास खड़े दुबले-पतले चीनी ने कहा— 'यह आखिरी ट्रिप है, अब मैं स्पेशल के लिए वापस जा रहा हूं।'

वह आदमी उस नाव में बैठकर चला गया।

रेजर ने मिलर से कहा— 'मिलर इन चीनियों को अंदर लॉक कर दो।' उसकी आवाज में कठोरता थी।

'चिंता मत करो। मैंने चिटकनी लगा दी है।' मिलर ने उसे विश्वास दिलाया।

फेनर हैरान था कि आखिर यह स्पेशल क्या है।

अचानक उसने रेजर और मिलर के बीच तनाव महसूस किया। वे सब अंधेरे में खड़े उस दुबले-पुतले चीनी की प्रतीक्षा करते रहे। उसके कान उस लंबी नाव की ओर लगे हुए थे, जो वापस आ रही थी।

कुछ देर के बाद चप्पुओं की आवाज साफ-साफ सुनाई देने लगी। रेजर ने टार्च की रोशनी नाव की ओर डाली। थोड़ी देर के बाद नाव मोटर बोट के पास पहुंच गई और एक लंबी रस्सी के हुक द्वारा जोड़ दी गई।

वह दुबला-पतला चीनी कूदकर बोट पर आ गया। उसके बाद चप्पू चलाने वाले दोनों आदमी एक छोटी-सी आकृति को लेकर बोट पर आ गए।

'यह स्पेशल क्या है?' फेनर ने जिज्ञासा प्रकट की।

'तुम इसके बारे में चिंता मत करो।' रेजर ने फेनर से कहा।

फेनर ने स्पेशल पर टार्च की रोशनी डाली। उसे एक हल्का-सा धक्का लगा। वह एक लड़की थी। उसकी उम्र तेरह-चौदह वर्ष से अधिक नहीं थी। वह लड़की चीनी थी। बहुत ही सुंदर। वह भयभीत होकर इधर-उधर देख रही थी। उसके बदन पर भी अन्य चीनियों की तरह तंग कमीज और घुटनों तक लंबी पतलून थी।

रेजर ने फेनर के हाथ से टार्च ले ली और मिलर की ओर देखकर बोला— 'इसे बाहर ही रखो।'

मिलर ने उसे ले जाकर नीचे बंद कर दिया।

रेजर पतले-दुबले चीनी की ओर मुड़ा। उसने मोमजामे में लिपटा एक पार्सल उसे दे दिया। चीनी पार्सल लेकर अपनी नाव में कूद गया। थोड़ी देर के बाद वह नाव अंधेरे में गुम हो गई।

फेनर ने धीमी आवाज में कहा— 'काम करने का यह तरीका काफी अच्छा है।'

'एकदम दूधिया तरीका।' रेजर ने कहा।

'अब मैं तुम्हारे काम करने के तरीके के बारे में जान गया हूं। काफी आसान तरीका है।' फेनर ने कहा।

रेजर ने उसकी बात का कोई उत्तर नहीं दिया। वह चालक कक्ष में चला गया।

फेनर इधर-उधर देखता हुआ वहीं खड़ा रहा।

'ये बारह चीनियों और एक लड़की को ले जा रहे हैं। क्या मेरीन की छोटी बहन का भी यही हाल हुआ था?' वह खड़ा-खड़ा सोचने लगा।

मिलर ने चिल्लाकर कहा— 'नीग्रो से कहो इंजन चालू करे।'

'जैसे ही इंजन चालू हुआ और मोटर बोट ऊपर उठा। फेनर चालक कक्ष की छत पर पीछे की ओर नीचे जा बैठा। उसके कान आहट पर लगे थे। उसे पेट्रोल बोट के आने की पूरी-पूरी आशा थी, लेकिन उसे न तो कोई चीज दिखाई दी और न आवाज ही सुनाई दी।

अचानक रेजर ने चिल्लाकर कहा— 'रोज, तुम किस नरक में चले गए?'

फेनर कूदकर चालक कक्ष में चला गया और अंधेरे में टटोलते हुए आगे बढ़कर बोला— 'क्या बात है?'

'रोज, तुम केबिन में चले जाओ और चीनियों को एक जंजीर से बांध दो। जंजीर यहां ऊपर पड़ी है।' रेजर ने उसे आदेश दिया।

फेनर ने एक कोने में पड़ी गंदी चेन की ओर देखते हुए पूछा— 'इसका क्या करूं?'

'हम हर तरह से सावधान रहना चाहते हैं। अगर कोई पेट्रोल बोट आ गई तो हम इन चूहों को ऊपर खिसका देंगे। इस तरह एक साथ बंधे होने पर इन्हें खिसकाने में आसानी रहेगी।'

फेनर ने कहा— 'हो सकता है ऐसा ही हो। लेकिन इस काम को तुम ही करो। यह काम मेरे अनुरूप नहीं है।' और उसने रेजर के हाथ से व्हील ले लिया।

रेजर ने लैंप की मद्धिम रोशनी में फेनर की ओर देखते हुए कहा— 'मेरी समझ में नहीं आ रहा कि तुम हमारी गैंग में किस तरह काम करोगे।?'

उसने कोने में पड़ी जंजीर उठाई और कूदकर चालक कक्ष से बाहर निकल गया। दूसरी ही पल वह अंधेरे में गुम हो गया। फेनर की समझ में नहीं आ रहा था कि वह अपने आपको कब तक रोक पाएगा। उसने इतनी सूचनाएं पा ली थीं, जितनी उसके लिए आवश्यक थीं और अब वह पूर्णतया संतुष्ट था और अब सब कुछ ग्लोरी लीडलर पर निर्भर था। उसने जो कुछ कहा था, यदि वैसा हो गया तो वह इस सारे व्यापार को धो डालेगा।

तभी रिवाल्वर की आवाज सुनकर उसे एक झटका लगा। उसने केवल आवाज ही सुनी, देखा कुछ नहीं। थोड़ी देर बाद फिर पहले जैसा सन्नाटा छा गया और रेजर चालक कक्ष में वापस आ गया।

जैसे ही रेजर ने फेनर के हाथ से व्हील लिया, फेनर ने झुककर उसके चेहरे की ओर देखा। उसका चेहरा ठंडा और कठोर हो गया था।

'कोई रोशनी?' फेनर ने पूछा।

रेजर ने गुर्राकर कहा— 'वे जंजीर बंधवाने से एतराज कर रहे थे। मैंने उनमें से एक के पैर में गोली मार दी और गोली की आवाज सुनते ही वे सब एकदम चुप हो गए।'

फेनर अपने बालों में उंगलियां घुमाने लगा। बारिश रुक गई थी। लेकिन चारों ओर घुप्प अंधेरा छाया हुआ था। सर्दी भी बढ़ गई थी।

'रोज, तुम मिलर के पास चले जाओ। उससे कहो कि वह उसकी अच्छी तरह चौकसी करे। वैसे तो वह शांत दिखाई देती है। लेकिन अगर वह चिल्लाने लगी तो अपनी मोटर बोट को नरक बना देगी।' रेजर ने फेनर से कहा।

फेनर उस छोटे-से चालक कक्ष से निकलकर पीछे की ओर केबिन में चला गया। दूसरे ही पल वह ठिठककर रह गया। मिलर उस चीनी लड़की से उलझ रहा था। चीनी लड़की खामोशी से मिलर का विरोध कर रही थी। उसकी नाक और होंठों से खून बह रहा था।

फेनर ने उन दोनों की ओर कदम बढ़ाया और मिलर का कालर पकड़कर उसे ऊपर उठा लिया। उसने बड़ी कठिनाई से मिलर को उस लड़की से दूर किया और जब उसने उन दोनों को एक-दूसरे से अलग कर दिया, तो उसने बूट की एक जोरदार ठोकर मारी। लड़की लुढ़कती हुई एक कोने में जा गिरी।

मिलर धीरे से उठकर खड़ा हो गया। उसका सफेद चेहरा बहुत ही भयानक और घृणित दिखाई दे रहा था। उसने लैंप की मद्धिम रोशनी में फेनर को घूरकर देखा और भारी आवाज में बोला— 'चले जाओ यहां से—फौरन चले जाओ और मुझे अकेला छोड़ दो।'

लेकिन फेनर चुपचाप खड़ा, उसके भयानक और घृणित चेहरे को देखता रहा। मिलर ने केबिन में चारों ओर नजर दौड़ाई। लड़की अभी भी उसी कोने में पड़ी थी। उसे देखते ही मिलर बड़ी तेजी से उसकी ओर झपटा।

फेनर का चेहरा तमतमा उठा। होंठ पतले पड़ गए। उसने जेब में से अपना रिवाल्वर निकाला और मिलर के सिर के पिछले भाग में उसकी नाल जोर से दे मारी। मिलर धीरे से कराहा और फर्श पर गिरकर बेहोश हो गया।

फेनर ने रिवाल्वर अपनी आस्तीन के अंदर रख ली और उसे घसीटता केबिन के बाहर ले आया।

रेजर ने सिर घुमाकर चालक कक्ष के अंदर की ओर देखा और फिर उसने चिल्लाकर पूछा— 'क्या हो रहा है, वहां नरक में?'

फेनर ने उसके प्रश्न का कोई उत्तर नहीं दिया। उसने मिलर को ऊपर लाकर लिटा दिया।

मिलर अपना सिर पकड़कर उठ बैठा और कराहने लगा। फेनर ने उसकी ओर नहीं देखा। वह चालक कक्ष के पास जा खड़ा हुआ।

'क्या बात थी?' रेजर ने फिर पूछा।

फेनर को अपनी आवाज पर काबू पाने में कठिनाई हो रही थी। उसने किसी प्रकार अपने आपको संयत करते हुए कहा— 'यह दुष्ट मिलर उस चीनी लड़की के साथ जबरदस्ती कर रहा था। मैंने उसे छुड़ा दिया और छुड़ाने में मिलर के सिर में चोट आ गई।'

'क्या उस लड़की के कारण तुम्हें दुःख हो रहा है?' रेजर ने पूछा।

फेनर ने रेजर के प्रश्न का कोई उत्तर नहीं दिया। वह पोर्ट की ओर से आने वाली धब्बे जैसी रोशनी की ओर देखने लगा। रेजर के प्रश्न करने से पहले ही वह घृणा से दूसरी ओर देखने लगा। उसे आशंका हुई कि कहीं यह पेट्रोल बोट की रोशनी न हो।

मिलर उसके पैरों के पास ही बैठा था। उसने भी उस रोशनी को देखा और चिल्लाकर चेतावनी दी— 'रेजर, व्हील मोड़ो, तट रक्षकों की बोट है शायद।'

मोटर बोट बिना रोशनी के ही ठीक तरह दौड़ी चली जा रही थी। लेकिन अब चंद्रमा बादलों को चीरकर निकल आया था और उसकी मद्धिम चांदनी सागर की लहरों पर बिखर गई थी।

फेनर ने उस निकट आती हुई रोशनी को ध्यान से देखा और फिर अपना सिर रेजर की ओर घुमाकर बोला— 'उन्होंने हमें अच्छी तरह देख लिया है।'

रेजर ने चिल्लाकर मिलर को बुलाया। मिलर फेनर की ओर फाड़ खा जाने वाली जलती हुई नजरों से देखता हुआ चालक कक्ष में चला गया।

'मिलर, तुम व्हील पकड़ो। मैं मशीनगन लेकर आता हूं।' रेजर ने कहा और मिलर को व्हील पकड़ाकर बाहर निकल आया।

फेनर चालक कक्ष से उछलकर बाहर आ गया और रेजर के पीछे-पीछे चल दिया। रोशनी अब निकट आती जा रही थी। अब चंद्रमा की रोशनी में दोनों बोटें एक-दूसरे को स्पष्ट दिखाई देने लगी थीं।

तट रक्षक सारी रात चौकसी करते रहे थे।

फेनर को तट रक्षकों की बोट अब स्पष्ट दिखाई देने लगी थी। उसने रेजर से कहा— 'लगता है यह बोट हमारी ओर ही आ रही है?'

रेजर ने इंजन-रूम के पास जाकर नीग्रे को आवाज दी। नीग्रो इंजन-रूम में से मशीनगन और एक बंदूक ले आया। रेजर ने बंदूक फेनर को दे दी और मशीनगन स्वयं ले ली।

'तुम पोर्ट की दिशा में चले जाओ और नीचे लेटकर फायरिंग शुरू कर दो।' रेजर ने फेनर को हिदायतें दीं।

फेनर जल्दी से नीचे लेट गया। उसने दो बार गोली चलाई, लेकिन इस बात की सावधानी बरती कि गोली बोट के ऊपर से निकल जाए।

तभी रेजर ने उस बोट की धज्जियां उड़ते देखीं।

और फिर जैसे ही तट रक्षकों ने प्रत्युत्तर में फायरिंग शुरू की, फेनर ने अपना सिर नीचे छिपा लिया। उसने लंबी पीली रोशनी और अपनी बोट का घेराव करने वाली बोट से गोलियां आने की आवाज सुनी। तट रक्षक इतनी भारी फायरिंग कर रहे थे कि रेजर और फेनर को मुड़कर उन्हें देखना बिलकुल असंभव दिखाई दे रहा था।

चालक कक्ष के कवर के ऊपर मिलर बहुत ही चौकन्ना बैठा था। उसने चिल्लाकर कहा— 'कुछ करो, वरना वे कुछ पलों में हमारे ऊपर आ जाएंगे।'

रेजर ने कवर से पीछे की ओर देखा। तट रक्षकों की बोट उनकी बोट से केवल छह फीट दूर रही थी।

फेनर ने सिर घुमाकर देखा, रेजर लंबा लेटा हुआ था।

रेजर ने उसकी ओर देखकर चिल्लाकर कहा— 'मेरी ओर आ जाओ।' और फिर उसने घंटी जैसी कोई चीज बजाई। उसकी आवाज दूसरी बोट में सुनी जा रही थी।

तट रक्षकों की नाव में से तुरंत ही धमाके की आवाजें आनी शुरू हो गई।

तट रक्षक की बोट भाग रही है, इसे रोको।' रेजर ने मिलर को चिल्लाकर हिदायत दी। उसे आश्चर्य हो रहा था। तट रक्षकों ने आज पहली बार उनकी बोट पर आक्रमण किया था।

तट रक्षकों की बोट से आग कल लपटें निकलने लगी थीं।

'अगर आज यह आदमी बोट पर न होता तो हम इन चिंकों को मछलियों का भोजन बना देते। हमें इस यात्रा में बहुत नुकसान हुआ है।' रेजर सोचने लगा।

फेनर की नजरें उस जलती हुई बोट पर टिकी हुई थीं, जिससे अंधेरे में आग की लाल-लाल लपटें निकल रही थीं।

रात के दो बज रहे थे।

* * *

फेनर हावर्थ होटल के अपने कमरे में पहुंचा, तो उसे ऐसा महसूस हुआ कि उसके कमरे में कोई है। उसने बत्ती नहीं जलाई। वह आहट लेने की कोशिश करने लगा। लेकिन उसे कोई आहट सुनाई नहीं दी। फिर भी उसे ऐसा महसूस हो रहा था कि कमरे में वह अकेला नहीं है। कमरे के खुले हुए दरवाजे से कॉरीडोर की आती हुई मद्धिम रोशनी में उसे कुछ बेचैनी-सी महसूस हो रही थी। वह किसी की गंध महसूस कर रहा था। उसने अपने कोट की जब में हाथ डालकर रिवाल्वर निकाल लिया और दीवार पर लगे स्विच बोर्ड की ओर हाथ बढ़ाया। खट की आवाज के साथ ही कमरे में तेज रोशनी फैल गई।

उसने अपने बिस्तर के पास फर्श पर किसी स्त्री की काली पोशाक और एक हाथ लंबे फीते वाले जूते पड़े देखे। वे जूते भी किसी स्त्री के ही थे।

और फिर उसकी नजर अपने बिस्तर पर पड़ी। उसके बिस्तर पर ग्लोरी लीडलर लेटी हुई थी। उसकी दोनों पतली बांहें चादर पर थीं, जो उसने अपने बदन से चिपका रखी थीं। ग्लोरी ने एक नजर फेनर पर डाली और फिर आंखें मूंद लीं। उसकी दोनों गोरी-गोरी बांहें चादर के बाहर ही थीं। उसके लाल सुनहरी बाल तकिए पर बिखरे हुए थे।

फेनर ने अपना रिवाल्वर वापस अपनी जेब में रख लिया। वह एक और बात भी सोच रहा था। वह बहुत थका हुआ था। वह सोच रहा था कि अगर यह चली जाए तो वह आराम से सो जाए। उसके होते हुए वह इस बिस्तर पर आराम से सो नहीं सकेगा।

ग्लोरी सोते हुए उसकी ओर मुस्कराई।

फेनर फर्श पर रखे लैंप के पा गया। उसे उठाया और सीलिंग पर रख दिया। लैंप की रोशनी बहुत ही मद्धिम थी, लेकिन उस मद्धिम रोशनी में भी फर्श साफ दिखाई दे रहा था।

उसने दो छोटे-छोटे लाल धब्बों को करपेट पर देखा। यह सुर्ख धब्बे वहां पहले नहीं थे। उसने ध्यान से उन सुर्ख निशानों को देखा और फिर ग्लोरी के जूतों को देखने लगा। ग्लोरी के जूतों के निशान उसे कमरे में कई जगह पड़े दिखाई दिए और बिना जूते के तले देखे ही वह सब कुछ समझ गया था कि ये निशान खून के निशान हैं। लेकिन वह यह नहीं चाहता था कि ग्लोरी को यह पता चल जाए कि वह इस बात को जान गया है।

उसने ग्लोरी के चेहरे को ध्यान से देखते हुए पूछा— 'तुम यहां क्यों आई हो?'

'तुम्हारे लिए, तुम्हीं ने तो कहा था कि मैं तुमसे हावर्थ में आकर मिलूं, जहां तुम ठहरे हुए हो। और तुम मुझसे होटल में बात करना चाहते हो, इसलिए मैं यहां चली आई। और जब तुम्हारा इंतजार करते-करते थक गई तो बिस्तर पर आकर लेट गई। मैंने सोचा था कि तुम आज रात वापस नहीं आओगे।'

'तुम यहां कब आई?'

'कब से तुम्हारा क्या मतलब है?' ग्लोरी की सिलेटी आंखें बुझ गई।

'मतलब है कितने बजे?'

'नौ बजे, मैं काफी देर तक तुम्हारा इंतजार करती रही थी और फिर बिस्तर पर आकर लेट गई थी।'

'तुमको किसी ने अंदर आते हुए देखा था?'

ग्लोरी का चेहरा एकदम सफेद पड़ गया। उसने बड़ी कठिनाई से बिस्तर पर करवट बदली। उसकी पतली-पतली टांगें चादर में से स्पष्ट दिखाई दे रही थीं। एक लंबी गहरी सांस उसके होंठों से निकल गई। उसने कहा— 'तुम तो इस प्रकार पूछताछ कर रहे हो जैसे पुलिसवाला टेढ़े-मेढ़े सवाल करता है।'

फेनर तेजी से अपने बिस्तर के पास चला गया और पलंग की पट्टी पर बैठ गया।

'यह सोने का अभिनय समाप्त करो बेबी। मैं जानता हूं कि तुम सो नहीं रहीं।' फेनर ने उसके चेहरे को देखते हुए मुस्कराकर कहा।

ग्लोरी ने अपनी आंखें खोल दीं और उठकर बिस्तर पर बैठ गई। फेनर उसके इतने निकट था कि उसके बाल फेनर के कंधों पर बिखर गए।

'तुम कुछ परेशान दिखाई दे रही हो। जाओ अंदर कवर में जाकर लेट जाओ। तुम एक सामान्य लड़की से इतनी बड़ी हो गई हो कि यह सब चीजें छोटी दिखाई देने लगी हैं।'

ग्लोरी ने चादर कसकर अपने बदन पर लपेट ली और उसी तरह बैठी रही।

'तुम कुछ परेशान और डरी-डरी-सी दिखाई दे रही हो।' फेनर ने बड़े ध्यान से उसके चेहरे को देखते हुए कहा— 'क्या बात है?'

'मैं परेशान हूं—भयभीत हूं—क्या मतलब?' ग्लोरी ने झटके से पूछा।

फेनर उठकर उसके जूतों के पास चला गया। उसने उनमें से एक जूता उठा लिया और बड़ी सावधानी से उसका निरीक्षण करने लगा। जूते का तला खून से लिथड़ा हुआ था। उसने

बड़े ध्यान से जूते के तले में लगा हुआ खून देखा और फिर तला ग्लोरी की ओर घुमा दिया। उसने खून में लिथड़े जूते की उसे हल्की-सी झलक दिखाई और फिर उसे वहीं रख दिया।

ग्लोरी जल्दी से बिस्तर पर लेट गई। उसने अपना चेहरा अपने दोनों हाथों में छिपा लिया और सुबक-सुबककर रोने लगी।'

फेनर रोती हुई ग्लोरी पर नजर डालता हुआ एक अलमारी की ओर बढ़ गया। उसने अलमारी में से स्कॉच की बोतल निकाली। एक गिलास में थोड़ी-सी स्कॉच उड़ेली और एक ही सांस में गिलास खाली करके मेज पर रख दिया।

उसने जेब में से सिगरेट-केस निकालकर एक सिगरेट सुलगाई और फिर अपना कोट तथा हैट उतारकर हैंगर पर लटका दिया।

'जब तुम पूरी तरह स्वस्थ हो जाओ, तब बता देना।'

'मैं इस बारे में कुछ नहीं जानती।' वह बोली।

फेनर वापस आकर बिस्तर पर बैठ गया और ग्लोरी की ओर देखते हुए कड़ाई से बोला— 'अगर तुम मुझे बताना नहीं चाहतीं, तो मेहरबानी करके फौरन यहां से चली जाओ। तुम्हारे लिए यही अच्छा होगा, क्योंकि मैं हत्या के किसी मामले में फंसना नहीं चाहता।'

ग्लोरी ने सिसकियों के बीच कहा— 'मैंने उसकी लाश फर्श पर पड़ी हुई देखी है। किसी ने उसे गोली मार दी थी।'

फेनर ने अपने बालों में उंगलियां घुमाते हुए पूछा— 'किसकी लाश?'

'हैरी थेलर की लाश। वह आदमी जिसे, मैं चाहती थी।'

'वह कहां है?' फेनर ने जल्दी से पूछा।

ग्लोरी ने वाटर फ्रंट की ओर अपने हाथ से इशारा किया।

फेनर को आश्चर्य मिश्रित झटका लगा। ग्लोरी रो नहीं रही थी, बल्कि अभिनय कर रही थी।

'वह अपनी बोट में है।' ग्लोरी ने बताया।

'तुमने उसे कब देखा था?'

'यहां आने से पूर्व।'

फेनर ने अपनी आंखें मिचमिचाईं और उठकर खड़ा हो गया। उसने अपना कोट और हैट दोबारा पहन लिया।

'तुम यहीं रहना। मैं उसे देखने जा रहा हूं।' फेनर ने दरवाजे की ओर बढ़ते हुए कहा।

'मैं भी तुम्हारे साथ चलूं?' ग्लोरी ने कहा।

'नहीं, तुम यहीं रहो।' तुमसे कुछ जरूरी बातें करनी हैं। जब तक मैं लौटकर न आऊं, तुम न तो कहीं जाना और न इस सिलसिले में किसी से कुछ कहना।' फेनर ने कहा और कमरे से निकलकर वाटर फ्रंट की ओर चल दिया।

नेंसी डब्ल्यू समुद्र तट के सहारे ही खड़ी थी। फेनर उछलकर उस मोटर लांच में पहुंच गया। वह लांच के मुख्य केबिन में गया। केबिन में घुप्प अंधेरा छाया हुआ था। उसने टार्च

की रोशनी केबिन पर डाली। केबिन खाली पड़ा था। वहां कोई भी नहीं था। उसने सारी लांच देख डाली। सोने के केबिन से रोशनी बाहर आ रही थी। हालांकि केबिन बंद था। फेनर ने सोचा शायद उस केबिन में थेलर हो, लेकिन वहां कपड़ों का ढेर पड़ा था। थेलर लांच में नहीं था।

वह सावधानी से कदम रखता हुआ एक दरवाजे के पास पहुंचा। उसने दराज खोली। उस दराज में उसे क्यूर्ली एविस का एक छोटा फोटो मिला। फेनर आश्चर्यचकित रह गया। उसने फोटो उठाकर अपनी जेब में रख लिया और दराज बंद कर दी। वह फोटो कई वर्ष पुराना मालूम होता था।

उस केबिन की बत्ती बुझाकर वह दोबारा मुख्य केबिन में चला गया। उसने बड़े ध्यान से कारपेट का निरीक्षण किया। बहुत बारीकी से देखने के बाद उसे पता चला कि कारपेट एक जगह खूब अच्छी तरह धोया गया था। वह अपने सिर को खुजाते हुए उठ खड़ा हुआ। उसे विश्वास हो गया था कि थेलर लांच में नहीं है।

क्या थेलर वास्तव में मर गया? क्या ग्लोरी ने सच कहा था? अगर किसी ने उसकी हत्या कर दी थी, तो उसकी मृतदेह को कौन उठा ले गया? यह कारपेट किसने धोया? क्या उसकी हत्या ग्लोरी ने की? अंतिम बार जब उसने उन दोनों को देखा था, तो उनका व्यवहार मैत्रीपूर्ण नहीं था।

उत्तेजना में उसके मुंह से निकला— 'बहुरूपिया।' और फिर वह केबिन से निकल आया। जैसे ही वह केबिन से बाहर आया, उसकी नजर वाटर फ्रंट के दूसरी ओर अंधेरे में एक खड़ी छाया पर पड़ी। एक कार में से दम घुटने जैसी आवाज सुनाई दी। वह ध्यान से उसकी ओर देखने लगा। तभी एक सनसनाती हुई गोली, उसके पास से गुजर गई। वह समझ गया कि वह गोली उसी को निशाना बनाकर चलाई गई थी। उसने फुर्ती से अपनी जेब में से रिवाल्वर निकाल लिया। तभी उसने सड़क पर कार स्टार्ट होने और सड़क पर टायरों के रगड़ने की आवाज सुनी। कार एक कोने की ओर जाकर आंखों से ओझल हो गई।

अब सारी चीजें स्पष्ट होती जा रही थीं।

वह हावर्थ होटल की ओर वापस चल पड़ा। वह अपने आपको छिपाते हुए सड़क के दूसरी ओर चल रहा था।

* * *

वह हावर्थ होटल के अपने कमरे में पहुंचा, तो उसने ग्लोरी को उसी तरह बिस्तर पर बैठे देखा, जिस तरह उसे बैठा छोड़कर गया था। उसके चेहरे पर दुःख की हल्की-हल्की रेखाएं थीं।

उसने पलंग के पास एक कुर्सी खींच ली और बैठ गया।

'क्या थेलर की लाश तुमने मुख्य केबिन में पड़ी देखी थी?' फेनर ने उदासी भरे स्वर में कहा।

'हां।'

'कोई थेलर की लाश उठाकर ले गया। समझ में नहीं आता, किसी ने ऐसा क्यों किया? अगर कोई किसी को फंसाना चाहता था, तो वह तुमको फंसा सकता था। इससे केवल दो ही अनुमान लगाए जा सकते हैं—या तो थेलर की हत्या तुमने की और फिर उसकी लाश लांच में से उठाकर समुद्र में फेंक दी। और अगर थेलर की हत्या तुमने नहीं की तो हत्यारे कुछ समय के बाद आए और किसी कारण से उसकी लाश उठाकर ले गए। यह भी तो हो सकता है कि तुमने उसे बोर्ड के ऊपर फेंक दिया हो और उसे देखकर कोई उठा ले गया हो।'

ग्लोरी ने अपनी पतली-पतली नाजुक बांहें फेनर को दिखाते हुए कहा— 'क्या तुम्हारा विचार है कि मैं ऐसा कर सकती हूं। वह मुझसे बहुत बड़ा और ताकतवर था।'

फेनर ने नेंसी डब्ल्यू मोटर लांच के केबिन में घटी घटना की सही संभावनाओं पर गंभीरता से विचार किया।

'नहीं, मेरा विचार है कि यह ठीक है।' वह अपने आप में बड़बड़ाया।

ग्लोरी का सुंदर गुलाबी चेहरा स्याह पड़ गया। उसके चेहरे का सारा आकर्षण समाप्त हो गया। उसने कांपते हुए स्वर में कहा— 'अगर उन्होंने उसकी लाश कहीं छिपा दी होगी तो कोई भी न जान सकेगा कि वह मर गया।'

'हो सकता है।'

ग्लोरी फिर बिस्तर पर लेट गई। उसने तकिया उठाकर अपने सीने से लगाकर कहा— 'इस संबंध में ज्यादा सोचकर अपने आपको परेशान मत करो। मैं देख लूंगी।'

फेनर ने चौंककर देखा। उसकी आंखें अंगारों की तरह धधक उठी थीं।

कुछ पल के बाद फेनर ने पूछा— 'तुम्हारी बहन मेरिन कहां है?'

ग्लोरी एकदम उछल उठी। हालांकि वह मुश्किल से एक इंच ही उछली होगी, लेकिन ऐसा लगा, जैसे वह एक या दो गज उछली हो। फेनर ने झुककर उसे अपनी ओर खींच लिया। उसकी आंखों में भावुकता झलक रही थी। उसने फिर पूछा— 'तुम्हारी बहन कहां है?'

'तुम उसके संबंध में क्या जानते हो?' ग्लोरी ने पूछा— 'तुम्हें उसके संबंध में कैसे पता चला?'

फेनर उसे अपनी बांहों में समेटकर बिस्तर पर जा बैठा। उसने ग्लोरी की आंखों में झांकते हुए कहा— 'ऐसा लगता है, तुम एक नहीं दो हो।'

'क्या मतलब?' ग्लोरी ने पूछा।

फेनर ने अपनी जेब में से सिगरेट-केस निकाला और उसमें से वह पत्र निकाला, जो उसे मेरिन के पर्स में से मिला था।

'इसे देखो।' उसने कहा।

ग्लोरी ने उसे पढ़ा, लेकिन फेनर को उसके चेहरे पर कोई परिवर्तन दिखाई नहीं दिया। उसने अपने सिर को झटकते हुए कहा— 'मैं नहीं जानती प्यो कौन है, नोलिन कौन है।'

फेनर उठकर मेज के पास चला गया और एक पैड तथा पेंसिल लेकर बिस्तर पर आ बैठा। उसने पेंसिल और पैड ग्लोरी की ओर बढ़ाकर कहा— 'इस पत्र को मेरे सामने लिखो।'

जैसे ही ग्लोरी उठी, फेनर का मन घृणा से भर उठा। उसने घृणा भरे वर में कहा— 'ठहरो।'

वह बिस्तर से उठकर एक अलमारी के पास चला गया। उसने अलमारी में से अपना एक पायजामा और एक जाकेट निकाली और उन्हें ग्लोरी के ऊपर फेंककर बाथरूम में चला गया।

कुछ देर के बाद जब वह बाथरूम से निकाला तो ग्लोरी ने पायजामा और जाकेट पहन ली थी और जाकेट की आस्तीनें मोड़कर पलंग पर बैठी, उसकी प्रतीक्षा कर रही थी।

'तुम मुझे पत्र लिखने के लिए क्यों कह रहे हो?' ग्लोरी ने पूछा।

'तुम लिखो तो।'

ग्लोरी ने पैड पर उस पत्र की नकल कर दी। फेनर ने दोनों पत्रों की लिखावट मिलाई, लेकिन उनमें कहीं कोई समानता नहीं थी। उसने पैड मेज पर फेंक दिया और बिस्तर से उतरकर धीरे-धीरे कमरे में इधर-से-उधर घूमने लगा।

ग्लोरी उत्साहित-सी उसे देख रही थी।

'तुम्हारी एक बहन थी, थी न?' फेनर ने पूछा।

वह कुछ हिचकिचाई। फिर बोली— 'हां है, लेकिन हमने काफी दिनों से एक-दूसरे को नहीं देखा।'

'कितने समय से नहीं देखा? और क्या नहीं देखा?'

'चार-पांच साल हो गए। मुझे ठीक से याद नहीं है। मैं और मेरिन ठीक तरह से नहीं रहते थे। मेरिन दिन-रात यही सोचती रहती थी कि हम किस तरह ढंग से रह सकते हैं। हम दोनों में कभी कोई झगड़ा नहीं हुआ, लेकिन उसने मन-ही-मन अपनी स्थिति को संभालने का निश्चय कर लिया था, इसलिए जब हमारे पिता की मृत्यु हो गई, तो वह घर छोड़कर चली गई।'

'तुम झूठ बोल रही हो।' फेनर ने गुस्से से कहा— 'अगर तुम दोनों ने इतने वर्षों से एक-दूसरे को नहीं देखा, तो मेरे पास क्यों आई थीं? और उसने मुझसे यह झूठ क्यों बोला था कि तुम बिछड़ गई हो?'

ग्लोरी की आंखें और भी लाल हो उठीं। उसने क्रोध भरे स्वर में कहा, मैं नहीं जानती कि वह तुम्हारे पास क्यों आई थी। तुम कौन हो और यह क्यों पूछ रहे हो?'

'नाराज होने की जरूरत नहीं है। तुम यह बताओ कि तुमने मेरिन को अंतिम बार कब देखा था?'

'मैं हैरी के साथ न्यूयार्क में थी। हम साथ-साथ रहते थे। हमें साथ-साथ रहते अभी दो ही सप्ताह बीते थे। हम लोग यात्रा पर थे। मेरिन से अचानक मेरी भेंट हो गई। उसने मुझसे बहुत आग्रह किया कि मैं उसके होटल में आऊं, लेकिन मेरे साथ हैरी था, इसलिए मैं उसके

होटल में उससे मिलने नहीं गई। मैंने उसके होटल में एक स्लिप भिजवा दी थी और फिर हैरी के साथ फ्लोरिडा चली आई थी।'

फेनर बिस्तर पर आ बैठा। उसने ग्लोरी के चेहरे की ओर देखते हुए कहा— 'मुझे लग रहा है कि या तो तुम मुझे झूठ का पुलिंदा सुना रही हो या कोई ऐसी बात है, जिसे तुम छिपा रही हो।'

ग्लोरी ने सिर हिलाते हुए कहा— 'मैं झूठ नहीं बोल रही। भला मुझे झूठ बोलने की क्या जरूरत है?'

'क्या तुम बारह चीनियों के बारे में कुछ बताओगी?'

'बाहर चीनी—?'

'मुझसे कुछ छिपाओ मत। साफ-साफ बताओ।' फेनर ने कहा— 'और फिर यह लीडलर क्यों? डिलें क्यों नहीं?'

'लीडलर मेरा शादी का नाम है, लेकिन मैंने शादी के एक साल बाद ही तलाक ले लिया था।'

'तुम्हारा पति कहां है?'

'मैं नहीं जानती कि वह कहां है? तुम उसके बारे में क्यों पूछ रहे हो?'

'सुनो ग्लोरी, शायद तुम्हें पता नहीं, तुम्हारी बहन मेरिन की एक सप्ताह पहले ब्रोकलिन के एक मकान में हत्या कर दी गई है।' फेनर ने गंभीर स्वर में कहा।

कुछ देर खामोशी छाई रही। फिर ग्लोरी ने कहा— 'नहीं, मैं इस बात पर विश्वास नहीं कर सकती।' और फिर वह फेनर के चेहरे को बड़े ध्यान से देखने लगी।

फेनर ने दृढ़ता तथा विश्वास भरे स्वर में कहा— 'तुम्हें इस बात की जानकारी नहीं है, लेकिन यह सच है कि मेरनी की हत्या की जा चुकी है। मुझे मेरीन बहुत पसंद थी। वह मेरे पास सहायता मांगने आई थी, लेकिन उसके बाद वह मुझे तब मिली, जब उसे मार डाला गया। मैंने अपने आपसे वादा किया है कि मैं उस आदमी की खोज करके ही दम लूंगा, जिसने मेरीन की हत्या की है।'

ग्लोरी ने अपना कोट अपने हाथ में ले लिया। उसने कोट घुमाया और फेंक दिया।

'मेरीन मर गई और तुम यहां बैठे मुझे उसकी हत्या की कहानी सुना रहे हो। तुम्हें मुझ पर दया नहीं आई। मेरिन...मेरिन।'

फेनर ने उसकी कलाई पकड़ ली और उसे सहलाते हुए बोला— 'जो हो गया सो हो गया। उसे तुम बदल नहीं सकतीं। जानती हो मेरिन के साथ क्या हुआ?'

ग्लोरी ने एक नजर फेनर पर डाली और सिसकने लगी। उसने अपना हाथ मुंह पर रख लिया था। उसकी आंखें घायल जैसी लग रही थीं।

कुछ देर बाद उसने कहा— 'फेंसी मेरिन की हत्या कर दी गई।' और फिर वह फूट-फूटकर रोने लगी। उसने अपना मुंह तकिए में छुपा लिया और जोर-जोर से सिसकने लगी।

अचारक फेनर को एक विचार आया। उसने अपना हाथ उसके सिर पर रख दिया, फिर उसने उसका सिर तकिए पर से उठाया और उसे पकड़े-पकड़े ही बड़ी सावधानी से उसका पायजामा और जाकेट सरकाकर उसकी पीठ देखी। उसने उसकी जाकेट सरका दी और उस पर चादर डाल दी।

ग्लोरी एकदम मुड़ी। उसकी आंखें सहसा चमक उठी थीं— 'क्यों, तुमने ऐसा क्यों किया?' उसने गुस्से से पूछा।

'क्या तुम्हें मालूम है कि तुम्हारी बहन की पीठ पर घाव के निशान थे?' फेनर ने पूछा।

'तुम हर बात जानते हो, फिर भी तुम्हें मालूम नहीं।' ग्लोरी ने कहा और फिर फूट-फूटकर रो पड़ी।

उसकी आंखों से आंसू बहते देखकर फेनर उठा और खिड़की की ओर चला गया। वह बुरी तरह थकान महसूस कर रहा था। उसने जम्हाई लेकर कहा— 'मैं और अधिक जानकारी के लिए तुमसे कल मिलूंगा।' यह कहकर वह दरवाजे की ओर बढ़ गया।

ग्लोरी के सुबकने की आवाज सीढ़ियों तक आ रही थीं।

वह होटल के रिसेप्शन हॉल में पहुंचा। उसने रिसेप्शनिस्ट से कहकर एक और कमरे की व्यवस्था करा ली।

* * *

सूर्य की तेज रोशनी फेनर के बिस्तर पर पड़ रही थी। सुबह के आठ बज रहे थे। उसने कराहते हुए आंखें खोल दीं। वह अभी थकान महसूस कर रहा था। उसके सिर में हल्का-हल्का दर्द हो रहा था। उसने अपनी आंखें फिर मूंद लीं।

वह सोने ही वाला था कि पदचापों ने उसे फिर जगा दिया। उसने आंखें खोलीं, तो ग्लोरी उसके सामने खड़ी थी। उसने अधखुली आंखों से उसकी ओर देखा। वह बहुत ही सुंदर दिखाई दे रही थी।

'जब तुम सो रहे थे, तो बहुत ही दयावान और सुंदर दिखाई दे रहे थे।' ग्लोरी ने कहा— 'क्या यह अनोखी बात नहीं है?'

फेनर उठकर बैठ गया। उसने अपनी उंगली बालों में घुमाई। वह कुछ परेशान दिखाई देने लगा।

'अगर तुम नाराज न हो तो अपने कमरे में चली जाओ। जब मैं तुमसे मिलना चाहूंगा, तुम्हें बता दूंगा। अपने बैडरूम में मैं किसी औरत का होना ठीक नहीं समझता। यह मेरे सिद्धांत की बात है। मैं पुराने विचारों का आदमी हूं।' फेनर ने बहुत ही संयत स्वर में कहा।

'तुम सचमुच बहुत अच्छे हो।' ग्लोरी मुस्कराकर बोली।

फेनर के सिर में जोर से दर्द होने लगा था। उसने गुर्राकर कहा— 'जाओ, अपने कमरे में जाओ।'

ग्लोरी ने अपनी बांहें फैलाईं। उसकी आकर्षक नीली आंखें चमक उठीं— 'क्या तुम मुझे नहीं चाहते? क्या तुम मुझे सुंदर नहीं समझते?'

फेनर ने अप्रसन्नता से कहा— 'जाओ, अपने कमरे में जाओ।'

ग्लोरी उसके बिस्तर की ओर बढ़ने लगी। फेनर के पायजामे में वह जोकर दिखाई दे रही थी।

'तुम इस समय बिल्ली जैसी लग रही हो। तुम उस कमरे में जाकर अपने कपड़े क्यों नहीं पहन लेतीं। जाओ, कपड़े बदल आओ। हम नाश्ता करेंगे और बातें भी करेंगे।'

ग्लोरी मुस्कराई और फिर नाचने लगी।

फेनर सोचने लगा— 'यह सुंदर तो है, लेकिन चरित्रहीन है।'

'कहो कि तुम मुझे चाहते हो।' ग्लोरी ने हंसते हुए कहा।

फेनर उठकर खड़ा हो गया और बड़ी नरमी से बोला— 'तुम अपने कमरे में जाओ। इस समय मैं अपने पास किसी को नहीं चाहता।'

'क्या तुम सच कह रहे हो?' उसकी आंखों में संदेह उभर आया। जैसे चंद्रमा पर कुछ पल के लिए बादल आ जाते हैं। वह उसके बिस्तर पर उससे सटकर बैठ गई।

फेनर ने उसे तसल्ली देते हुए कहा— 'अपने आपको संभालो ग्लोरी। तुम अपने कमरे में चलो। मैं तुमसे फिर मिलूंगा।'

ग्लोरी उठी और कमरे का दरवाजा खुला छोड़कर बाहर निकल गई।

फेनर बिस्तर से उठा और दरवाजा ठोकर मारकर बंद कर दिया।

वह कपड़े पहनते हुए सोचने लगा— 'आज का दिन कैसी मनहूसियत से शुरू हुआ है।'

तभी वेटर कॉफी ले आया। फेनर ने दो प्यालों में कॉफी उड़ेली और प्याले उठाकर ग्लोरी के कमरे में आ गया।

ग्लोरी कपड़े पहन रही थी। उसकी काली पोशाक सूरज की तेज रोशनी में चमक रही थी। वह खिड़की केक पास सड़क की ओर मुंह किए खड़ी थी।

फेनर ने अंदर पहुंचकर दरवाजा धीरे से बंद कर दिया।

'अब तुम्हारा क्या प्रोग्राम है?' फेनर ने पूछा।

ग्लोरी मुड़ी और उसे देखकर मुस्कराने लगी। उसकी बड़ी-बड़ी आंखों में सौंदर्य के साथ-साथ मैत्री की भावना स्पष्ट दिखाई दे रही थी। उसने धीरे से कहा— 'मैं क्या कर सकती हूं?'

'तुमको समझना बहुत कठिन है। मेरा विचार था कि मेरे पास तुम्हारे लिए ढेरों दुःख हैं, लेकिन लग रहा है कि मैं गलत था।'

वह मुड़ी। उसकी पीठ खिड़की की ओर हो गई। उसने मुस्कराते हुए कहा— 'और मैं समझ रही थी कि तुम अद्भुत हो।'

फेनर की आंखें उसके पीछे सड़क पर लगी थीं। एक काली छाया नीचे सड़क पर खड़ी थी। उसकी नजर एक कार पर पड़ी। वह इतना ही देख पाया था कि एक आदमी की बांह कार की खिड़की से निकली और खिड़की की ओर उठ गई। सूरज की तेज रोशनी में उस हाथ में एक रिवाल्वर चमक उठी। सब कुछ स्पष्ट हो चुका था। उसने ग्लोरी का हाथ पकड़कर अपनी ओर खींचा। फिर भी एक सेकेंड की देर हो गई। घर्र की एक आवाज के साथ ही ग्लोरी की चीख गूंज उठी। वह घुटनों के बल झुकी और फेनर के सहारा देने से पहले ही फर्श पर गिर पड़ी।

यह सब इतनी जल्दी हुआ कि सड़क पर आने-जाने वालों में से कोई भी नहीं देख पाया कि क्या हुआ। फेनर लपककर खिड़की पर पहुंच गया। उसने देखा वह गाली छाया सड़क के किनारे की ओर जाकर नजरों से ओझल हो गई।

उसने धीरे से झुककर देखा। ग्लोरी के दाएं हाथ की कुहनी को छूती हुई गोली निकल गई थी। घाव गहरा नहीं था, लेकिन ग्लोरी का बदन सफेद पड़ गया था। फेनर ने पास पड़ी कुर्सी पर से तोलिया उठाकर उसकी बांह पर डाल दिया। फिर वह बाथरूम में चला गया। उसने पानी लाकर उसकी बांह पर लगा खून साफ किया और फिर घाव पर कसकर पट्टी बांध दी।

ग्लोरी की आंखें भय से फैल गई थीं। उसने कांपते हुए स्वर में कहा— 'बहुत दर्द हो रहा है। क्या मैं बुरी तरह घयल हो गई हूं?'

'नहीं, मामूली-सा घाव है। तुम चिंता मत करो। मैं सब कुछ ठीक कर दूंगा।'

'मुझे इस बात की खुशी है कि मैं तुम्हारे साथ थी।' ग्लोरी ने कहा और रोने लगी— 'मुझे लगता है कि मैं मर जाऊंगी।'

वह बहुत अच्छा निशानेबाज था। उसने छिपकर गोली चलाई थी। तुम कुछ ही दिनों में ठीक हो जाओगी। चलो, मैं तुम्हें तुम्हारे घर छोड़ आऊं। कहां रहती हो तुम?'

ग्लोरी का मुंह एकदम सूख गया। उसने सिसकी भरकर कहा— 'मेरा कोई घर नहीं है।'

'थेलर के साथ रहने पर मजबूर होने से पहले तुम कहां रहती थीं?'

ग्लोरी ने अप्रसन्नता से फेनर की ओर देखते हुए कहा— 'मुझे थेलर के साथ रहने पर किसी ने मजबूर नहीं किया था।'

'तुम तो घायल शेरनी की तरह हो। बात-बात पर भड़क उठती हो। तुम्हीं ने बताया कि तुम थेलर के साथ न्यूयार्क गई थीं और अब कह रही हो कि तुम थेलर के साथ रहने के लिए मजबूर नहीं। अपनी बात स्पष्ट करो।'

'अब मुझे विश्वास हो गया कि तुम जासूस हो।' ग्लोरी झुंझलाकर बोली।

'सुनो ग्लोरी, तुम यहां सारे दिन नहीं रह सकतीं। मुझे तुम्हें कहीं-न-कहीं भेजना पड़ेगा। या तो तुम मुझे अपने रहने का ठिकाना बता दो, वरना मैं एंबुलैंस मंगाकर तुम्हें अस्पताल पहुंचा दूंगा।'

'मैं यहीं रहना चाहती हूं।'

फेन ने मुस्कराकर कहा— 'मैं तुम्हारा नौकर नहीं हूं, जो तुम्हारी देखभाल करता रहूंगा। मुझे और बहुत से काम हैं।'

'मैं अपने आपको यहां सुरक्षित समझती हूं।'

फेनर कुछ देर सोचता रहा और फिर ग्लोरी को उठाकर एक कुर्सी में डाल दिया। ग्लोरी गुस्से से होंठ काटने लगी। उसने चाकू उठाकर अपने कपड़े फाड़ने शुरू कर दिए।

'यह क्या करती हो, ग्लोरी।' फेनर ने उसके हाथ से चाकू छीनकर दूर फेंक दिया और उसे उठाकर फिर बिस्तर पर डाल दिया।

उसके सुर्ख सुनहरी बाल तकिए पर बिखर गए। वह लेटी-लेटी फेनर को देखने लगी।

अचानक वह अत्यधिक सुंदर दिखाई देने लगी।

उसने फेनर की ओर देखते हुए बहुत ही भावुक स्वर में कहा— 'मुझे मुस्कराहट चाहिए।'

'कहीं और ट्राई करो। बाहर बहुत से मिल जाएंगे।' फेनर ने सिर झटककर उत्तर दिया।

उसने अपनी दोनों बांहें फेनर की ओर फैला दीं— 'प्लीज!'

ग्लोरी ने थोड़ा-सा सिर उठाया और फिर उसने फेनर से होंठ चूम लिए। उसके होंठ कुछ मुलायम थे। वह एक जवानी भरा प्यार था। फेनर को बहुत अच्छा लगा।

'मैं तुम्हारे रहने की व्यवस्था करने जा रहा हूं।' फेनर ने उसके ऊपर चादर डालते हुए कहा। उसने बाथरूम में आकर अपने कपड़े ठीक किए और सीढ़ियों से नीचे उतर गया।

* * *

होटल के मैनेजर ने बड़े सम्मान से उसका स्वागत किया।

फेनर ने मुस्कराकर कहा— 'मेरी गर्लफ्रेंड के साथ एक छोटा-सा एक्सीडेंट हो गया है। वह बिस्तर में पड़ी है। मैं चाहता हूं कि तुम उसके लिए एक स्लीपिंग सूट मंगवा दो। उसका बिल मेरे पास भेज देना।'

होटल के मैनेजर ने गंभीर होकर कहा— 'यह हमारे होटल के नियमों के विरुद्ध है।'

'मैं भी जानता हूं कि यह नियम के विरुद्ध है, लेकिन शायद तुम्हें पता नहीं मेरी गर्लफ्रेंड बहुत ही कुशल नर्तकी है।'

'ठीक है, मैं मंगवाए देता हूं।' होटल मैनेजर ने कहा।

* * *

होटल मैनेजर के ऑफिस से निकलकर फेनर एक टेलीफोन बूथ में चला गया। उसने कार्ल्स के होटल का नंबर डाल करके व्यूसी को फोन पर बुलाया।

'सुनो व्यूसी, तुम्हारे लिए मेरे पास एक कमरा है। अच्छा काम है, जैसा तुम चाहते हो। मेरे होटल में आ जाओ। एक बंदूक या रिवाल्वर अपने साथ लेते आना।' फेनर ने कहा।

रिवीवर क्रेडिल पर रखकर वह एक बार में चला गया और खाना मंगवालर खाने लगा। उसने सोचा कि सारे काम निबटाने के बाद ही पीना ठीक रहेगा।

अचानक खाना खाते-खाते उसे कुछ याद आ गया। उसने अपना बटुआ निकाला और जब उसने उसे खोला तो उसकी आंखें क्रोध से लाल पड़ गईं।

उसके पर्स में सारे रुपए और कागजात दाईं ओर रखे थे। उसे अच्छी तरह याद था कि कुछ रुपए और कागजात दाईं ओर थे और कुछ बाईं ओर थे। उसने बड़ी सावधानी से कागजात देखे और रुपए गिने। कोई भी चीज गुम नहीं हुई थी, लेकिन उसमें क्यूर्ली का फोटो नहीं था। उसने बटुए को फिर बड़ी सावधानी से देखा। क्यूर्ली का फोटो वास्तव में नहीं था। उसने पर्स वापस जेब में रख लिया और खाना खाने लगा।

जब वह सो रहा था, तब उसके कमरे में कोई आया था। वह ग्लोरी के आने से पहले आया था। इसका मतलब है कि किसी ने उसके लाइसेंस के कागजात देखने की कोशिश की थी।

उसने एक सिगरेट सुलगाई और व्यूसी की प्रतीक्षा करने लगा। उसने अनुमान लगा दिया कि ग्लोरी से अब और अधिक पूछताछ करना समय नष्ट करना है। वह अभिनय कर रही है और यह अभिनय ही उसका अंत कर देगा।

व्यूसी होटल में आया तो उसकी आंखें इस तरह दिखाई दे रही थीं, जैसे कोई कुत्ता अपने चारों ओर बिखरी हड्डियों को देख रहा हो। उसने शानदार सूट पहन रखा था। सिर पर चमकदार हैट था। एक लाल फूल कोट के होल में लगा हुआ था। उसे देखकर फेनर को बड़ा आश्चर्य हुआ।

सामने रखी बोतलों को देखकर व्यूसी मुस्कराने लगा। फेनर ने उसके लिए बीयर की एक बड़ी बोतल मंगवाई और उसे लेकर दूसरे कोने में चला गया।

फेनर ने पूछा— 'पाल, मेरा नाम काम करने पर तुम किस तरह राजी होगे?'

व्यूसी ने अपनी नशीली आंखें ऊपर उठाईं— 'मैं नहीं बता सकता।'

'मेरे पास एक छोटा-सा काम है। काम तुम्हें जरूर पसंद आएगा। कार्ल्स को छोड़ो, मैं तुम्हें अच्छा पारिश्रमिक दूंगा।'

'क्या तुम अब कार्ल्स के लिए काम नहीं करोगे?' व्यूसी ने पूछा।

'मुझे यह खेल पसंद नहीं है। यह अपराध है।'

'लेकिन कार्ल्स इसे पसंद नहीं करेगा।'

'मुझे कार्ल्स की जरा भी परवाह नहीं है। जब मैं किसी काम को करना नहीं चाहता तो नहीं करता।'

'मुझे पचास व्यूक्स किस तरह मिलेंगे?'

'बहुत ही आसान काम है। न कोई मेहनत, न परेशानी। तुम्हें नेंसी डब्ल्यू की उस जेनी की याद है?'

व्यूसी ने होंठों पर उंगली रखकर कहा— 'भला उसे कैसे भूल सकता हूं, कितनी सुंदर थी वह।'

'वह मेरे बिस्तर में है।'

व्यूसी ने बीयर का एक लंबा घूंट भरा। उसका गोल मुंह आश्चर्य से अजीब-सा दिखाई देने लगा— 'तुम्हारे बिस्तर में?'

'हां—।'

'तुमने उसके लिए कितना खर्च किया है? मैं चाहता तो हूं लेकिन खर्च नहीं कर सकता।' व्यूसी ने दुःख भरे स्वर में कहा और फिर अविश्वास भरे स्वर में बोला— 'क्या यह सच है?'

'हां व्यूसी, यह सच है। मैंने उससे जाने के लिए कहा, लेकिन वह नहीं गई।'

व्यूसी ने बीयर की बोतल मेज पर रखते हुए कहा— 'तुम झूठ बोल रहे हो।'

'नहीं, वह सारी रात यहीं रही है।'

'मुझे बताओ, यह किस तरह हुआ?'

फेनर ने सोचा, अब इससे काम की बात की जाए। उसने गंभीर होकर कहा— 'अधिक विस्तार में जाने की जरूरत नहीं है पाल। किसी आदमी ने उस पर रिवाल्वर से गोली चलाई थी। उसके गोली लग गई है। वह आदमी उसे समाप्त करने के लिए फिर आ सकता है, इसलिए मैं चाहता हूं कि तुम रिवाल्वर लेकर उसकी निगरानी करो ताकि आक्रमणकारी अपने उद्देश्य में सफल न हो सके।'

'क्या तुम इस काम के लिए पचास क्यूक्स दोगे?'

'ये तो बहुत ज्यादा हैं।' फेनर ने उदास स्वर में कहा।

'मैं तो मजाक कर रहा था। इस काम को तो मैं बिना कुछ लिए ही करूंगा। हो सकता है वह मेरे प्रति आकर्षित हो जाए।'

'आओ, तुम्हारा परिचय करा दूं।' फेनर ने उठते हुए कहा— 'तुम दरवाजे के बाहर बैठे रहना। ऐसी औरतें इस काम में देर नहीं करतीं। हो सकता है तुम्हारी मनोकामना पूरी हो जाए।'

फेनर व्यूसी को साथ लेकर सीढ़ियों की ओर चल दिया। उसने दरवाजे पर दस्तक दी और अंदर चला गया। ग्लोरी गुलाबी स्लीपिंग सूट पहने बिस्तर पर लेटी हुई थी।

'बहुत ही सुंदर है यह सूट! क्या यह तुमने पसंद किया था?' ग्लोरी ने मुस्कराते हुए कहा।

'मैं तुम्हारे लिए एक अंगरक्षक लाया हूं। यह तुम्हारी रक्षा करेगा। इसका नाम व्यूसी है।' फेनर ने उसके प्रश्न को अनसुना करके कहा।

ग्लोरी ने आश्चर्य से व्यूसी की ओर देखा। वह उसे देखते ही चंचल हो उठी। उसने कहा— 'आओ व्यूसी, एक प्यारी औरत से मिलो।'

व्यूसी दरवाजे में ही खड़ा था।

'यह आदमी बाहर बैठेगा और तुम्हारी सुरक्षा का ध्यान रखेगा। इसके लिए यह जो कुछ चाहेगा, मैं दूंगा।'

वह व्यूसी को कमरे से बाहर ले गया। उसने बाहर निकलते-निकलते ग्लोरी से कहा— 'मुझे एक जरूरी काम है, मैं लौटकर तुमसे बात करूंगा।'

जब तक ग्लोरी कुछ कहती फेनर दरवाजे से निकल गया। उसने बाहर व्यूसी से कहा— 'व्यूसी इस दरवाजे पर नजर रखना। यह काम मजाक नहीं, समझे।'

'तुम चिंता मत करो रोज।' व्यूसी ने उसे आश्वस्त किया।

फेनर सीढ़ियों से उतरकर सड़क पर निकल गया।

होटल से कुछ दूर जाकर फेनर एक टेलीफोन बूथ में घुस गया। उसने फेडर होस्किस का फोन नंबर मिलाया और रिसीवर कान से लगाकर खड़ा हो गया।

थोड़ी देर बाद वह होस्किस से बात कर रहा था।

होस्किस ने गुस्से भरी आवाज में पूछा— 'क्या तुम वही आदमी हो, जिसने मेरी बोट पर बम फेंका था?'

'ऐसा मत सोचो। वह कार्ल्स का आदमी है। कार्ल्स अपने आदमियों से काम लेना बहुत अच्छी तरह जानता है। वह आधुनिक विचारों का है। संभव है वह जहर खा ले, इसलिए जल्दी करो।'

होस्किस ने एक लंबी सांस भरी।

'मुझे एक काले रंग की बड़ी सेडिन कार के बारे में पता लगाकर बताइए। उसका नंबर 38577 है।'

'तुम यहां आ जाओ। यहां किसी चीज की कमी नहीं है। मैं तुमसे इस संबंध में बात करना चाहता हूं। होस्किस ने कहा।

फेनर ने कंधे उचकाए और बूथ के गंदे शीशे से सड़क पर नजर डालते हुए बोला— 'मैं गुप्त रहकर यह खेल रहा हूं। मैं तुम्हारे यहां अपने आपको प्रकट नहीं करना चाहता। हम कहीं और मिलने का समय निश्चित कर लेंगे—खैर, उस संबंध में तुम्हारा क्या विचार है?'

होस्किस ने कहा— 'एक मिनट होल्ड ऑन करो।'

फेनर टेलीफोन बूथ की दीवार पर सफेद पेंटिंग किए कई तरह के विज्ञापनों को पढ़ने लगा। होस्किस ने थोड़ी देर के बाद कहा— 'तुमने जिस कार के बारे में पूछा था, उसका पता लग गया है। वह कार हैरी थेलर की है।'

फेनर की आंखें आश्चर्य से फैल गईं— 'हो सकता है उसी की कार हो।'

'इस शहर में इस मेक की और बहुत-सी कारें हैं, लेकिन वह कार हैरी थेलर की ही है।'

'अच्छा एक बात बताओ? अगर मैं किसी तरह कार्ल्स और उसके आदमियों को पकड़वाऊं तो क्या तुम यह काम कर सकते हो?' फेनर ने पूछा।

'क्यों नहीं कर सकता।' होस्किस ने कहा।

'मैं चाहता हूं कि थेलर के संबंध में पूरी-पूरी जानकारी प्राप्त की जाए और यह पता लगाया जाए कि ग्लोरी लीडलर नाम की युवती कौन है? उसके साथ ही उसकी बिछड़ी हुई बहन मेरिन डिले के बारे में पता किया जाए। लीडलर, ग्लोरी के पति का नाम था। यह नोलिन कौन है? उसके संबंध में भी पता लगना जरूरी है। इनके बाद रह जाती है क्यूर्ली, जो नाइटेंगिल फ्यूनरल पार्लर में काम करती है। मैं यह भी जानना चाहता हूं कि थेलर के साथ उसके क्या संबंध थे?'

होस्किस आश्चर्यचकित रह गया। उसने कहा— 'इतनी सारी जानकारी प्राप्त करने के लिए तो बहुत पैसा खर्च करना पड़ेगा?'

'तुम्हारी संस्था की क्या हानि होगी, यदि तुम ये सारी जानकारियां एकत्र कर दोगे। हो सकता है कि इन जानकारियों को प्राप्त करने के बाद तुम्हें कार्ल्स और पांच सीएस के षड्यंत्रों के अड्डे की और कोई महत्वपूर्ण चीज प्राप्त हो जाए।'

'ओ.के., मैं यह काम कर लूंगा, लेकिन इसमें समय लगेगा।'

'कितना भी समय लगे, मुझे जन्म से लेकर अब तक की जानकारी चाहिए। एक-एक बात की विस्तृत जानकारी?'

'ठीक है।'

फेनर रिसीवर क्रेडिल पर रखकर टेलीफोन बूथ से बाहर निकल आया। उसने रूमाल निकालकर अपने हाथ साफ किए और डयूबल स्ट्रीट की सीध में चल दिया। उसका दिमाग बड़ी तेजी से काम कर रहा था। वह सोच रहा था, वह गाड़ी थेलर की थी।

और इसी के साथ उसके मस्तिष्क में एक नया विचार कौंध उठा। इस सारे केस में कुछ बातें तो बहुत ही मजेदार थीं। ग्लोरी लीडलर पांच तरह के खेल खेल रही थी। वह सोचने लगा, क्या ग्लोरी का कार्ल्स के साथ कोई संबंध है, उसकी बहन ने कहा था कि वह बारह चीनियों से क्या चाहती है। यदि वह पत्र ग्लोरी ने नहीं लिखा, तो किसने लिखा था? असल में वह पत्र ही एक ऐसी कुंजी है, जिसके साथ ये सारी बातें संलग्न हैं। पत्र-लेखन का उद्देश्य यह है कि सारी बातें खुल जाएं। पत्र किसी ने लिखा है। अभी तक इसके साथ दो ही स्त्रियां संलग्न हैं। एक ग्लोरी और दूसरी क्यूर्ली। पत्र की लिखावट ग्लोरी की नहीं है। क्या वह पत्र क्यूर्ली ने लिखा था?'

सहसा उसका यह विचार परिवर्तित हो गया। वह सोचने लगा— 'कहीं यह पत्र स्वयं मेरिन ने ही तो नहीं लिखा?'

तभी एक मोटा-सा तेजी से आया और उसका एक चक्कर लगाकर चल गया। फेनर कुछ देर के बाद पैदल ही नाइटेंगिल के यहां पहुंच गया।

चरमराहट की आवाज के साथ जैसे ही फेनर ने दरवाजा खोला, उसे सामने कार्ल्स खड़ा दिखाई दिया। उसके सपेंद चेहरे पर उसकी आंखें शीशे के जड़े टुकड़ों की तरह दिखाई दे रही थीं।

फेनर ने कहा— 'क्या कोई ताबूत पसंद किया है?'

'क्या तुम्हें कोई चीज चाहिए?' कार्ल्स ने पूछा।

'मुझे नाइटेंगिल से कुछ बात करनी है। बहुत अच्छा आदमी है।' कहा और अंदर जाने लगा।

कार्ल्स काउंटर के दूसरी ओर खड़ा था। वातावरण बहुत ही घबराहट भरा था। उसने फेनर को घूरते हुए पूछा— 'मिलर ने बताया है कि तुमने मोटर बोट में उसकी नाक में चोट मारी थी। मुझे अपने आदमियों का पारस्परिक झगड़ा बिलकुल पसंद नहीं है।'

'मिलर हर बार कोई-न-कोई गलती कर बैठता था।'

'और रेजर को तुम्हारा काम पसंद नहीं है।'

'इसमें आश्चर्य की कोई बात नहीं है। मेरे और रेजर के विचार ही नहीं मिलते।'

'हो सकता है, तुम मेरे लिए काम करो?' कार्ल्स ने अपने नाखूनों को देखते हुए कहा।

'मैं वही काम कर सकता हूं, जो मेरे उपयुक्त होता है।'

कार्ल्स ने होंठ मरोड़े। यह उसके मुस्कराने का एक ढंग था। 'तुम अपनी पसंद का ताबूत छांट लो। यही तुम्हारी अंतिम इच्छा होगी। इसके बाद तुम्हें समाप्त कर दिया जाएगा।'

फेनर अब उसके बिलकुल निकट आ गया था। उसने कड़ी उपेक्षा और व्यंग्य भरे अंदाज में कहा— 'मतलब यह है कि कोई एक्सीडेंट या ऐसा ही कुछ होगा।'

'तुमको हमारे संबंध में बहुत-सी जानकारी हो गई है। तुम पुलिस को सूचित कर सकते हो। मैंने अपना ऑफिस बदल दिया है। तुम बहुत कुछ जान गए हो, लेकिन तुम्हें पता नहीं कि हम अपनी नाव और चिह्न कहां रखते हैं?'

'मैं ऐसा कोई काम नहीं करूंगा। यह तो जान-बूझकर फंसने जैसा होगा।'

कार्ल्स अपनी टाई ठीक करते हुए बोला— 'मैं ऐसे बातों की परवाह नहीं करता, जैसी तुम सोचते हो।'

यह कहकर कार्ल्स मुड़ा ही था कि फेनर उसके सामने पहुंच गया और उसे रोककर बोला— 'मैं तुम्हें यह दिखाना चाहता हूं कि तुम्हारी हैसियत और शक्ति क्या है।'

फेनर ने उसके सिर में टक्कर मारी और फिर उसे उठाकर सीने के बल नीचे गिरा दिया। उसने जोर से चोट नहीं मारी, लेकिन उसके पैरों में जोर की ठोकर मारी।

कार्ल्स अपनी कुहनी के बल गिरा था। उसके मुंह की सफेद मुलायम त्वचा से खून झलक आया था। फेनर ने उसके दांतों पर ठोकर मारते हुए कहा— 'अब तुम यह जान लो कि मैं अपनी मौत के बारे में सोचने वाले के लिए देर नहीं करता हूं। यह बात मुझे नर्वस कर देती है। अगर तुमने मेरे विरुद्ध कुछ करना है तो कोशिश करके देख लो। मेरा अनुमान है कि तुम जरूर करोगे, लेकिन तुम्हें सफलता नहीं मिलेगी।'

कार्ल्स धीरे से उठकर खड़ा हो गया और अपने चेहरे पर हाथ फेरने लगा।

'अब घर जाओ। थोड़ी-सी शराब जरूर पी लेना। उसकी तुम्हें सख्त जरूरत है।' फेनर ने कहा।

कार्ल्स बिना एक शब्द कहे बाहर चला गया।

'यह बहुत बुरा हुआ रोज।' नाइटेंगिल ने कहा।

काफी देर तक फेनर उसी तरह खड़ा रहा। उसे पता ही नहीं चला कि उसके चेहरे पर पसीने की बूंदें मोतियों की तरह चमक रही हैं।

'तुमने उसे पकड़ा क्यों नहीं, जब उसने तुम्हारे साथ दुर्व्यवहार किया था।' फेनर ने अप्रसन्नता से कहा।

'उसका तुमसे कोई संबंध नहीं है।' नाइटेंगिल ने अपने सफेद दांत दिखाते हुए कहा।

'चुप रहो। तुम्हें उसके मुंह पर थप्पड़ मारना चाहिए था। वह इस तरह बात कर रहा है, जैसे बादशा हो।' फेनर ने कहा— 'तुम उसके साथ कितने दिनों से हो?'

नाइटेंगिल ने कमरे में चारों ओर हाथ घुमाकर उदास स्वर में कहा— 'यह जो कुछ भी है, सब उसी का है।'

फेनर ने कड़ककर कहा— 'क्यों, तुम्हारा कुछ नहीं है?'

नाइटेंगिल ने कहा— 'मैं तो जिंदा हूं, मेरा कुछ नहीं है।'

नाइटेंगिल ने दो छोटे कदम उसकी ओर बढ़ाए और फेनर की ठोड़ी पकड़कर पीछे को धक्का मारा, लेकिन नाइटेंगिल जैसा आदमी, जिसकी हड्डियों में दम नहीं, उसके धक्के का फेनर पर क्या प्रभाव पड़ता? वह चट्टान की तरह अडिग खड़ा रहा।

'तुम पूरी तरह मेरे दबाव में हो—इसे मत भूलो रोज।' नाइटेंगिल ने कहा और तेजी से उसकी जेब की ओर झपटा।

फेनर ने उसे पहले धक्का दिया, नाइटेंगिल घुटनों के बल गिर पड़ा और एक ओर को लुढ़ककर उसने जल्दी से रिवाल्वर निकाल लिया। फेनर ने झपटकर उसकी कलाई पकड़ ली और झटका मारा। रिवाल्वर कारपेट पर जा गिरा। फेनर ने घूमकर उसके कोट का कालर पकड़ लिया।

'मैं कहता हूं, उसे भूल जाओ।' फेनर ने नाइटेंगिल को घूंसा मारकर कहा— 'तुम्हें मुझ पर आज विश्वास नहीं, लेकिन एक दिन तुम विश्वास करने पर विवश हो जाओगे। मैं तुमसे किसी औरत को लेकर झगड़ा नहीं करना चाहता।'

तभी फेनर को अपने पीछे किसी के आने का आभास हुआ। उसने मुड़कर पीछे देखना चाहा, लेकिन तभी एक हाथ उठा और उसके सिर पर कोई चीज आ गिरी। फेनर की आंखों के आगे अंधेरा छा गया तथा फिर वह किसी बेसहारा खंभे की तरह धड़ाम से फर्श पर जा गिरा।

4

फेनर जिस कोठरी में पड़ा था, उसमें एक तार से छत से लटके हुए बल्ब की रोशनी फैली हुई थी। उसने इधर-उधर नजरें घुमाकर देखा। उस कमरे में कोई खिड़की नहीं थी।

उसने आंखें मूंद लीं और वर्तमान परिस्थिति पर विचार करने लगा। उसने देखा कि उसके हाथ चारपाई की पट्टियों से बंधे थे। वह मुड़ नहीं सकता था। उसने मुड़ने की बहुत कोशिश की, लेकिन उसे सफलता नहीं मिली।

उसने देखा, उसे पुराने तरीके से बांधा गया है। कोठरी में उस चारपाई के अलावा और कुछ नहीं था। फर्श पर तंबाकू की राख तथा सिगरेट के टुकड़े पड़े थे। अखबारों के ढेर सारे टुकड़े इधर-उधर बिखरे हुए थे। कमरा सड़ांध से भरा हुआ था।

फेनर ने अपने हाथों को खोलने की कोशिश नहीं की। वह आराम से लेटा रहा। छत से लटके बल्ब को रोशनी से बचने के लिए अपनी आंखें बंद कर लीं।

तभी कहीं पास ही से आती हुई फुसफुसाहट की आवाज उसके कानों से टकराई। लेकिन वह जान नहीं पाया कि यह आवाज किधर से आ रही है।

उसने सोचा कि इस समय सोना ही उसके लिए अच्छा है। थोड़ी देर वह आंखें मूंदे पड़ा रहा और फिर गहरी नींद आ गई।

वह न जाने कब तक सोता रहा और जब उसकी आंखें खुलीं तो वह पहले की अपेक्षा अब अपने आपको अधिक बेहतर महसूस कर रहा था, सिर्फ सिर में हल्का-हल्का-सा दर्द जरूर हो रहा था।

तभी उसने ताला खुलने और फिर ठोकर मारकर दरवाजा खोलने की आवाज सुनी। आने वाले की प्रतिक्रिया देखने की इच्छा से उसने अपनी आंखें मूंद लीं।

कोई उसके पास आया और बल्ब तथा उसके बीच आ खड़ा हुआ। कुछ देर तक कोठरी में शांति छाई रही। फिर रोशनी उसकी आंखों पर पड़ने लगी। कोई दरवाजे की ओर जाता मालूम हुआ। फेनर ने जल्दी से अपनी आंखें खोल दीं और दरवाजे की ओर देखने लगा। छोटी-सी टांगों वाला एक आदमी दरवाजे से बाहर जा रहा था। उसके तेल लगे चिकने काले बालों और काली चमड़ी से यह मालूम होता था कि वह कवना था। उसने दरवाजे से बाहर निकलकर फिर ताला लगा दिया।

फेनर ने जोर लगाकर अपने हाथों को खोलने की कोशिश की। कई झटके दिए, लेकिन हाथ नहीं खुले। उसके हाथों को खूब कसकर बांधा गया था।

उसने दांतों को भींचकर और पूरा जोर लगाकर हाथों को खींचा। सहसा बत्ती बुझ गई और कमरे में अंधेरा छा गया। फेनर का पूरा बदन पसीने से तर हो गया था। उसने एक बार फिर कोशिश की। उसका दायां हाथ पसीने से भीगा होने के कारण फिसलकर बाहर निकल आया, लेकिन बायां हाथ बंधा ही रहा।

वह अपनी उंगलियों से सिर में धीरे-धीरे कंघी करने लगा। फिर उसने मुड़कर बाएं हाथ पर बंधी गांठ को देखा। गांठ का सिरा नीचे अंदर की ओर था। काफी देर तक कोशिश करने के बाद वह फिर चारपाई पर लेट गया।

उसे नाइटेंगिल की आवाज सुनाई दी। वह कार्ल्स से कह रहा था— 'कार्ल्स, वह भाग सकता है। इसकी सख्त निगरानी करनी बहुत जरूरी है।'

फेनर धीरे से उठकर बिस्तर पर बैठ गया। उसके बाएं हाथ में दर्द था। वह खड़ा हुआ तो उसका सिर दर्द करने लगा। उसने चारपाई उठाई और धीरे-धीरे दरवाजे की ओर बढ़ने लगा। दरवाजा बाहर से बंद था। वह फिर चारपाई घसीटते हुए वहीं आ गया और चारपाई बिछाकर उस पर लेट गया।

अंत में बहुत कोशिश करने पर उसे हाथ खोलने में सफलता मिल ही गई। तभी किसी के कदमों की आहट सुनकर वह सतर्क हो गया। उसने अपने हाथ उसी तरह फैला लिए और लेट गया।

कार्ल्स कमरे में आया। रेजर और मिलर दरवाजे के बाहर ही खड़े रहे। कार्ल्स आगे बढ़ा और फेनर की चारपाई के पास आ खड़ा हुआ। फेनर ने आंखें खोलीं और कार्ल्स की ओर देखने लगा।

'अच्छा, तुम जाग रहे हो?' कार्ल्स ने पूछा।

रेजर ने कोठरी का दरवाजा बंद किया और मिलर के साथ चारपाई के पास आकर खड़ा हो गया। फेनर ने एक-एक के चेहरे को देखा और फिर सामान्य स्वर में बोला— 'अब क्या विचार है?'

कार्ल्स थोड़ा-सा आगे बढ़ गया। वह अपने कान खुजा रहा था। उसने कहा— 'हम एक छोटी-सी बात करने जा रहे हैं।'

उसने फेनर की नाक पर घूंसा मारा। फेनर का एक दांत टूट गया। वह घृणा भरी नजरों से कार्ल्स की ओर देखने लगा, लेकिन वह जानता था कि हाथ में दर्द होने के कारण वह अकेला तीन आदमियों का मुकाबला नहीं कर सकता।

'तो तुम प्राइवेट जासूस हो।' कार्ल्स ने जेब में से फेनर के कागजात निकाले और चारपाई पर फेंक दिए— 'हमें धोखा देने में तुम सफल हो गए थे।'

फेनर ने कोई उत्तर नहीं दिया। कोठरी में शांति छाई रही।

चार्ल्स चारपाई पर आ बैठा। फेनर सोचने लगा कि अब यह नाखूनों में पिन चुभोएगा। या हो सकता है रेजर और मिलर मिलकर उसकी पिटाई करें और उसे मार डालें। वह प्रतीक्षा करने लगा।

कार्ल्स फेनर के ऊपर झुआ और उसके मुंह पर जोर से चांटा मारा। उसने चांटा इतनी जोर से मारा था कि उसकी आंखों के आगे अंधेरा छा गया, लेकिन न तो वह मुड़ा और न कुछ बोला।

'तुम यहां क्यों आए हो?' कार्ल्स ने सख्ती से पूछा— 'तुम किस बात का पता लगाने की कोशिश कर रहे थे?'

फेनर ने घायल होंठों से कहा— 'मुझसे कुछ भी पूछने की कोशिश मत करो।'

'भगवान की सौगंध, अब मैं तुम्हें छोडूंगा नहीं। तुम्हारी गर्दन तोड़ दूंगा। बताओ, तुम यहां क्यों आए हो? जल्दी बताओ, वरना मैं अपना काम शुरू करता हूं।' कार्ल्स ने कहा।

फेनर खामोशी से उसके चेहरे की ओर देखता रहा।

कार्ल्स उठकर खड़ा हो गया। उसने रेजर को आदेश दिया— 'अपना काम शुरू करो।'

मिलर जैसे ही चारपाई के पास पहुंचा। फेनर ने उसके सीने में जोर से घुटना मारा। मिलर जमीन पर घुटनों के बल फर्श पर जा गिरा।

मिलर अपना सीना दोनों हाथों से पकड़े जमीन पर पड़ा था।

कार्ल्स तेजी से फेनर की ओर झपटा। फेनर जल्दी से उठकर खड़ा हो गया और उसने चारपाई उठाकर बीच में अड़ा दी। रेजर चारपाई का पाया पकड़कर जोर से खींचने लगा, लेकिन दूसरी ओर से फेनर ने चारपाई जोर से पकड़ ली। लेकिन रेजर ने चारपाई उठाकर उलट दी और फेनर उसके नीचे दब गया।

कार्ल्स ने कड़ककर कहा— 'रेजर, इसे छोड़ दो।'

रेजर चारपाई पर से उठ खड़ा हो गया। फेनर ने जल्दी से चारपाई हटाई और उठकर खड़ा हो गया।

कार्ल्स ने जल्दी से रिवाल्वर निकाल लिया और फेनर की ओर निशाना लगाकर कड़कती आवाज में बोला— 'जहां हो वहीं खड़े रहो, वरना गोली मार दूंगा।'

फेनर ने आगे बढ़कर रेजर को घसीटकर अपने सामने कर लिया।

मिलर तेजी से फेनर पर कूद पड़ा और उसे लेकर फर्श पर लुढ़क गया। मिलर का बदन भारी-भरकम होने के कारण फेनर का बायां हाथ उसके नीचे दब गया। मिलर ने डरकर फेनर को ठोकर मारी। फेनर चारपाई के पीछे जा गिरा। उसकी हालत खराब हो गई थी। वह अपने दाएं हाथ के कारण कुछ नहीं कर सकता था।

तभी रेजर ने उस पर झपट्टा मारा और उछलकर उसे ठोकर मारी। फेनर ने पलटकर उसका पैर पकड़कर उसे घुमा दिया। वह बौखलाता हुआ फर्श पर जा गिरा। उसके साथ ही फेनर भी दूसरी ओर जा गिरा।

मिलर ने बढ़कर एक जोरदार ठोकर फेनर के सिर में मारी। फेनर को चक्कर आ गया। कार्ल्स चारपाई लेकर उसकी ओर बढ़ा। रेजर भी उसके साथ बढ़ने लगा। फेनर ने जल्दी से चारपाई को धक्का मारा और चारपाई उलट दी। कार्ल्स और रेजर चारपाई के नीचे दब गए, लेकिन तभी मिलर फेनर की ओर झपड़ा और फेनर ने जैसे ही चारपाई छोड़ी, रेजर और कार्ल्स चारपाई के नीचे से निकलकर खड़े हो गए।

कार्ल्स ने स्पेनिश भाषा में कुछ कहा और जलती आंखों से फेनर की ओर देखने लगा।

फेनर कमरे के बीच में आ गया। तभी रेजर बाईं ओर से तथा मिलर सामने से उस पर एक साथ झपटे। फेनर तेजी से मिलर की ओर झड़पा, लेकिन नीचे जा गिरा। रेजर ने उसकी पीठ में जोर से ठोकर मारी। फेनर को लगा कि अब इन दोनों के हाथों से बच निकलना

कठिन है। तभी दो कवने वहां पहुंच गए और एक ने दौड़कर उसकी टांगें पकड़ लीं और दूसरे ने गला पकड़ लिया। वे दोनों बहुत ही शक्तिशाली थे।

तभी कार्ल्स की धीमी आवाज सुनाई दी और उसके साथ ही किसी ने उसके सिर में जोर से ठोकर मारी। वह बेहोश होकर गिर गया।

* * *

काफी देर के बाद फेनर को होश आया, तो उसने देखा कि वह पहले की तरह ही बंधा हुआ था। उसकी आंखें सूज गई थीं। वह ठीक तरह से देख नहीं पा रहा था। कार्ल्स और उसके साथी उसे कमरे में अकेला छोड़कर चले गए। उसने राहत की सांस ली। वह सोचने लगा कि कार्ल्स और उसके साथी यह समझते होंगे कि वह उनकी मारपीट बर्दाश्त नहीं कर पाएगा।

दर्द से कराहकर उसने आंखें मूंद लीं। थोड़ी देर के बाद ही उसे नींद आ गई।

वह गहरी नींद में सोया पड़ा था कि किसी ने उसे जोर से ठोकर मारी। ठोकर बहुत लंबी थी, फिर भी उसका सारा शरीर दर्द से भर गया।

ठोकर के साथ ही रेजर की आवाज सुनाई दी— 'उठो, सोने का बहाना मत करो।'

लेकिन फेनर उसी तरह चुपचाप पड़ा रहा। रेजर ने उसे खींचकर चारपाई पर से नीचे गिरा दिया और उसके गाल पर जोर का चांटा मारा।

तभी कार्ल्स ऊपर आ गया। रेजर ने गुस्से से कहा— 'सुनो प्यो, यह आदमी आसानी से नहीं मानेगा।'

कार्ल्स ने फेनर को एक जोर की ठोकर मारकर कहा— 'नहीं रेजर, मैं इसे जान से मारना नहीं चाहता। मैं यह जानना चाहता हूं कि यह न्यूयार्क से यहां क्यों आया है? यहां आकर इसने मेरे आदमियों से संपर्क स्थापित किया। इसमें कोई-न-कोई रहस्य जरूर है। मुझे यह बिलकुल पसंद नहीं है।'

'हो सकता है, मैं इसे बात करन पर मजबूर कर सकूं।' रेजर ने कहा।

'यह कच्ची धातु का बना हुआ नहीं है, रेजर। फिर भी तुम कोशिश करके देखो।' कार्ल्स बोला।

वे दोनों फेनर को यों ही पड़ा छोड़कर बाहर चले गए।

फेनर फर्श पर पड़ा था। उसे ऐसा लग रहा था, जैसे कोठरी की दीवारें घूम रही हों। उसका सारा बदन पके फोड़े की तरह दुख रहा था। उन सबने मिलकर उसे इतनी जोर से मारा था कि दर्द से उसका सारा बदन फटा जा रहा था। वह अपने आप में बड़बड़ाया— 'ये लोग मुझे अब और भी बुरी तरह मारेंगे, लेकिन मैं इन्हें कुछ नहीं बताऊंगा।'

तभी उसे चीनी की याद आई। कार्ल्स और रेजर ने उसे कितनी पीड़ा पहुंचाई थी। इससे वह ठंडा पड़ गया। उतनी पीड़ा वह बर्दाश्त नहीं कर पाएगा।

वह उठकर खड़ा हो गया और कमरे का एक चक्कर लगाकर दरवाजे पर आ खड़ा हुआ।

वह सोचने लगा कि अब उसे क्या करना चाहिए। कमरे में कोई खिड़की नहीं थी, न कोई हुक था। बिजली का एक बल्ब था, लेकिन वह उसकी पहुंचसे दूर था। वह फर्श पर बैठकर सोचने लगा।

काफी देर तक सोचने के बाद उसने एक योजना बनाई। उसने बैल्ट निकालकर हैंडिल में बांध दी और उसका दूसरा सिरा अपनी गर्दन में बांधकर जोर से खींचा। उसका सिर चकराने लगा और आंखों के आगे अंधेरा छा गया।

कुछ देर के बाद वह फिर उठकर खड़ा हो गया। उसने फिर कोशिश की, लेकिन व्यर्थ।

वह अपनी मृत्यु के बारे में न सोचकर कार्ल्स के बारे में सोचने लगा– 'अगर वह फिर आ गया?'

उसने उठकर एक बार फिर कोशिश की, लेकिन बेल्ट टूट गई और वह सिर के बल फर्श पर जा गिरा। उसकी आंखों के आगे एक बार फिर अंधेरा छा गया।

और फिर जब उसने आंखें खोलीं तो उसे एक धुंधली-सी आकृति अपने सामने खड़ी दिखाई दी। उसने पूरी आंखें खोलकर देखा। उसे आश्चर्य हुआ, वह क्यूर्ली थी।

क्यूर्ली ने झुककर उसके कान में कुछ कहा, लेकिन फेनर सुन नहीं पाया। उसे बस इतना ही सुनाई दिया– 'हैलो बेबी ठीक हो न?'

कमरे में तेज रोशनी फैली हुई थी। क्यूर्ली के पीछे एक छोटा आदमी खड़ा था। उसका चेहरा बकरी जैसा था।

फेनर ने उस छोटे आदमी की आवाज सुनी। वह क्यूर्ली से कह रहा था– 'यह अब ठीक है। इसे यहीं लेटा रहने दो। अगर तुम्हें मेरी जरूरत पड़े तो आवाज दे देना। मैं आ जाऊंगी।'

'मुझे पीने के लिए पानी दो।' फेनर ने कहा।

फेनर को पानी पिलाकर वह छोटा आदमी चला गया और फेनर को फिर नींद आ गई।

* * *

जब फेनर दोबारा जागा तो वह काफी राहत महसूस कर रहा था। उसके सिर का दर्द अब कम था। कमरा भी स्थिर था। क्यूर्ली उसके पास ही कुर्सी पर बैठी थी। उसकी आंखें भारी थीं, जैसे उसे नींद आ रही हो।

फेनर बोला– 'भगवान के लए–!'

क्यूर्ली ने जल्दी से उसकी बात काट दी– 'अभी मत बोलो, सो जाओ। अभी तुम ठीक नहीं हो पाए हो।'

फेनर ने आंखें मूंद लीं और सोचने की कोशिश करने लगा। अब उसके बदन में दर्द नहीं हो रहा था।

कुछ देर के बाद उसने आंखें खोलकर पूछा— 'मैं कहां हूं?'

'तुम मेरे कमरे में हो, जो व्हाइट स्ट्रीट में है।'

'बेबी, अगर तुम नाराज न हो तो यह बताओ कि मैं यहां किस तरह आया?' फेनर ने बड़ी नरमी से पूछा।

'इस समय तुम सो जाओ। मैं कल तुम्हें सब कुछ बता दूंगी।' क्यूर्ली ने कहा।

'नहीं, मैं बहुत सो लिया हूं। तुम मुझे बताओ ना।'

'मुझे मजबूर मत करो रोज। तुम मुझे तकलीफ दे रहे हो।' क्यूर्ली ने कराहते हुए कहा। फेनर चुप हो गया।

क्यूर्ली ने उसके सामने आकर कहा— 'नाइटेंगिल तुम्हारे लिए पागल हो उठा है। तुमने उसके लिए क्या किया है?'

फेनर ने उसकी ओर देखते हुए कहा— 'मैं भूल गया।'

'नाइटेंगिल ने मुझे बताया कि प्यो ने तुम्हें बहुत बुरी तरह मारा था और फिर वह तुम्हें अपने वाटर फ्रंट वाले पैलेस में ले गया था। नाइटेंगिल बहुत परेशान हुआ। उसने मुझे बताया कि क्रोटी ने उसे तुम्हारी देखभाल करने को कहा था। वही तुम्हें उठाकर यहां ले आया है और मुझसे कहा है कि मैं तुम्हारी देखभाल करूं।'

फेनर को क्यूर्ली की बात पर विश्वास नहीं हुआ। उसने पूछा— 'वह छोटा-सा आदमी मुझे कार्ल्स के घर से निकालकर लाया है और कार्ल्स ने कुछ नहीं किया?'

'वह वहां नहीं था। वह अपने आदमियों के साथ होटल में था।'

'आज कौन-सी तारीख है?'

क्यूर्ली ने तारीख बताई।

'ग्लोरी को छोड़े आज चार दिन हो गए।' फेनर ने कहा— 'क्या कार्ल्स मुझे अब छोड़ देगा?'

'हो सकता है वह चक्कर लगाए। वह हर विषय पर गंभीरता से सोचता है। हो सकता है वह मुझसे और नाइटेंगिल से नाराज हो जाए।'

फेनर अपने सिर के बालों में उंगली घुमाने लगा। उसे अपना सिर भारी महसूस हो रहा था। उसने सोचते हुए कहा— 'अगर चार्ल्स को पता चल गया तो वह तुम्हें भी ज्यादा दिन इस दुनिया में नहीं रहने देगा।'

'तुम ठीक कहते हो। तुम्हारे बिस्तर पर काफी जगह है। अगर मुझे थोड़ी देर सो लेने दो तो मैं तुम्हें दुआएं दूंगी।'

'आ जाओ।' फेनर मुस्कराकर बोला।

क्यूर्ली मुस्कराती हुई कमरे से बाहर चली गई और जब लौटी तो उसके हाथ में गर्म ऊनी कपड़े थे।

'तो ये तुम्हारे घर में पहनने के कपड़े हैं?' फेनर ने मुस्कराते हुए पूछा।

क्यूर्ली चारपाई के दूसरी ओर बैठ गई। उसने अपने स्लीपर उतारकर गाउन भी उतार दिया और बोली— 'मुझे बिस्तर में ठंड लगती है, इसलिए हल्का ऊनी पायजामा पहन लेती हूं।'

फेनर ने उसकी पीठ की ओर देखते हुए कहा— 'इस तरह सोना कम रोमांटिक नहीं है।'

क्यूर्ली तकिए पर सिर रखकर लेट गई— 'मैं बहुत थकी हुई हूं।'

'सो जाओ।' फेनर ने कहा— 'शायद तुम्हें हाथ फिराना अच्छा लगता हो।'

'बहुरूपिए।' क्यूर्ली ने कहा और आंखें मूंद लीं।

* * *

सुबह की फैलती हुई रोशनी ने फेनर को जगा दिया। वह अपने आपको अब बिलकुल ठीक महसूस कर रहा था।

क्यूर्ली भी जाग गई। उसने पूछा— 'तुम बाहर किस तरह जाओगे?'

'तुमने मेरे लिए बहुत कुछ किया।'

क्यूर्ली ने उसकी ओर मुड़कर कहा— 'मैं तुम्हारे जैसे ही आदमी को पानी की कल्पना किया करती थी, लेकिन तुम लेट हो गए।'

फेनर ने शेव बनाई, नाश्ता किया और तभी उसकी नजर एक अलमारी पर पड़ी, जिसमें नाइटेंगिल के गाउन टंगे हुए थे।

'नाइटेंगिल का तुम्हारे लिए क्या अर्थ है?' फेनर ने पूछा।

'मैं उसके साथ दो वर्ष से रह रही हूं। वह मुझ पर बहुत मेहरबान है। मैं वह जितना चाहता हूं, उतना ही उसे खुश रखती हूं।'

'और फेनर के साथ तुम्हारा क्या संबंध था?'

'वह पक्का सौदेबाज है।' क्यूर्ली ने कहा। उसका चेहरा मैला हो गया था। उसने धीरे से कहा— 'मैं तुम्हारे साथ गुप्त बातें कर रही हूं।'

'तो तुम उसे जानती हो?'

'हम सभी उसे जानते हैं।'

'नाइटेंगिल भी?'

'हां।'

'लेकिन उसके बारे में पूछने पर तो उसने कुछ भी नहीं बताया था।' फेनर ने कहा— 'खैर, यह बताओ नाइटेंगिल मुझे यहां लेकर क्यों आया जबकि वह कार्ल्स का आदमी है?'

'क्रोटी के उस पर अनेक उपकार हैं और तुम्हें क्रोटी ने ही उसके पास भेजा था। क्रोटी ने कहा था कि तुम्हारी पूरी-पूरी सुरक्षा की जाए। इससे अधिक मैं कुछ नहीं बता सकता।' क्यूर्ली ने प्लेट उठाई और चली गई।

क्यूर्ली बाथरूम में थी कि नाइटेंगिल आ गया और बहुत ही कड़ी नजरों से फेनर की ओर देखने लगा।

'तुमने मुझे बचाया है, इसके लिए मैं तुम्हारा बहुत आभारी हूं।' फेनर ने कहा।

नाइटेंगिल ने वहीं खड़े-खड़े कहा— 'अब तुम ठीक हो। यह तुम्हारे और कार्ल्स के बीच मामूली-सा मामला है।'

'खैर, यह बताओ क्रोटी और तुम्हारे बीच क्या बात हुई थी? क्या क्रोटी का कार्ल्स से कोई संबंध नहीं है?'

'नहीं, कार्ल्स से क्रोटी का कोई संबंध नहीं है।' नाइटेंगिल ने आगे बढ़कर कहा— 'अब तुम्हें इस शहर से बाहर चले जाना चाहिए। अगर कार्ल्स को इस संबंध में पता चल गया तो तुम क्या समझते हो कि वह हमारे साथ कैसा बर्ताव करेगा।'

फेनर की आंखें फैल गई। उसने दृढ़ता भरे स्वर में कहा— 'मैं कार्ल्स से निबटने की तैयारी कर रहा हूं। तुम्हारे लिए अच्छा होगा कि तुम पर्दे पर से हट जाओ।'

'हां, मैं इसके लिए तैयार हूं। तुम्हें यहां कुछ करना है या मैं तुम्हारी यहां से निकलने में मदद करूं?' नाइटेंगिल ने बड़ी गंभीरता से कहा।

फेनर समझ गया कि इससे बात करना बेकार है। उसने पूछा— 'क्या यह मशविरा तुम्हारा अपना है?'

नाइटेंगिल ने 38 प्वाइंट का रिवाल्वर निकालकर फेनर के सामने मेज पर रखते हुए कहा— 'इसके साथ तुम सुरक्षित यहां से जा सकते हो। क्रोटी ने मेरे लिए बहुत कुछ किया है। अगर तुम आज रात ही यहां से चले जाओ तो अच्छा रहेगा।'

और फिर वह बड़ी सावधानी से दरवाजे से निकल गया।

फेनर ने रिवाल्वर उठा लिया और उसे देखने लगा।

क्यूर्ली बाथरूम से निकली तो उसने फेनर के हाथ में रिवाल्वर देखकर पूछा— 'क्या नाइटेंगिल आया था?'

'हां आया था।'

'क्या तुम यहां से चलने के लिए तैयार हो? मेरे पास कार है, वह तुम्हें कहीं भी ले जाएगी।'

'ठीक है।'

'तुम्हारे कपड़े इस अलमारी में हैं।' क्यूर्ली ने कहा और कमरे से बाहर चली गई।

फेनर ने जल्दी-जल्दी कपड़े पहन लिए। उसे अपने कपड़ों में एक विचित्र-सी गंध महसूस हुई, लेकिन उसने उस गंध की ओर ध्यान नहीं दिया। वह कमरे से बाहर निकल आया।

वह क्यूर्ली से मिलना चाहता था। वह एकदम ठिठककर रुक गया। तभी सहसा उसकी नजर क्यूर्ली पर पड़ी, जो जीने की सबसे ऊपरी सीढ़ी पर लेटी हुई थी। फेनर बुरी तरह उछल पड़ा। उसने जल्दी से अपनी जेब में से रिवाल्वर निकाला और तेजी से सीढ़ियों पर चढ़ता हुआ ऊपर पहुंच गया। उसने देखा एक चाकू क्यूर्ली की पीठ में घुसा हुआ था। उसका सिर पीछे की ओर लुढ़का हुआ था, लेकिन उसकी सांस अभी चल रही थी।

फेनर को एक जबरदस्त धक्का लगा। वह उसे उठाकर बिस्तर पर ले गया, वह बहुत भारी हो गई थी।

फेनर टेलीफोन की मेज के पास चला गया। नाइटेंगिल का फोन नंबर पैड पर था। वह नाइटेंगिल का फोन नंबर डायल करने लगा, लेकिन उसकी नजरें क्यूर्ली पर ही जमी रहीं।

कुछ देर के बाद दूसरी ओर से आवाज आई– 'यह फ्यूनरल पार्लर है।'

* * *

फेनर ने आवाज पहचान ली। उसने जल्दी से कहा– 'जितनी जल्दी हो सके यहां आ जाना। किसी ने क्यूर्ली को मार डालने की कोशिश की है। वह बिस्तर पर पड़ी है।'

और फिर उसने रिसीवर क्रेडिल पर रख दिया।

क्यूर्ली ने अपनी आंखें खोलकर फेनर की ओर देखा और फिर अपना दायां हाथ उठाकर कराहते हुए बोली– 'सौदेबाजों से बचाओ, मुझे सौदेबाजों से बचाओ।'

फेनर ने क्यूर्ली को इस तरह लिटा दिया था कि चाकू का दस्ता ऊपर की ओर था। उसने क्यूर्ली को तसल्ली देते हुए कहा– 'तुम इसे गंभीरता से मत लो। मैं तुम्हारी सहायता करने का प्रयास कर रहा हूं।'

'वह देर से आएगा।' क्यूर्ली ने कहा और रोने लगी।

'क्या वह कार्ल्स था?' फेनर ने पूछा।

क्यूर्ली ने कोई उत्तर नहीं दिया। उसके घाव से खून और तेजी से बहने लगा था।

'मुझे बता दो क्यूर्ली। जो कोई भी था, तुम्हारा शोषण ही करने वाला था।'

'यह उसका एक कथन था। वह मेरे ऊपर झपटा था।' क्यूर्ली ने बड़ी कठिनाई से कहा।

फेनर ने देखा, क्यूर्ली का बदन सफेद पड़ता जा रहा था। उसने जल्दी से पूछा– 'थेलर के पास तुम्हारा फोटो क्यों था? उसका तुम्हारे साथ क्या संबंध था?'

क्यूर्ली ने सामने देखते हुए कहा– 'वह मेरा पति है।'

फेनर ने अपना एक हाथ क्यूर्ली की गर्दन में डाला और चाकू बाहर खींच लिया। क्यूर्ली के मुंह से दर्द-भरी चीख निकल गई। फेनर ने उसे बिस्तर पर लिटा दिया।

'मैंने तुम्हारे लिए वह सब काम किया है? मैं कार्ल्स को अब छोडूंगा नहीं।' फेनर ने क्रोध भरे स्वर में कहा।

क्यूर्ली ने सिसकी भरकर कहा– 'कार्ल्स के साथ जैसा भी सलूक चाहो करो, उसने मेरे साथ अच्छा नहीं किया।'

फेनर ने अलमारी में से स्कॉच की बोतल निकाली और अपनी उंगली शराब में डुबोकर घाव पर रख दी।

'यह ठीक है। तुम मुझे तब तक जिंदा रखो, जब तक कि तुम मझसे वह सब न जान लो, जो जानना चाहते हो।' क्यूर्ली ने कराहते हुए कहा।

फेनर ने उसके हाथ देखे– 'तुम काफी ताकतवर हो। क्या थेलर कार्ल्स के साथ है?'

क्यूर्ली के चेहरे पर घृणा मचल उठी। उसने थोड़ा-सा सिर हिलाया। फिर कराहते हुए बोली– 'हां, वह उसके साथ है। बहुत ही बुरा आदमी है।'

'उनका तरीका क्या है?'

'मजबूरी का व्यापार।' क्यूर्ली ने कहा और आंखें मूंद लीं। कुछ पल रुककर बोली– 'अब तुम मुझसे कुछ मत पूछो।'

फेनर बिलकुल असहाय था। उसका चेहरा कागज जैसा दिखाई दे रहा था। केवल उसके होंठों पर लाली थी, जो उसके जीवित रहने का प्रमाण थी।

तभी सीढ़ियों पर कदमों की आहट सुनाई दी। फेनर दरवाजे की ओर दौड़ा, नाइटेंगिल अंदर आया तो फेनर उसे जल्दी से क्यूर्ली के पास ले गया। नाइटेंगिल को वहां पहुंचने में देर हो गई थी। उसके पहुंचने से कुछ मिनट पहले ही वह दम तोड़ चुकी थी।

फेनर एक पल चुपचाप खड़ा रहा और फिर तेजी से दरवाजे की ओर बढ़ गया। उसने फुर्ती से दरवाजा खोला और तेजी से सीढ़ियों पर उतरने लगा। उसने अपने पीछे नाइटेंगिल के रोने की आवाज सुनी।

फेनर हावर्थ होटल में पहुंचा तो होटल का मैनेजर दौड़कर उसके पास आया। उसने घबराए हुए स्वर में कहा– 'यह सब क्या है? मैं इस सबको बर्दाश्त नहीं कर सकता। मेरे आदमी ऊपर तीन नंबर में जाने से भयभीत हैं। वहां एक भद्दा-सा आदमी दरवाजे पर बैठा है। वह किसी को अंदर जाने नहीं देता। मैंने पूछा तो बोला कि तुमने उससे कहा था कि वह वहां रहे। इसका क्या मतलब है?'

फेनर ने कहा– 'मेरा बिल तैयार करो, मैं बाहर जा रहा हूं।'

और फिर मैनेजर को वहीं खड़ा छोड़कर तेजी से ऊपर चढ़ गया। दरवाजे को ठोकर से खोला और कमरे में चला गया।

कमरे में ग्लोरी बिस्तर पर बैठी थी। व्यूसी भी उसके पास ही बैठा था। वे दोनों ताश खेल रहे थे।

'यह क्या हो रहा है?' फेनर ने उन्हें देखते ही पूछा।

ग्लोरी ने जल्दी से ताश बिस्तर पर फेंक दिए– 'तुम कहां थे? तुम्हारे साथ क्या कोई दुर्घटना हो गई थी?'

फेनर ने दरवाजा बंद करते हुए व्यूसी से कहा– 'तुम यहां क्यों बैठे हो?'

'मैंने ही जिद्द करके इसे तलाश खेलने के लिए बुला लिया था। हमने खेलना शुरू किया था कि तुम आ गए।'

फेनर ने गंभीर स्वर में व्यूसी से कहा– 'तुम जल्दी से बाहर जाओ और पंद्रह मिनट के अंदर-अंदर एक कार ले आओ।'

व्यूसी ने उसके कपड़ों को देखते हुए कहा— 'ऐकसा लगता है कि तुम्हारा किसी से झगड़ा हुआ है।'

'इस समय तुम मेरी परवाह मत करो। मैं जो कह रहा हूं, वह करो।'

व्यूसी बाहर चला गया, तो फेनर ने ग्लोरी से कहा— 'क्या तुम उठ सकती हो?'

ग्लोरी बिस्तर से उतरकर खड़ी हो गई और बोली— 'मैं बिस्तर में इसलिए थी कि बेचारा व्यूसी उदास हो रहा था।'

फेनर ने अपने लिए एक नया सूट निकाला और उसे पहनते हुए बोला— 'तुम यहां खड़ी मत रहो, जल्दी से कपड़े बदल लो। हम इसी समय यहां से दूर जा रहे हैं।'

ग्लोरी ने जल्दी से कपड़े बदलते हुए पूछा— 'हम लोग कहां जा रहे हैं?'

'मुझे एक गिरोह द्वारा यहां से भगाया जा रहा है, अभी—इसी समय।'

'लेकिन हम जा कहां रहे हैं?'

'हम नोलिन के साथ रहेंगे।'

'मैं वहां नहीं रहूंगी।' ग्लोरी सिर झटककर बोली।

फेनर ने सामान पैक किया और ग्लोरी की कलाई पकड़कर बोला— 'तुम वही करो जो मैं कहता हूं।'

'लेकिन मैं नोलिन के यहां नहीं रहूंगी।'

'ठीक है, अगर तुम मेरे साथ चलना नहीं चाहतीं, तो तुम जा सकती हो।' फेनर ने कहा और टेलीफोन की मेज के पास चला गया।

उसने मैनेजर से अपने बिल के बारे में पूछा। मैनेजर ने बताया कि उसका बिल बन चुका है।

ग्लोरी बिस्तर पर बैठी उसकी ओर देख रही थी। जब फेनर ने रिसीवर क्रेडिल पर रख दिया तो उसने पूछा— 'तुम क्या करने जा रहे हो?'

'भलाई।' फेनर ने कहा— 'जब तक ये लोग मेरे विरुद्ध कार्रवाई करें, उससे पहले ही मैं यहां से निकल जाना चाहता हूं। मैं एक छोटी-सी बात के लिए जान नहीं दूंगा।'

तभी दरवाजे की घंटी बज उठी। फेनर ने जाकर दरवाजा खोला। दरवाजे पर मैनेजर खड़ा था। उसने बिल की अदायगी की।

मैनेजर के जाने के बाद उसने एक हाथ में अपना सामान उठाया और दूसरे हाथ से ग्लोरी की कलाई पकड़कर बोला— 'अब हमें यहां से फौरन चल देना चाहिए।'

* * *

होटल के दरवाजे पर एक बड़ी कार खड़ी थी। व्यूसी उस कार की ड्राइविंग सीट पर बैठा था। वह बड़ी पैनी नजरों से उन दोनों की ओर देखता रहा, लेकिन उसने कुछ कहा नहीं।

फेनर और ग्लोरी पिछली सीट पर बैठ गए।

'नोलिन के यहां चलो, लेकिन बहुत तेजी से।' फेनर ने कहा।

व्यूसी अपनी सीट से पीछे की ओर मुड़ा। उसने हैरानी से पूछा— 'नोलिन के यहां क्यों? तुम तो उस आदमी के पास जाना ही नहीं चाहते थे, फिर अब ऐसी क्या बात हो गई?'

'यह सब मत पूछो, तुम कार स्टार्ट करो।' फेनर ने सामने की ओर देखते हुए कहा— 'अगर तुम वहां नहीं चलना चाहते हो तुम जा सकते हो। मैं खुद कार चला लूंगा।'

व्यूसी ने ग्लोरी की ओर देखा। ग्लोरी ने जल्दी से कहा— 'वहीं चलो व्यूसी।' उसके स्वर में विवशता थी।

'अच्छी बात है।' व्यूसी ने अनमने मन से कहा और कार स्टार्ट कर दी।

रास्ते-भर खामोशी छाई रही। जब गाड़ी मोड़ काटकर रुकी तो ग्लोरी ने कहा— 'मैं नहीं जाऊंगी।'

फेनर उसकी बात अनसुनी करके गाड़ी से उतर आया और ग्लोरी तथा व्यूसी की ओर देखते हुए बोला— 'चलो तुम दोनों भी चलो।'

ग्लोरी और व्यूसी कार से उतरकर फेनर के पीछे चल दिए।

जब उन्होंने नोलिन के जुआघर की लॉबी में कदम रखा तो साढ़े ग्यारह बज रहे थे।

फेनर ने एक कवने से पूछा— 'नोलिन अंदर है?'

कवने ने 'हां' में सिर हिला दिया।

फेनर, ग्लोरी और व्यूसी के साथ अंदर पहुंचा, तो नोलिन अपनी मेज के पीछे बैठा था। ग्लोरी और व्यूसी मेज के पास पड़ी खाली कुर्सियों पर जा बैठे। न तो नोलिन ने ही उनकी ओर देखा और न ग्लोरी और व्यूसी ने ही उस पर नजर डाली।

नोलिन ने पूछा— 'क्या करना है रोज?'

फेनर ने उसकी मेज पर रखे सिगार में से एक सिगार निकाल लिया और उसे सुलगाने लगा। उसने सिगार सुलगाने में कई मिनट लगा दिए और फिर मेज के किनारे पर जा बैठा।

'तुम पर ढेर सारे आरोप हैं, रोज। मैंने तुम्हें पहले ही बता दिया था कि मैं तुम्हारा साथ नहीं दूंगा।' नोलिन ने कहा और उठकर खड़ा हो गया।

'यह रोज नहीं है। इसका नाम फेनर है और यह एक प्राइवेट जासूस है। इसके पास सर्टिफिकेट भी है।' ग्लोरी जल्दी से बोली।

फेनर ने मुड़कर ग्लोरी की ओर देखा, लेकिन ग्लोरी अविचलित बैठी रही। उसके चेहरे पर दृढ़ता स्पष्ट दिखाई दे रही थी।

व्यूसी का पूरा बदन कांप उठा। उसकी आंखें फैल गईं।

जब ग्लोरी फेनर के बारे में बता रही थी, तो नोलिन सिगार निकालकर सुलगा रहा था। ग्लोरी की बात सुनते ही उसका हाथ कांप उठा था। वह कुर्सी पर पीछे खिसककर बैठ गया।

'मेरा विचार है, मेरे बारे में तुम्हें यह सूचना पहले ही मिल चुकी है।' फेनर ने कहा।

नोलिन ने हाथ उठाकर दरवाजे की ओर इशारा करते हुए कहा— 'यहां से फौरन चले जाओ। प्राइवेट जासूस तो मेरे लिए जहर है।'

'तुम्हारे और मेरे लिए करने के लिए एक काम है।' फेनर ने उस मोटे आदमी की आंखों में देखते हुए कहा।

नोलिन ने उसी सपाट लहजे में कहा— 'तुम फौरन यहां से निकल जाओ।'

फेनर पर नोलिन की बात का कोई प्रभाव नहीं पड़ा। उसने उसके मुंह पर एक जोर का मुक्का मारा। नोलिन पीछे जा गिरा।

नोलिन दूसरे ही पल उठकर खड़ा हो गया और अपनी सुरक्षा के लिए मेज की दराज में से कुछ निकालने लगा, लेकिन फेनर ने उसे देख लिया और उसे बड़ी जोर से ठोकर मारी। नोलिन की आंखों के आगे तारे छिटकने लगे।

व्यूसी के हाथ अपनी पिछली जेब की ओर बढ़े। उसकी आंखों में निर्णय का भाव पैदा हुआ, लेकिन फेनर ने देख लिया।

'हाथ ऊपर उठाओ।' फेनर ने कड़ककर कहा— 'अगर तुमने कुछ करने की कोशिश की तो तुम्हारा कान उड़ा दूंगा।'

व्यूसी हाथ सिर पर रखकर बोला— 'मैं कुछ घबरा गया था।'

'अगर थोड़ी-सी भी समझदारी है, तो चुपचाप खड़े रहो। कार्ल्स तुम्हें भी खोज रहा है कि तुम एक जासूस के साथ क्या कर रहे हो।'

व्यूसी का रंग पीला पड़ गया। उसने घबराए हुए स्वर में कहा— 'मुझे मालूम नहीं था कि तुम एक जासूस हो।'

फेनर गुर्राकर बोला— 'यह सब कार्ल्स को बताना, मुझे बताने की जरूरत नहीं।'

व्यूसी ने घृणा से मुंह बनाया और दीवार के साथ लगकर खड़ा हो गया।

फेनर नोलिन की ओर झुका, जो एक पैर पर बैठा अपना जबड़ा सहला रहा था। फेनर ने कहा— 'सुनो नोलिन, मैं और तुम कार्ल्स और उनके आदमियों के कारण शहर छोड़कर जा रहे हैं। व्यूसी की इच्छा है, चाहे तो वह कार्ल्स की ओर चला जाए या मेरी ओर। मैं परवाह नहीं करता कि वह क्या करेगा। अगर वह वापस कार्ल्स के पास जाता है तो इसे बहुत-सी बातों का उत्तर देना पड़ेगा। और अगर यह मेरे साथ रहेगा, तो इसे पांच सौ व्यूक्स प्रति सप्ताह मिलेंगे और तब तक मिलेंगे, जब तक यह काम समाप्त नहीं हो जाता।'

व्यूसी की आंखें चमक उठीं— 'मैं तुम्हारे साथ ही रहूंगा।'

फेनर ने अपना पर्स निकाला और उसमें से नोटों की गड्डी निकालकर गेंद की तरह व्यूसी की ओर उछाल दी— 'तुम मेरे साथ रहोगे, तो ये रुपए अपने पास रखो।'

नोलिन बड़ी खामोशी से यह सब कुछ देख रहा था। फेनर वापस जाकर डेस्क पर बैठ गया और नोलिन की ओर देखते हुए बोला— 'किगपिन के बारे में जानकर तुम्हें कैसा लगेगा? अगर तुम मेरे साथ रहोगे, तो तुम्हें सब कुछ पता चल जाएगा।'

'कैसे?' नोलिन के स्वर में उत्साह था।

'हम तुम्हारे छोटे आदमी को लेंगे। मैं, व्यूसी और तुम्हारे साथ मिलकर कार्ल्स का इस शहर में रहना दूभर कर देंगे। हम उसकी सारी व्यवस्था को तितर-बितर कर देंगे और गोलियों की बौछार लगा देंगे।'

'नहीं-नहीं, हम हरगिज ऐसा नहीं करेंगे। मैंने कभी किसी जासूस के साथ काम नहीं किया और न मैं करूंगा।' नोलिन ने कहा।

'तुम्हें पता नहीं, चार दिन हुए कार्ल्स ने मुझे वाटर फ्रंट प्लेस में बंद किया हुआ था। वह मुझसे कुछ मालूम करना चाहता था, लेकिन मैं किसी तरह उसकी कैद से निकल आया। मैं इसे व्यक्तिगत मामला बना रहा हूं। इसमें कानून नहीं आएगा।'

'नहीं, मैं नहीं करूंगा।' नोलिन ने सिर झटककर कहा।

फेनर ने हंसते हुए कहा— 'ओ.के., हम तुमसे करा लेंगे।' और फिर उसने व्यूसी की ओर देखते हुए पूछा— 'और व्यूसी तुम?'

'मैं करूंगा।' व्यूसी ने जल्दी से कहा।

फेनर ने ग्लोरी से कहा— 'मैं, तुम और व्यूसी मोटे आदमी को अपने साथ काम करने पर मजबूर कर देंगे।'

'नहीं, मैं तुम्हारा साथ देने के लिए तैयार नहीं हूं।' ग्लोरी ने उठते हुए कहा।

फेनर ने बढ़कर उसकी बांह पकड़ ली— 'कितनी शर्म की बात है, तुम तो नोलिन नहीं हो।'

'इसे छोड़ दो।' नोलिन ने कहा।

फेनर बोला— 'अच्दी बात है, हम जाते हैं।'

फेनर व्यूसी को साथ लेकर बाहर निकल गया। ग्लोरी भी धीरे-धीरे उसके पीछे चल पड़ी।

फेनर ने धीरे से कहा— 'हम तुम्हारे मकान में रहेंगे।'

'मैं तो तुम्हें पहले ही बता चुकी हूं कि मेरा कोई घर नहीं है।' ग्लोरी ने सिर झटककर कहा।

फेनर ने मुस्कराकर कहा— 'हम वहां चल रहे हैं, जहां तुम्हारे कपड़े हैं। उस शाम की ड्रेस, जिस शाम मैंने तुम्हें पहली बार देखा था।'

ग्लोरी ने हिचकिचाकर कहा— 'सुनो, मैं कार्ल्स के विरुद्ध कोई काम नहीं करना चाहती। क्या तुम कृपा करके मुझे क्षमा करोगे?'

फेनर ने उसे कार में खींचते हुए कहा— 'देर हो रही है बेबी। मैं किसी हत्यारे को छोड़ने वाला नहीं हूं। मेरे कारण ही तुम पर गोली चलाई गई थी।'

ग्लोरी ने एक ठंडी सांस भरकर कहा— 'ठीक है, मेरे पास एक छोटी-सी जगह है—स्पांग पीयर।'

फेनर ने व्यूसी से कहा— 'तेजी से स्पांग पीयर चलो।'

व्यूसी तेजी से ड्राइविंग सीट पर जा बैठा। फेनर ग्लोरी के साथ पिदली सीट पर उससे सटकर बैठ गया। स्पांग पीयर लगभग आधा मील दूर था। वह पाम के पेड़ों से ढका हुआ था। व्यूसी ने दरवाजे के सामने पहुंचकर कार रोक दी। मकान को सुंदर बनाने के लिए उसे हरे रंग से रंगा गया था। उनकी खिड़कियों पर हरे रंग के पर्दे लटके हुए थे।

ग्लोरी ने फेनर के साथ कार से उतरते हुए व्यूसी से कहा— 'गैरेज पीछे है।

'क्या तुम्हारे पास कार है?' व्यूसी ने पूछा।

'क्या तुम्हें आश्चर्य हो रहा है?' ग्लोरी बोली।

'कार पीछे की ओर ले जाओ। हमें इस बेबी के अनुसार ही काम करना है।'

व्यूसी कार लेकर पिछवाड़े ले जाने लगा।

'क्या यहां कोई और भी रहता है?' फेनर ने बिल्डिंग की ओर देखते हुए पूछा।

'एक औरत है, जो मकान की देखभाल करती है।'

'ठीक है, व्यूसी उसकी मदद कर दिया करेगा।' फेनर ने कहा और फिर व्यूसी की ओर मुड़कर बोला— 'कार गैरेज में खड़ी करके यहां आ जाना। मिसेज लीडलर उस औरत को तुम्हारे बारे में बता देगी। तुम उसके साथ अंदर आ जाना।'

फेनर ग्लोरी के पीछे-पीछे बंगले में चला गया। बहुत ही शानदार बंगला था।

एक छोटे कद की स्पेनिश औरत अंदर से निकलकर आई तो ग्लोरी ने फेनर की ओर इशारा करते हुए कहा— 'यह मिस्टर फेनर हैं, ये यहां कुछ देर ठहरेंगे। क्या तुम दोपहर के खाने की व्यवस्था कर सकोगी?'

स्पेनिश औरत ने फेनर पर एक नजर डाली। उसकी आंखों में फेनर के प्रति कोई रुचि नहीं थी। वह चली गई।

ग्लोरी ने लॉबी का दरवाजा खोलते हुए कहा— 'अंदर चले जाओ और आराम करो। मैं कपड़े बदलकर आती हूं।'

'ठीक है।' फेनर ने कहा और अंदर चला गया। कमरा बहुत ही आरामदायक था। चारों ओर कुशन और दीवान लगे हुए थे। खुली हुई खिड़कियों से गंध भरी हवा आ रही थी। सूर्य की तेज रोशनी में कमरा चमक रहा था।

कुछ देर बाद स्पेनिश औरत एक मेज ले आई। उसने उस मेज पर खाना लगा दिया।

तभी ग्लोरी अंदर आई। वह सफेद सिल्क की पोशाक पहने हुए थी। पैरों में सफेद ही सैंडिल थे। मुंह लाल और आंखें कंटीली थीं।

'क्या मैं तुम्हें पसंद हूं, फेनर?' ग्लोरी ने पूछा।

'हां, तुम हर तरह से अच्छी हो।'

खाना खाने के बाद ग्लोरी ने कहा— 'आओ, तुम्हें अपना लेस दिखाऊं।'

फेनर दीवान से उठा और उसके पीछे-पीछे चल दिया।

लॉबी पार करके वे एक बड़े कमरे में पहुंचे। बहुत सुसज्जित कमरा था। पालिश किए हुए बोर्ड दीवान के पीछे लगे हुए थे। एक बड़ा बैड था। एक ओर एक छोटा ड्रेसिंग रूम था। दाईं ओर बाथरूम था।

ग्लोरी ने अंदर आकर दरवाजा बंद कर लिया।

'बहुत सुंदर है।' फेनर ने कमरे को देखते हुए कहा।

ग्लोरी पलंग पर आ बैठी। उसने अपने हाथ अपने सिर के पीछे लगा लिए। फेनर ने देखा, इस समय वह बहुत ही सुंदर और आकर्षक दिखाई दे रही थी।

फेनर ने कहा— 'ग्लोरी शायद तुम्हें मालूम नहीं—थेलर वह आदमी है, जो कार्ल्स को मजदूरों के व्यापार में सहायता देता है। क्यूर्ली रोबिंस उसकी पत्नी थी, नाइटेंगिल की असिस्टेंट थी। कार्ल्स ने उसे मार डाला। तुम भी थेलर के साथ रह चुकी हो। हो सकता है वह तुम्हें भी ठिकाने लगाने की कोशिश करे।'

'बैठ जाओ, मैं तुमसे पूरी बात करना चाहती हूं।' ग्लोरी ने कहा।

फेनर उसके पास जा बैठा और बोला— 'मुझे अपना हाथ दो।'

ग्लोरी ने अपना हाथ उसकी ओर बढ़ा दिया।

'क्या तुम जानती हो?' फेनर ने पूछा।

'हां, मैं जानती हूं।'

'क्या तुम्हें पता है कि क्यूर्ली उसकी विवाहिता पत्नी थी?'

ग्लोरी ने अपनी आंखें मूंद लीं और दांतों से अपना निचला होंठ दबाकर कहा— 'नहीं।'

'तुम कार्ल्स के बारे में सब कुछ जानती हो?'

'हां, सब कुछ जानती हूं।' ग्लोरी ने कहा और उठकर खड़ी हो गई। उसने फेनर के गले में बांहें डालकर उसे अपनी ओर खींचा, लेकिन जब तक ग्लोरी के होंठ उसके होंठों तक पहुंचे, फेनर ने अपना चेहरा पीछे हटा लिया।

'छोड़ो ग्लोरी, तुम मेरे साथ नहीं जाओगी।' फेनर ने कहा और कमरे से बाहर चला गया।

5

फेनर शाम को बंगले पर लौटा तो व्यूसी पोर्च की सीढ़ियों पर बैठा था। वह व्यूसी से बिना कुछ कहे-सुने बंगले के अंदर चला गया।

वह सीधा ग्लोरी के कमरे में पहुंचा।

ग्लोरी हरे रंग की पोशाक पहने खिड़की के पास बैठी थी। उसकी नजरें खिड़की के पार लगी हुई थी।

फेनर ने दरवाजा बंद कर दिया और ग्लोरी की ओर बढ़ते हुए बोला— 'मैं तुमको एक छोटी-सी कहानी सुनाना चाहता हूं।'

ग्लोरी खिड़की के पास से हटकर बिस्तर पर आ बैठी।

'मैं तुम्हें जो कुछ बता रहा हूं, उसमें कुछ तो सत्य है और कुछ मेरे अनुमान हैं, लेकिन यथार्थ और कल्पना को मिलाने पर एक बहुत ही सुंदर कहानी बन जाती है। इस कहानी का आरंभ इलिनोज नामक नगर से होता है। बहुत वर्षों पहले एक आदमी ने उस शहर को एक दिन चुपचाप छोड़ दिया। उसके साथ उसकी जवान और सुंदर पत्नी थी। उसकी युवा पत्नी के विचार बहुत ही ऊंचे थे। वह अपने शौकों पर अंधाधुंध पैसा खर्च किया करती थी। आदमी का नाम लीडलर है। वह साधारण-सा राजनीतिज्ञ था। तुमने उसके साथ यह सोचकर शादी की थी कि तुम नाच-गाने के शो दिखाकर खूब भ्रमण कर सकती थीं। लीडलर और तुम फ्लोरिडा आ गए।'

'तुम मेरे विरुद्ध कुछ नहीं कर सकोगे।' ग्लोरी ने कहा।

'मेरा ऐसा कोई इरादा नहीं है। मैं तुम्हारे विरुद्ध कुछ नहीं करूंगा। मुझे कहानी तो सुनाने दो। फ्लोरिडा पहुंचकर लीडलर और तुम दोनों अलग-अलग हो गए। क्यों अलग हो गए, यह मुझे मालूम नहीं। लेकिन अब तुम्हारे सामने थेलर आ गया था। वह धनी नौजवान है। तुमने लीडलर की ओर से आंखें फेर लीं और तुमने थेलर के साथ संबंध जोड़ लिए। लेकिन थेलर तुम्हारे मिलने से पहले ही शादी कर चुका था। उसकी पत्नी का नाम क्यूर्ली रोबिंस था। थेलर कार्ल्स को चूस लेना चाहता था, जो चिंकों की सप्लाई करता था। उसने कार्ल्स को ढेर सारा रुपया दिया। समुद्र तट पर चिंक बेचे। क्यूर्ली को यह सब मालूम हो गया। इससे थेलर के लिए खतरा पैदा हो गया। उसने क्यूर्ली को नाइटेंगिल के यहां नौकरी दिलवा दी। नाइटेंगिल कार्ल्स के लिए काम किया करता था। तुम लीडलर से तलाक लेना चाहती थी, ताकि तुम थेलर से शादी कर सको। थेलर ने तुम्हें यह नहीं बताया था कि वह विवाहित है। एक दिन तुम्हारी नाव कीवेस्ट आई। तुम एक शाम को मन बहलाने के लिए शहर के एक जुआघर में चली गई। वहां तुम्हारी भेंट अपने पहले पति से हुई, जिसे तुम छोड़कर भाग आई थीं। वह है नोलिन, क्यों है न?'

ग्लोरी ने अपना होंठ काट लिया।

लीडलर, जिसे लोग नोलिन के नाम से जानते हैं, अपने जुआघर को और अधिक आकर्षक बनाना चाहता था। इसके लिए उसे रुपए की जरूरत थी। उसने तुमसे कहा कि अगर तुम उसे कुछ रुपया दो, तो वह तुम्हें तलाक दे देगा। तुम उसे रुपया देकर तलाक लेने के लिए तैयार हो गई; लेकिन थेलर ने इस काम में कोई दिलचस्पी नहीं ली। एक दिलचस्प बात यह थी कि तुम थेलर की बिलकुल परवाह नहीं करती थीं, क्योंकि तुम्हारा विचार था कि उसे तुम्हारी जरूरत है और थेलर तुम्हारी परवाह इसलिए नहीं करता था कि वह विवाहित था। जब तुम थेलर के पास थीं, एक चिंक तुम्हारे चक्कर लगाया करता था, जिसे तुमने पर्दे के पीछे छिपा रखा था। वह चिंक कार्ल्स के लिए काम करता था। वह दो महीने से गायब है। संभव है, उसके साथ कुछ किया गया हो। मुझे मालूम नहीं, लेकिन वह गायब है। उसके साथ क्या हुआ बेबी?'

ग्लोरी ने उत्तर देने के बजाय रोना शुरू कर दिया।

'और अब तुम्हारी बहन का चित्र उभरता है। वह मुझसे मिलने आई। बहुत ही अच्छी लड़की थी वह। लेकिन मैं उसके लिए कुछ भी नहीं कर सका। तुम्हारे जीवन को देखते हुए

तुम्हारी बहन तुमसे कहीं अधिक अच्छी थी, लेकिन उसे दुःखों ने घेर रखा था। वह मेरे पास उन चीनियों के सिलसिले में आई थी। कार्ल्स और थेलर दोनों ही नोलिन के विरोधी हैं। यह मैं अब जान चुका हूं। नोलिन नहीं चाहता था कि कोई यह जान सके कि वह नोलिन नहीं, लीडलर है। या तो तुमने यह बात थेलर को बता दी या फिर नोलिन को यह संदेह हो गया था कि तुमने यह बात थेलर को बता दी है। तुम्हारे और थेलर के संबंध बिगड़ गए। तुम दोनों में झगड़ा होने लगा। शायद तुम्हें यह पता चल गया कि वह विवाहित है। तुमने उसे गोली मार दी और भयभीत होकर तुम मेरे पास चली आई। पता नहीं तुम्हें मेरी आंखें अच्छी लगी थीं या डरकर तुम मेरे पास आई थीं।'

'तुम सब कुछ जानते हो।' ग्लोरी ने रोना बंद कर दिया।

'अच्छा, मैं अब दूसरे कमरे में जा रहा हूं, लेकिन यह बताओ, अपनी बहन के बारे में तुम्हारी क्या राय है?'

'मुझे उससे घृणा है। वह बहुत ही संकुचित और संकीर्ण विचारों की हैं धोखेबाज है।' ग्लोरी ने घृणा भरे स्वर में कहा।

'मुझे तुम्हारी बात पर विश्वास नहीं है, लेकिन हो सकता है तुम्हारी बात सच हो। तुम्हें उसके लिए क्या कोई दुःख नहीं है?'

'मुझे उसके लिए दुःख क्यों हो?'

'इस बात से मुझे एक नया विचार मिलता है। जब मेरिन की हत्या हुई, तुम और थेलर न्यूयार्क में थे। तुम दोनों जुड़वां बहने थीं। हो सकता है थेलर उसकी ओर आकर्षित हुआ हो। शायद तुम उस समय आ गई हो और तुमने उन्हें उस स्थिति में देख लिया हो, जिसके कारण तुम्हारे मन में अपनी बहन के लिए ईर्ष्या और द्वेष पैदा हो गया हो और तुमने उसे मार डाला हो। हो सकता है थेलर के कवन उसे उसके लिए तैयार कर रहे हो।'

'भाग जाओ यहां से, तुम सोच रहे हो कि मैं इतनी बुरी औरत हूं।'

'सच-सच बताओ, क्या मेरिन डिले की हत्या तुमने की थी?'

ग्लोरी हंस पड़ी— 'तुम बहुरूपिए हो। मैंने अपनी बहन की हत्या नहीं की।'

फेनर कुछ देर तक वहां खड़ा रहा और फिर उसे नाखूनों पर पालिश करते छोड़कर कमरे से निकल आया। वह ड्राइंगरूम में चला गया। उसे इस केस की कुछ जरूरी बातें मालूम हो गई थीं। वह एक अलमारी की ओर चला गया और अपने लिए पैग बनाने लगा।

व्यूसी भी वहां आ गया। उसने कहा— 'एक पैग मुझे भी दे दो।'

'तुम खुद बना लो।' फेनर ने कहा और दीवान पर जा बैठा।

व्यूसी बिना बोले अलमारी के पास चला गया। उसने एक पैग बनाया और एक घूंट भरकर बोला— 'बहुत अच्छी है, क्यों है न?'

'कौन?' फेनर ने किसी विचार में डूबे-डूबे पूछा।

'कुछ नहीं, जब तुम यहां से बाहर जाओ तो मुझे भी अपने साथ ले चलना। मैं यहां अपने आपको सुरक्षित अनुभव नहीं करता।'

'अभी तुम बाहर जाओ। मेरे दिमाग में इस समय कुछ बातें हैं, जिन पर मैं गंभीरता से विचार करना चाहता हूं।'

'जरूर-जरूर, मैं भी एक झपकी लेने की सोच रहा हूं।' व्यूसी ने कहा और बाहर चला गया।

* * *

फेनर स्कॉच भरे गिलास को लिए दीवान पर बैठा खिड़की से बाहर की ओर देख रहा था। वह काफी देर तक उसी तरह बैठा रहा। होस्किस उसकी आशा के अनुकूल ही निकला था। उसी ने सारी जानकारी दी थी और वादा किया था कि और भी जानकारी देगा। मेरिन डिले के बारे में भी उसे अधिक जानकारी मिलने की आशा थी। अभी तक नोलिन इस मामले में सुरक्षित था। नोलिन बहुत ही सतर्क था और बड़ी कुशलता से धोखा दे रहा था।

फेनर सोच रहा था कि उस तक कैसे पहुंचा जाए।

वह देर तक सोच में डूबा बैठा रहा।

ग्लोरी जब उसके पास आई तो सूरज छिपने लगा था।

'तुमने उस पर विचार किया?' फेनर ने पूछा।

'हां।' ग्लोरी ने कहा और फिर फेनर के चेहरे पर नजरें गड़ाकर बोली— 'मैं तुमसे घृणा करना चाहती हूं, लेकिन तुम इतने आकर्षक हो कि कर नहीं पाती। क्या तुमने कभी किसी लड़की से प्यार किया है?'

'इस बात को छोड़ो, इस बात को मत सोचो कि मैं क्या करता हूं। तुम मुझे थेलर के बारे में बताओ कि क्या हुआ था? क्या तुमने उसके पास से कोई चीज ली थी?'

'क्या तुम सोचते हो कि यह सब मैंने किया है?' ग्लोरी ने कहा।

'बस एक अनुमान है। वह तुम्हें शूट करने क्यों आया था? वह बहुत ही जोखिम भरा काम था। उसे मालूम था कि तुम मेरे पास हो।'

ग्लोरी उठकर एक अलमारी के पास चली गई। उसने अलमारी में से चमड़े का एक बटुआ निकाला और उसे उसकी ओर उछाल दिया।

फेनर ने बटुआ लेकर उसे खोला। उसमें से उसे बहुत सारे कागजात मिले। उसने एक सिगरेट सुलगाई और बड़े ध्यान से उन्हें देखने लगा। ग्लोरी उससे सटकर बैठ गई।

'ग्लोरी, खाने का प्रबंध करो। मुझे रात को लौटने में देर हो जाएगी।'

ग्लोरी उठकर बाहर चली गई।

कुछ देर बाद वह लौटी तो फेनर ने पूछा— 'उन लोगों में से किसी को तुम्हारे इस मकान के बारे में मालूम है?'

'नहीं—किसी को मालूम नहीं है।'

'तुमने यह सब किसी के साथ मिलकर किया है या अपनी इच्छा से? और क्या तुम्हें पता है कि इस बटुए में क्या है?'

'मेरे विचार से इसमें मेरे मतलब की कोई चीज नहीं है।'

'इसमें थेलर को जेलखाने तक पहुंचाने के लिए बहुत कुछ है। इसमें रुपया अदा करने की चार रसीदे हैं, जो कार्ल्स ने दिया था। दो रसीदें नोलिन को दिए गए रुपयों की हैं और पांच उन स्थानों के पते हैं, जहां से उन्होंने चिंक लिए थे।'

'मैंने इन्हें बैंक से कैश नहीं कराया।'

'मैं करा लूंगा। मुझे एक लिफाफा दे दो।' फेनर ने पैग उठाते हुए कहा।

ग्लोरी ने छोटे डेस्क की ओर इशारा किया— 'खुद ही ले लो।'

फेनर ने उस डेस्क में से एक लिफाफा निकाला और उस पर पता लिखा— 'मिस प्यूला डोलन, कमरा नंबर 1156, रूजवेल्ट बिल्डिंग, न्यूयार्क सिटी।'

'यह लड़की कौन है?' ग्लोरी ने पूछा।

लिफाफे को बंद करते हुए फेनर ने कहा— 'मेरे ऑफिस में काम करती है।'

'तुम इसे उसको क्यों भेज रहे हो?'

'सुनो बेबी, मैं अपने ढंग से काम कर रहा हूं। अगर मुझे ठीक लगेगा तो मैं इसे होस्किस फेडरल मैन को दे दूंगा। यह उसके काम में मदद करेगा, लेकिन कार्ल्स मेरे साथ लड़ेगा। हो सकता है वह मुझ पर आक्रमण कर बैठे। मैं उससे पहले ही उस पर टूट पड़ना चाहता हूं।'

वह समुद्री तार घर में चला गया। उसे क्लर्क ने एक तार दिया और बड़ी कठोरता से उसकी ओर देखने लगा।

तार में लिखा था— 'डोलन—कमरा नंबर 1156, रूजवेल्ट बिल्डिंग, न्यूयार्क सिटी। रिपोर्ट यह है कि ग्रोस्ट डिले की हत्या हो गई है। फौरन आओ।'

फेनर तार देखकर बंगले पर वापस आ गया।

ग्लोरी खाना खाने के लिए उसकी प्रतीक्षा कर रही थी।

'मैं बहुत जल्दी में हूं। मुझे खाना और व्हिस्की एक साथ ही दे दो।' फेनर ने कहा।

ग्लोरी ने घंटी बजाई और फिर फेनर से पूछा— 'तुम कहां जा रहे हो?'

फेनर ने मुस्कराते हुए कहा— 'तुम्हारे पति को देखने जा रहा हूं।'

* * *

खाना खाने के बाद फेनर ने उठकर कहा— 'सुनो बेबी, यह बहुत ही गंभीर मामला है। तुम यहीं सुरक्षित रह सकती हो। तुम्हें यह जगह किसी भी हालत में नहीं छोड़नी है। अगर तुमको थेलर के किसी आदमी ने देख लिया तो तुम्हारी गर्दन उड़ार देगा, इसलिए तुम यहीं रहो।'

ग्लोरी ने कुछ कहना चाहा, लेकिन फेनर ने उसे रोककर कहा— 'ज्यादा समय नहीं लगाऊंगा, लेकिन तुम्हें अपनी सुरक्षा का पूरा-पूरा ध्यान रखना चाहिए।'

'ओह!' ग्लोरी के होंठों से निकला और वह दीवार के ओर पीछे सरक गई।

फेनर रसोईघर की ओर गया। व्यूसी, खाना समाप्त कर चुका था और स्पेनिश औरत की ओर देख रहा था।

फेनर ने कहा— 'व्यूसी, मैं बाहर जा रहा हूं। संभव है रात को आ जाऊं और यह भी संभव है कि न लौट सकूं। तुम यहीं रहना और मिसेज लीडलर का पूरा-पूरा ध्यान रखना। उसकी सुरक्षा की पूरी-पूरी जिम्मेदारी तुम पर है।'

'तुम चिंता मत करो, बॉस।' व्यूसी बोला।

'तुम यहीं रहना।'

'वह औरत किसी की हिदायत नहीं मानती और फिर मैं तो नौकर हूं।'

'यह क्या रोना रो रहे हो, व्यूसी? तुम तो हमेशा से ही औरतों के शौकीन हो। वह बीस औरतों के बराबर है। मैं ठीक कह रहा हूं?' फेनर ने कहा और फिर उसके उत्तर की प्रतीक्षा किए बिना बाहर चला गया।

फेनर नोलिन के ऑफिस में उसकी मेज के सामने खड़ा था।

'मेरा विचार है कि मैंने तुमसे पहले ही कह दिय था कि तुम इस काम को यहीं समाप्त कर दो। मैं तुम्हारा साथ न दे सकूंगा।' नोलिन ने उसे देखते ही कहा।

फेनर ने जेब में से निकालकर कागज के टुकड़े मेज पर रख दिए और बोला— 'जरा इनको एक नजर देख लो।'

नोलिन ने कागज उठाकर पढ़े और कांप उठा। उसने फेनर को घूरकर देखा और फिर उन कागजों की ओर देखने लगा।

'तुम्हारे लिए यही अच्छा रहेगा कि तुम इन्हें जला दो।' फेनर ने कहा और फिर उसने नोलिन के हाथ से कागज लेकर उनमें जलती हुई माचिव की तीली लगा दी।

जब तक कागज जलकर राख हो गए, वे दोनों खामोश खड़े रहे और जब कागज जलकर राख हो गए, तो फेनर ने कहा— 'अब तुम सुरक्षित हो लीडलर।'

नोलिन का चेहरा पीला पड़ गया। उसने बड़ी कठिनाई से कहा— 'मुझे इस नाम से मत पुकारो।'

'तुम्हें थेलर ने दस ग्रांउ उधार क्यों दिए थे?' फेनर ने पूछा।

'तुम यह बताओ, तुम्हें ये कागज किस तरह मिले?'

'किसी भी तरह मिल ही गए।' फेनर ने कहा— 'इन कागजों के मिलने पर मैंने सोचा था कि हो सकता है, तुम थेलर के कर्ज से मुक्त हो जाओ और तब मेरे साथ काम करने पर तैयार हो जाओ।'

नोलिन की आंखें फैल गई। उसने कड़वाहट भरे स्वर में कहा— 'शायद ये कागज तुम्हें ग्लोरी से मिले हैं।'

'मुझे कहीं से भी मिले हों।' फेनर बोला— 'अब तुम्हें मेरे साथ काम करने के बारे में अपना विचार बदल देना चाहिए। मैं तुम्हें वापस इलिनोज ले चलूंगा।'

नोलिन बैठ गया— 'हां, अब बताओ।' उसने कहा।

फेनर उसकी उंगलियों के नाखूनों को देखते हुए बोला— 'मैं एक छोटी-सी लड़ाई छेड़ना चाहता हूं। सबसे पहले मैं कार्ल्स पर आक्रमण करना चाहता हूं। उसकी बोटों को

नाकारा बना देना चाहता हूं और कार्ल्स का भंडाफोड़ कर देना चाहता हूं। इसके बाद ही हम थेलर पर आक्रमण कर सकते हैं।'

'कार्ल्स के आदमी बहुत ही सख्त हैं। उन पर काबू पाना इतना आसान नहीं है।' नोलिन बोला।

फेनर ने बड़ी नरमी से कहा— 'तरकीबों से सब कुछ हो सकता है। हम एक ही सर्किल पर काम करेंगे। तुम कार्ल्स पर जाल डालोगे, किसी तगड़े आदमी को अपने साथ ले लेना।'

'मैं एक छोटी-सी गैंग को जानता हूं। मैं उसके साथ संपर्क स्थापित करूंगा।'

'जैसा तुम चाहो वैसा करो। यह सब तुम पर निर्भर है। मैंने तुम्हारे दस ग्रांड बचा दिए हैं। उनमें से कुछ खर्च कर दो। फेनर ने कहा और फिर उसने दोबारा पूछा— 'दस ग्रांड की इतनी बड़ी रकम थेलर ने तुम्हें उधार क्यों दी थी?'

नोलिन ने अपनी आंखें मोड़ लीं। फेनर के प्रश्न का उसने कोई उत्तर नहीं दिया।

फेनर ने उसकी ओर बढ़कर कहा— 'सुनो चूहे, अगर तुमने मुझे यह बात नहीं बताई, तो मैं तुम्हें ऊपर से फेंक दूंगा। तुम इतने पीले पड़ गए हो कि तुम्हें पानी की जरूरत है।'

'थेलर नहीं चाहता था कि मैं ग्लोरी को तलाक दूं।' नोलिन ने कहा— 'बस इसी काम के लिए उसने मुझे कर्ज दिया था। पिछले दिनों उसने अपने रुपयों का तकाजा भी किया था।'

'अब तुम मुझे अपने बारे में बताओ कि तुम्हारा काम करने का तरीका क्या है?'

'मैं इसे नहीं बता सकता।'

'मैं एक मिनट में तुम्हारे टुकड़े-टुकड़े कर डालूंगा, अगर तुमने मुझे यह नहीं बताया। यह मत सोचो कि मैं तुम्हारे बीच में आऊंगा। यह काम मेरे मतलब का नहीं है। मैं कार्ल्स और उसके आदमियों को यहां से बाहर धकेल देना चाहता हूं। इसके बाद मैं यहां से चला जाऊंगा और तुम्हारे लिए किंगकांग बनने के लिए रास्ता साफ हो जाएगा।'

'यह एक लंबी बात है। आओ, मैं तुम्हें बताए देता हूं कि मैं किस तरह काम करता हूं।'

वे साथ-साथ बाहर आ गए। चार मिनट के बाद कार में वे ड्यूवेल स्ट्रीट में पहुंच गए, जहां एक इमारत के नीचे एक कमरा था।

नोलिन के पीछे-पीछे फेनर भी अंदर चला गया।

बारमैन ने सिर हिलाकर नोलिन का अभिवादन किया।

एक बड़े कमरे में एक गोल मेज पर दो लैंप जल रहे थे। पांच आदमी उस मेज के पास खड़े सिगार का मोटा धुआं उड़ा रहे थे।

नोलिन और फेनर के अंदर आते ही वे सब मुड़कर उनकी ओर देखने लगे।

नोलिन ने कहा— 'लड़को, मैं तुमसे बात करना चाहता हूं।'

वे अपना-अपना सिगार फेंककर नोलिन के पास आ गए। उनकी आंखों में गजब की चमक थी।

नोलिन ने फेनर की ओर इशारा करके कहा— 'यह मिस्टर फेनर है। इनके पास कार्ल्स और उनके आदमियों के लिए एक योजना है। यह समझो कि हम उन्हें इस शहर से खदेड़कर बाहर कर देने की योजना बना रहे हैं।'

तभी किसी की धीमी आवाज उसके कानों से टकराई— 'तुम इधर छिप जाओ, यहां सुरक्षित रहोगे।'

उसने मुड़कर देखा। उसकी बाईं ओर एक दरवाजे के रास्ते में एक आकृति खड़ी थी। 'अंदर आकर इस दरवाजे को बंद कर लो। अपने प्राणों की चिंता करो।' उस आकृति ने धीमे से चिल्लाकर कहा। फेनर पहचान गया कि यह आवाज किसी औरत की आवाज है।

फेनर उसकी ओर सरक गया— 'इसे बंद कर दो बहन। दरवाजे में से हट जाओ, वरना गोली तुम्हें लग सकती है।'

फेनर तेजी से उस मकान में घुस गया और अंधेरे कमरे में जा खड़ा हुआ।

वह औरत भी दरवाजा बंद करके अंदर आकर फर्श पर बैठ गई। उसकी बांह और पैर में चोट लगी थी। फेनर ने उसकी चोट देखीं। उस औरत ने कहा— 'इसकी चिंता मत करो। उन्होंने तुम्हारी ओर हथगोला फेंका था। तुम उधर रसोईघर में छिप जाओ। हो सकता है, वे लोग यहां आ जाएं।'

फेनर दौड़कर रसोईघर में घुस गया और अंदर से दरवाजा बंद कर लिया। छोटा-सा रसोईघर था।

तभी उसने रेजर की आवाज सुनी, लेकिन वह यह नहीं समझ पाया कि वह क्या कह रहा है।

थोड़ी देर बाद शांति छा गई।

उस औरत ने बाहर से पुकारा— 'अब बाहर आ जाओ, वे सब चले गए।'

फेनर बाहर निकल आया और बोला— 'अब मुझे भाग जाना चाहिए।'

'हां।' उस औरत ने कहा— 'अब सब कुछ ठीक है, लेकिन कार्ल्स के आदमी तुम्हारे पीछे क्यों पड़े थे?'

'तुम कार्ल्स के बारे में क्या जानती हो?' फेनर ने चौंककर पूछा।

'बहुत कुछ।' वह बोली— 'कार्ल्स के आदमियों ने ही मेरे पति टिम की हत्या की थी।'

'क्यों?'

'मेरे पति टिम के पास अपनी मोटर बोट थी। वह बहुत ही हृष्ट-पुष्ट और शक्तिशाली था। कार्ल्स ने मेरे पति से कहा था कि वह उसके लिए काम करे, लेकिन टिम ने साफ इनकार कर दिया था। बस इतनी-सी बात पर ही एक दिन कार्ल्स के आदमियों ने उसे मार डाला।'

'मुझे बहुत दुःख है बहन। तुम कार्ल्स की चिंता मत करो। मैं उसे देख लूंगा। अच्छा, गुडबाय।' फेनर ने कहा और तेजी से हार्बर की ओर चल दिया।

* * *

फेनर जब हार्बर पर पहुंचा, तो स्केफी सेनफ्रांसिसको होटल के बाहर खड़ा उसकी प्रतीक्षा कर रहा था। वे दोनों जल्दी से होटल में चले गए। उन्होंने थोड़ी-सी व्हिस्की पी और वाटर फ्रंट की ओर चल दिए।

रास्ते में स्केफी ने बताया कि उसके पास दो थामसन और गोलियां हैं। स्केलफनी के पास एक थैला-भर हथगोले हैं। भगवान ही जानता है कि इन हथगोले का प्रयोग हो सकता है। ये हथगोले स्वयं उसी ने बनाए हैं।

'हो सकता है, आज रात इन्हें प्रयोग करना पड़े।' फेनर ने कहा।

केजरिंस्की की मोटर बोट काफी बड़ी थी। अलेक्स और स्केलफनी वहां खड़े सिगार पी रहे थे।

फेनर बोर्ड पर चला गया। केजरिंस्की ने चालक कक्ष से कहा— 'हर चीज ठीक है, जब तुम कहो हम जा सकते हैं।'

'ठीक है, अब हमें इंतजार नहीं करना चाहिए।' फेनर ने कहा।

बाकी तीनों आदमी भी बोर्ड पर आ गए।

इंजन स्टार्ट हुआ और बोट चलने लगी।

फेनर ने कहा— 'हम गांव की ओर चलेंगे। संभव है इस रास्ते से हम जल्दी पहुंच जाएं।'

स्केलफनी उछलकर चालक कक्ष में पहुंच गया। उसकी सुनहरी चमड़ी मद्धिम रोशनी में चमक रही थी।

फेनर ने अपना हैट उतारा और सामने वाली लाइट को देखने लगा।

तभी केजरिंस्की ने चिल्लाकर कहा— 'ब्लैक कीजर।'

फेनर उछलकर बाहर आ गया— 'अब हमको बाईं ओर चलना है। हमारा यहां आने का उद्देश्य कार्ल्स की नावों को बेकार करना है और यह काम बहुत तेजी से करना है। स्केलफनी, तुम हथगोले ले लो। स्केफी और मेरे पास थामसन रिवाल्वर रहेंगे। और अलेक्सी, तुम पिस्तौल लेकर पीछे से हमारी रक्षा करना। केजरिंस्की चालक कक्ष में ही रहेगा, ठीक है न।'

सब लोगों ने फेनर की योजना का समर्थन किया।

मोटर बोट ने आधा चक्कर काटा और हार्बर की दीवार के सहारे आ खड़ी हुई। केजरिंस्की ने स्विच काट दिया। इंजन गुर्राहट के साथ बंद हो गया।

'सावधान रहो, जैसे ही तुम्हें हथगोले की आवाज सुनाई दे, इंजन स्टार्ट कर देना और तेजी से भाग निकलना।' फेनर ने केजरिंस्की को हिदायत की।

वे लोग बोट से निकलकर गांव की ओर चल दिए। रास्ता बहुत ही संकरा और ऊबड़-खाबड़ था। रास्ते पर बड़े-बड़े पत्थर पड़े थे। स्केलफनी का पांव फिल गया, अलेक्स ने जल्दी से उसे थाम लिया।

फेनर बोला— 'हमें पीछे वाली सड़क से चलना है। स्केफी और अलेक्स पहले जाएंगे और मैं स्केलफनी के साथ पीछे आऊंगा।'

* * *

कुछ देर बाद वे एक स्थान पर पहुंचे, तो फेनर ने कहा— 'यहीं रुक जाओ।'

उन्होंने नीचे की ओर देखा। वहां लकड़ी का एक केबिन था और उसके पास ही छह मोटर बोट खड़ी थीं। पास ही कंकरीट की पट्टी थी। केबिन का दरवाजा आधा खुला था और दो खिड़कियां पूरी खुली थीं, जिनसे छनकर रोशनी बाहर आ रही थी।

वे नीचे की ओर देखते हुए कुछ देर तक चुपचाप खड़े रहे। फिर फेनर ने कहा— 'हथगोले निकालो, हर आदमी दो-दो हथगोले ले लो। हम पहले केबिन पर आक्रमण करेंगे, उसके बाद बोटों पर। हमें इन बोटों को डुबोना है।'

फेनर ने बाएं हाथ में हथगोला और दाएं हाथ में थामसन रिवाल्वर ले लिया।

'मैं किसी को बिना जरूरत मारना नहीं चाहता। स्केफी तुम दाईं ओर आ जाओ, मैं बाईं और रहूंगा।'

फिर वे धीरे-धीरे केबिन की ओर बढ़ने लगे।

तभी उन्होंने केबिन के दरवाजे में से एक आदमी को निकलते देखा। वह केबिन से निकलकर दीवार के सहारे-सहारे एक ओर को जा रहा था।

फेनर ने स्केफी से कहा— 'जहां हो वहीं रुक जाओ। यह आदमी हमारी आहट लेने आ रहा है।'

फेनर धीरे-धीरे नीचे की ओर बढ़ने लगा। वह आदमी दीवार की ओर पीठ किए खड़ा था।

फेनर किनारे पर पहुंचकर रुक गया। उसने बाएं हाथ में हथगोले और दाएं हाथ में रिवाल्वर संभाल लिया और दीवार के सहारे-सहारे आगे बढ़ने लगा।

अभी वह उस आदमी से लगभग तीस फुट दूर था कि उसका पैर एक पत्थर पर पड़ गया। उसका पांव फिसला और वह लुढ़ककर पानी में जा गिरा। बड़े जोर की आवाज हुई। फेनर डर गया। उसने अपनी उंगली ट्रेगर पर जमा ली और चुपचाप खड़ा हो गया।

चांद की मद्धिम चांदनी में फेनर ने देखा—वह आदमी कवना था। उसका हाथ उसके कोट के अंदर जारहा था, तभी फेनर ने ट्रेगर दबा दिया। कवना अपनी छाती दोनों हाथों से दबाए हुए पीछे की ओर गिरा तथा फिर लुढ़कता हुआ पानी में गिर गया।

फेनर जल्दी से मुड़ा। उसने किनारे पर पेट्रोल से भरे दो ड्रम देखे। तभी केबिन में से मशीन गन की नाल बाहर निकली और पेट्रोल के ड्रम में एक गोली आकर लगी। ड्रम फट गया और जलता हुआ पेट्रोल बहने लगा।

फेनर ने हथगोला संभाला और केबिन की ओर खड़े ड्रम पर दे मारा। जोर की आवाज के साथ कोई चीज केबिन की ओर लुढ़की और उसके साथ ही मशीनगन खामोश हो गई तथा फिर केबिन का दरवाजा भी बंद हो गया।

फेनर ने दूसरा हथगोला निकालकर दरवाजे की ओर फेंका। एक धमाके के साथ ही केबिन जल उठा। ईंटों के टूटने और लकड़ी के जलने की आवाजें उस शांत वातावरण में गूंज उठीं।

फेनर ने रिवाल्वर की नाल ड्रम के ऊपर रखकर केबिन की ओर फायर किया। किसी ने टूटते केबिन से गोली का जवाब दिया। फेनर ने जल्दी से ड्रम लुढ़का दिया।

थोड़ी देर बाद किसी के चिल्लाने की आवाज सुनी— 'मैं मर रहा हूं, मैं बाहर आ रहा हूं, मुझे मत मारो।'

'अपने हाथ ऊपर उठाकर बाहर आ जाओ।' फेनर ने चिल्लाकर कहा।

जलते हुए केबिन में से एक आदमी बाहर आया। उसका चेहरा और हाथ फ्लाइंग गैस से जल गए थे। कपड़े चिथड़ों में बदल गए थे।

फेनर ने उसे देखते ही पहचान लिया। वह मिलर था। उसके होंठ फट गए थे, जिसने खून बह रहा था।

स्केफी दौड़कर फेनर के पास आ गया।

'उधर और कोई है?' उसने पूछा।

'दूसरे सब मर गए।' फेनर ने कहा और फिर अलेक्स से बोला— 'इसकी अच्छी तरह रखवाली करो।'

अलेक्स ने बूट की ठोकर मारकर मिलर को गिरा दिया और फिर उसे ठोकरें मारने लगा।

'इस तरह तो यह मर जाएगा, बस रहने दो। मैं इससे बात करना चाहता हूं।' फेनर ने अलेक्स को रोक दिया।

फेनर ने मोटर बोट की ओर नजर दौड़ाई। स्केलफनी उसके आदेश की प्रतीक्षा में था। उसने कहा— 'सब ठीक है, अब हमें आइसलैंड की ओर चलना चाहिए।' फिर उसने मिलर की ओर मुड़कर कहा— 'मैंने तुमसे पहले ही कहा था कि क्या होने वाला है। यह उसका प्रारंभ है। जल्दी बताओ थैलर कहां है? वरना मैं तुम्हें जले हुए केबिन में फेंक दूंगा।'

'विश्वास करो, मैं उसके बारे में कुछ नहीं जानता। वह यहां नहीं आया।' मिलर ने गिड़गिड़ाते हुए कहा।

'कोई बात नहीं, हम उसे देख लेंगे।' फेनर ने बड़ी लापरवाही से कहा।

स्केलफनी दौड़ता हुआ आया— 'सारे मोटर बोट डूब गए।'

थोड़ी देर तक वे इधर-उधर देखते रहे।

'इधर आओ गधे।' फेनर ने सख्ती से कहा और फिर उसके सिर से रिवाल्वर की नाल टिका दी।

'मुझे मत मारो, मैं जिंदा रहना चाहता हूं—मैं जिंदा रहना चाहता हूं।' मिलर चीखकर बोला।

सब लोग बोट पर पहुंच गए। फेनर मिलर को भी बोट पर ले आया। स्केफी ने इंजन स्टार्ट करते हुए कहा— 'मैंने हमेशा रात में काम किया है, लेकिन आज की रात तो मैं कभी भी न भूल पाऊंगा।'

फेनर ने सिगरेट सुलगाई औरएक कश लेकर बोला— 'मैंने कहा था न कि जब भी किसी पर अचानक आक्रमण किया जाए, तो सफलता मिलती है। ऐसा ही हुआ। अब जब कार्ल्स को पता चलेगा, तो उसके गुस्से की कोई हद न रहेगी और मेरे खिलाफ कदम उठाने में अब वह बिलकुल देर नहीं करेगा।'

मोटर बोट आइसलैंड की ओर चल पड़ी।

फेनर ने कहा— 'मेरे ख्याल से कार्ल्स के पास एक अच्छा गैंग था, लेकिन अब यह गैंग टूट चुका है। अलेक्स, उस आदमी को केबिन में ले आओ। मैं उससे बात करना चाहता हूं।'

अलेक्स गया और मिलर को ले आया।

'मिलर, सच-सच बताओ थेलर कहां मिलेगा? अगर तुमने नहीं बताया तो तुम्हें मैं समुद्र में फेंक दूंगा।' फेनर ने कहा।

मिलर ने खूनी आंखों से फेनर को घूरते हुए कहा— 'मैं नहीं जानता।'

फेनर अलेक्स की ओर मुड़कर बोला— 'अलेक्स, यह नहीं जानता कि थेलर कहां है।'

अलेक्स ने एक थप्पड़ मिलर के गाल पर मारा। मिलर केबिन के फर्श पर जा गिरा। उसने जल्दी से अपना हाथ कोट की जेब की ओर बढ़ाया, लेकिन फेनर ने लपककर उसका कोट पकड़ लिया और उसे खड़ा कर दिया। उसकी जेब से रिवाल्वर निकालकर बोला— 'उधर डेस्क के पास खड़े हो जाओ।'

मिलर की नजरें रिवाल्वर की नाल की ओर लगी हुई थीं, जिसका मुंह उसी की ओर उठा हुआ था। उसने गिड़गिड़ाकर नरमी से कहा— 'वह लीडलर की पत्नी के पास है।'

'तुम्हें उसके बारे में कैसे पता चला?' फेनर ने गुर्राकर पूछा।

मिलर दीवार से सटकर खड़ा हो गया। उसकी नाक से खून लगातर बह रहा था। उसकी आंखें रिवाल्वर की नाल पर ही लगी हुई थीं। उसने धीरे से कहा— 'व्यूसी ने फोन किया था।'

'व्यूसी ने?'

'हां।'

'तुम्हें कैसे पता चला?'

'थेलर ने मुझे फोन करके पूछा था कि वह औरत कहां छिपी हुई है। उसने यह भी कहा था कि नाइटेंगिल आ रहा है। मैं भी उसके पास पहुंच जाऊं।'

फेनर चालक कक्ष की ओर दौड़ा। उसने केजरिंस्की की ओर देखते हुए चिल्लाकर कहा— 'तेजी से वापस चलो केजरिंस्की। तेज और तेज स्पीड बढ़ाओ।'

केजरिंस्की ने स्पीड बढ़ा दी।

जब मोटर बोट कीबेस्ट में पहुंची, तो फेनर ने कहा— 'अलेक्स तुम मिलर को ले जाकर नोलिन के हवाले कर देना। उससे कहना कि इसे संभालकर रखे, बाद में इसे देखेंगे।'

'क्या इसे गोली मारकर समुद्र में नहीं फेंक सकते?' अलेक्स ने गुर्राकर कहा।

मोटर बोट तेजी से दौड़ी चली जा रही थी कि फेनर की नजर किनारे पर एक पेड़ की आड़ में खड़ी एक कार पर पड़ी। उसने चिल्लाकर कहा— 'जल्दी से नीचे झुक जाओ।'

सब लोग तेजी से नीचे झुक गए और तभी कार की खुली खिड़की में से एक फायर हुआ। फेनर ने जल्दी से रिवाल्वर निकाला और कार की ओर फायर कर दिया। सभी लोग

झुक गए थे, लेकिन न जाने क्या सोचते हुए मिलर खड़ा रहा था। कार में से एक शोला निकाला और मिलर के सीने के पार निकल गया। मिलर उछलकर बोर्ड पर जा गिरा।

स्केलफनी मोटर बोट से उतरकर धीरे-धीरे घुटनों के बल कार की ओर रेंगने लगा। फिर उसने आखिरी हथगोला निकाला और कार की ओर फेंक दिया। हथगोला कार की दूसरी ओर जा गिरा।

फेनर पागलों की तरह फायर करता हुआ सड़क के पार दौड़ा। कार में से निकलकर तीन आदमी बाहर आ गए थे। उनमें से एक के पास थामसन रिवाल्वर था। फेनर ने उस पर फायर कर दिया। स्केफी धीरे से उठा और उसने दूसरे आदमी पर गोली चला दी और फिर रिवाल्वर का दस्ता तीसरे आदमी के सिर में दे मारा।

उस आदमी ने फेनर की ओर घूमकर उस पर गोली चला दी। गोली फेनर के दाएं गाल को रगड़ती हुई निकल गई। गाल से खून बहने लगा। फेनर दौड़ता हुआ उसके पास पहुंच गया। उसने झपटकर उसकी कलाई पकड़ ली और जोर से झटका दिया। रिवाल्वर उसके हाथ से छूटकर नीचे गिर गया। फेनर ने ठोकर मारकर रिवाल्वर दूर फेंक दिया और उसके सिर में रिवाल्वर का दस्ता दे मारा।

फेनर जैसे ही सीधा खड़ा हुआ, एक कार दौडत्री हुई उसकी ओर आई और फिर उसमें से एक गोला निकला।

फेनर ने देखा, वह ब्यूक कार थी। वह लहराता हुआ कार की ओर मुड़ा। गोलियां उसके पैरों के पास गिर रही थीं स्केफी कवर करने की कोशिश कर रहा था, लेकिन कार से गोलियों की निरंतर वर्षा हो रही थी।

कार के पीछे से फेनर ने चार आदमियों को गोली से उड़ा दिया था। उसने बाईं ओर मुड़कर देखा—अलेक्स और केजरिंस्की बोट पर जा चुके थे।

मोटर बोट पर पहुंचते ही केजरिंस्की ने थामसन रिवाल्वर निकाला और अंधाधुंध गोलियां चलाने लगा। खामोश रात गोलियों की आवाज से थर्रा उठी।

अलेक्स और केजरिंस्की ने पोजीशन ले ली थी और वे बड़ी सावधानी से फायरिंग कर रहे थे। फेनर जल्द-से-जल्द बंगले में पहुंच जाना चाहता था। वह कार की आड़ लेता हुआ भागकर गली में घुस गया।

वह गली में थोड़ी दूर ही पहुंचा था कि पुलिस की सीटी की आवाज सुनाई दी। वह दौड़कर दूसरी गली में घुस गया। गली के दूसरे किनारे की ओर मैन रोड पर एक खाली टैक्सी खड़ी थी। फेनर ने दौड़कर टैक्सी का दरवाजा खोला और उछलकर अंदर जा बैठा। उसने ड्राइवर को बंगले का पता बताकर कहा— 'तेज चलो—और चलो।'

फेनर टैक्सी को सीधा बंगले पर नहीं ले गया। उसने टैक्सी बंगले से कुछ दूर रुकवा ली और टैक्सी का किराया चुकाकर तेजी से बंगले की ओर दौड़ा। बंगले में रोशनी हो रही थी। जैसे ही वह सामने की ओर से छोटे कमरे की ओर बढ़ा, उसने किसी को दरवाजे की ओर आते देखा। उसने जल्दी से रिवाल्वर निकाल लिया।

टोपी पहने एक लड़का फेनर के सामने आ खड़ा हुआ। उसने पूछा— 'क्या तुम मिस्टर डी. फेनर हो?'

'हां, टेलीग्राम मुझे दो।' फेनर ने कहा।

उसने एक लिफाफा और अपनी नोटबुक उसकी ओर बढ़ा दी और बोला— 'टेलीफोन की घंटी रही है। लेकिन शायद अंदर कोई नहीं है। कमरे में रोशनी भी हो रही है।'

फेनर ने लिफाफा अपनी जेब में रखा और सामने वाले दरवाजे की ओर बढ़ गया। वह दरवाजा खोलकर अंदर चला गया। ड्राइंगरूम में व्यूसी सामने की ओर कारपेट पर लेटा हुआ था। खून की पतली धार उसके सिर से बह रही थी। उसकी आंखें ठहरी हुई थीं। उसके खुले मुंह में से उसके पीले दांत दिखाई दे रहे थे। वह मर चुका था। किसी ने उसके सिर में गोली मारी थी।

हॉल में पहुंचकर फेनर आहट लेने लगा और फिर बैडरूम की ओर चला गया।

बैडरूम के दरवाजे पर कदम रखते ही वह ठिठककर रुक गया। सामने कुर्सी पर थेलर बैठा हुआ था। उसके चेहरे पर आश्चर्य की रेखाएं स्पष्ट दिखाई दे रही थीं। उसके मुंह से खून की पतली धार उसकी कमीज की ओर बह रही थी। उसकी आंखें बेजान थीं, वह भी मर चुका था।

फेनर समझ गया कि थेलर को उस समय गोली मारी गई होगी, जब वह दरवाजे की ओर मुंह किए कुर्सी पर बैठा होगा और शायद ग्लोरी से बात कर रहा होगा। तब थेलर का कोई परिचित व्यक्ति अंदर आया होगा। थेलर ने आश्चर्य से उसकी ओर देखा और आगंतुक ने बिना बोले ही उसे गोली मार दी होगी।

तभी ऐसी आवाज आई जैसे किसी ने कुर्सी खिसकाई हो। आवाज रसोईघर से आई थी। फेनर चुपचाप खड़ा रहा। कुर्सी खिसकने की आवाज फिर आई। फेनर रसोईघर की ओर चला गया। उसने धक्का मारकर दरवाजा खोला और रिवाल्वर लिए हुए रसोईघर में चला गया।

नाइटेंगिल रसोईघर में एक कुर्सी के पीछे खड़ा था। उसके हाथ में बिना आवाज का ऑटोमेटिक रिवाल्वर था, लेकिन जैसे ही उसकी नजर फेनर पर पड़ी, उसका हाथ ढीला हो गया। उसने एक हाथ से अपना पेट पकड़ रखा था, जिससे खून बह रहा था।

फेनर ने उसे पकड़कर कुर्सी पर बैठा दिया। नाइटेंगिल ने कहा— 'मुझे मत छुओ।' और फिर उसका मुंह लटक गया।

'मैं अभी डॉक्टर को लेकर आता हूं, तुम अपने आपको संभालो।' फेनर ने कहा।

कोई डॉक्टर मुझे नया पेट नहीं दे सकता।' नाइटेंगिल धीरे से बोला।

'क्या हुआ था?' फेनर ने जल्दी से पूछा।

'मैंने थेलर को गोली मार दी, तब व्यूसी मेरी ओर बढ़ा। मैंने सोचा—मैं उसे विश्वास में ले लूं। उसने मुझे पांच छड़ मारीं, इसलिए मैं उसे गोली मारने पर मजबूर हो गया। मैंने उसे गोली मार दी।'

'तुमने थेलर को क्यों मारा?' फेनर ने पूछा।

'उन्होंने क्यूर्ली को मार डाला। थेलर ने ही उसे मरवाया था। मैं कार्ल्स के पास भी जाना चाहता था, लेकिन अब न जा सकूंगा।' नाइटेंगिल की आवाज पतली हो गई थी। 'उन्होंने उसे इसलिए मार डाला, क्योंकि तुम और वह मेरे अधिक निकट आ गए थे।'

'लेकिन थेलर तो उसे अपने रास्ते से अलग करना चाहता था। वह अच्छी तरह जान गई थी। वह और मैं हम दोनों ही जानते थे। हम तुम्हारे बारे में भी जानते थे। ग्लोरी उसी के सहारे थी और उसका वह चीनी।'

'चीनी कौन?' फेनर ने जल्दी से पूछा।

'चोंग, जिसकी लाश तुम्हारे ऑफिस में रख दी गई थी।'

'तुम उसके बारे में जानते हो?'

नाइटेंगिल ने अपनी आंखें मूंद लीं। उसने अपना हाथ पेट पर कस लिया। उसने बड़ी कठिनाई से कहा— 'हां, मैं जानता हूं। कार्ल्स ने उसे अपने साथ मिला लिया था। ग्लोरी उसे धोखा दे रही थी। जब ग्लोरी को थेलर न्यूयार्क ले गया, तो चोंग भी आया था। वह कार्ल्स के लिए चिंक जुटाने का कार्य करता था। कार्ल्स ने सोचा—यह बेवकूफ ग्लोरी के चक्कर में है, इसलिए उसने उसकी निगरानी के लिए दो आदमी भेज दिए। उन्होंने उसे खोज निकाला और मार डाला। थेलर ही उसकी लाश तुम्हारे यहां छोड़ आया था।'

फेनर चुपचाप खड़ा था। 'वह चोंग की लाश मेरे ऑफिस में क्यों छोड़ गया था?'

'मैं नहीं जानता, वह गहरा खेल खेलना चाहता था।' नाइटेंगिल ने कहा। वह बहुत कठिनाई से बोल पा रहा था। हर शब्द अटक-अटककर बोल रहा था— 'कुछ घटनाएं न्यूयार्क के ट्रिप में घटी थीं और उन्हीं के कारण यह सब कुछ हुआ है।'

'चोंग? क्या ग्लोरी उसे चाहती थी?' फेनर ने पूछा।

नाइटेंगिल का दर्द बढ़ता जा रहा था, लेकिन वह चाहता था कि मरने से पहले वह सब कुछ बता दे, जो कुछ वह जानता है।

'वह उसके लिए पागल थी।'

'थेलर ने उसे गर्मी दी थी। मैंने—उसे—गोली—मार!'

फेनर ने देखा नाइटेंगिल गिर रहा है। वह आगे बढ़ा। लेकिन नाइटेंगिल कुर्सी से नीचे गिर गया। फेनर ने झुककर उसका सिर अपने हाथों में ले लिया।

नाइटेंगिल ने अटकते हुए कहा— 'क्रोटी—अच्छा—आदमी—है—तुम—उसे—बताना—मैंने—तुम्हारा—साथ—दिया है।

नाटेंगिल कुछ और कहना चाहता था, लेकिन कह नहीं पा रहा था।

'जरूर कहूंगा। मेरे लिए तुम बहुत अच्छे आदमी सिद्ध हुए हो।' फेनर ने जल्दी से कहा।

'कार्ल्स—का—पीछा—करो—वह—व्हिस्कीजोइज—भागा।'

वह आगे और कुछ न कह पाया। उसका सिर एक ओर को लुढ़क गया।

फेनर ने उसका सिर धीरे से फर्श पर रख दिया और खड़ा हो गया। उसने रूमाल से हाथ साफ करके जेब में से टेलीग्राम निकाला। उसमें लिखा था— 'मरने वाली औरत, जिसे तुम

मेरिन समझे थे, उंगलियों के निशानों की जांच के शब्द एंड्रयू लिंडसे की भागी हुई बताई गई है। शेष सभी तरह से वह मेरी नहीं मालूम होती है।'

– प्यूला

फेनर ने लिफाफा जेब में रख लिया और कुछ सोचने लगा।

'मेरा विचार है, इस केस को मैं अब जल्दी ही समाप्त कर दूंगा।'

उसने एक नजर नाइटेंगिल पर डाली और बंगले से निकल आया।

वह सोचने लगा— 'ग्लोरी कहां है? थेलर मर चुका है। वह फिर अकेली रह गई है। शायद वह नोलिन के पास हो। लेकिन नोलिन की अब उसमें कोई दिलचस्पी नहीं थी। जिस औरत ने तीन आदमियों को एक साथ शूट किए जाते हुए—देखा हो वह तत्काल कोई अच्छी योजना नहीं बना सकती। वह अपने अंदर कमजोरी महसूस करेगी। ऐसी हालत में वह उसी के पास जाएगी, जिसे वह अच्छी तरह जानती हो। वह नोलिन को जानती है। वह उसका पति है।'

वह मैन रोड पर आ गया था। उसने टैक्सी ली और ड्राइवर को नोलिन के जुआघर का पता बताया।

* * *

कुछ देर के बाद टैक्सी नोलिन के जुआघर के सामने पहुंचकर रुक गई। फेनर जब जुआघर के अंदर जाने लगा, तो दरवाजे पर खड़े दरबानों ने उसे घूरकर देखा। उसने उनकी नजरों की कोई परवाह नहीं की। वह हॉल में पहुंच गया, वहां दो कवने खड़े थे।

'नोलिन अंदर है?' फेनर ने नोलिन के ऑफिस की ओर देखते हुए पूछा।

'वह व्यस्त है।' एक कवने ने कहा और उसे रोकने की कोशिश करने लगा। फेनर ने उसे धकेलकर दूर हटा दिया और दरवाजा धकेलकर ऑफिस में चला गया।

नोलिन केजरिस्की और अलेक्स मेज के चारों ओर बैठे थे। बिना लेबिल की एक काली बोतल और गिलास उनके सामने रखे थे। उनकी उंगलियों में सुलगती हुई सिगरेट थीं।

उसे देखते ही नोलिन ने चिल्लाकर कहा— 'क्या कार्ल्स को समाप्त करने की योजना थी? स्केफी और स्केलफनी मारे गए। ये दोनों भी अगर भाग न आते तो मारे गए होते।'

फेनर नोलिन से इस समय झगड़ा करने के मूड में नहीं था। उसने अपने हाथ डेस्क पर टिकाकर नोलिन के चेहरे की ओर देखते हुए कहा— 'पाइप नीचे डाल दो। तुमने अभी-अभी मुझसे कहा है कि स्केफी और स्केलफनी मारे गए। तो क्या हुआ? बिना कुछ खोए कभी युद्ध लड़ा गया है। दो आदमी खोकर हमने उनकी सारी मोटर बोटें बेकार कर दीं। उनका आधार भी समाप्त कर दिया। थेल मर गया। नाइटेंगिल मर गया। मिलर मर गया। व्यूसी मर गया। छह-सात दूसरे आदमी मारे गऐ। क्या उनकी कोई कीमत नहीं?'

'थेलर—?' नोलिन ने शराबियों जैसी लड़खड़ाती आवाज में कहा।

'अब कार्ल्स और रेजर बचे हैं। उन दोनों को मैं भुगतूंगा।'

अलेक्स भी तैयार हो गया।

'व्हिस्कीजाइज कहां है?' फेनर ने कहा।

'वह नीगर बीच से लगा हुआ है।'

फेनर ने नोलिन से कहा— 'मैं कार्ल्स की खोज में जा रहा हूं। वापस लौटकर तुमसे कुछ जरूरी बातें करनी हैं। यह इस काम का अंतिम भाग है।'

और फिर उसने उन दोनों की ओर मुड़कर कहा— 'दो थामसन रिवाल्वर ले लो। हम व्हिस्कीजाइज जा रहे हैं, कार्ल्स वहीं है।'

अलेक्स ने कहा— 'अब हम तीन हैं। अब कार्ल्स हमारे हाथों से बच नहीं सकेगा।'

फेनर, केजरिंस्की और अलेक्स के साथ बाहर आ गया। अलेक्स ड्राइविंग सीट पर जा बैठा।

जब कार स्टार्ट होकर चल पड़ी, तब फेनर ने कहा— 'तुम लोग अपने-अपने रिवाल्वर लेकर तब तक बाहर रहना, जब तक कि तुम फायर की आवाज न सुनो और अंदर आने के बाद तक फायरिंग करते रहना, जब तक कि तुम यह न समझ लो कि अब सूट करने के लिए कोई नहीं बचा।'

अलेक्स बोला— 'यह एक अनोखी रात होगी।'

कार ड्यूवेल स्ट्रीट पर तेजी से दौड़ने लगी। ड्यूवेल स्ट्रीट आइसलैंड की लंबाई में फैली हुई थी। रास्ते में उन्हें कोई कार नहीं मिली। अलेक्स कार बहुत तेजी से ड्राइव कर रहा था। साउथ स्ट्रीट पर पहुंचकर कार की स्पीड कम करके अलेक्स ने कार दाईं ओर को मोड़ ली। साउथ स्ट्रीट के छोर पर पहुंचकर उसने इंजन बंद कर दिया।

व्हिस्कीजाइज नीगर बीच के कोने पर था।

फेनर कार के बाहर आया और सड़क पर आगे-आगे चलने लगा। वे दोनों उसके पीछे थे। उनके हाथों में रिवाल्वर थे।

फेनर बोला— 'क्या तुम्हें पता है कि इस मकान के पीछे क्या है?'

अलेक्स बोला— 'पीछे बीअर हाउस है, संभव है कार्ल्स वहीं हो।'

'हमें वहीं चलना चाहिए।'

'व्हिस्कीजाइज बार रात में बंद रहता है। अंधेरे में वह लकड़ी का ढेर मालूम होता है।'

अलेक्स बोला— 'इस पगडंडी से नीचे की ओर चलो।'

फेनर बोला— 'तुम दोनों यहीं रुको।'

वह पगडंडी के नीचे की ओर चल पड़ा। घना अंधेरा था। सड़ांध चारों ओर फैली हुई थी। फेनर चुपचाप दबे पांव बढ़ता रहा। पगडंडी के अंत में छोटा-सा चौराहा था। दाईं ओर मुड़कर पीछे की ओर व्हिस्कीजाइज था। वहां बस वही एक बिल्डिंग थी, जिसकी छत चौरस थी। वह छिपता हुआ आगे बढ़ गया।

दरवाजे में ताला लगा हुआ था। फेनर ने बहुत कोशिश की, लेकिन दरवाजा नहीं खुला। उसने बिल्डिंग के चारों ओर घूमकर देखा। उसे कहीं कोई खिड़की दिखाई नहीं दी।

बिल्डिंग के एक कोने पर दीवार के साथ लोहे का जीना था, जो अंधेरा होने के कारण दिखाई नहीं दे रहा था।

वह पगडंडी पर खड़े अलेक्स और केजरिंस्की के पास आ गया और धीमी आवाज में बोला— 'मेरा विचार है, हमने उसे खोज लिया है। बिल्डिंग में केवल एक दरवाजा है। तुम दोनों दरवाजे के पास जाकर लेट जाना और जैसे ही वह कसाई बाहर आए, अपना काम शुरू कर देना। इतना ध्यान रहे कि उसकी नजर तुम पर न पड़ने पाए। मैं ऊपर छत पर जा रहा हूं। कोई गलती मत करना।'

फेनर बिल्डिंग की सीढ़ियों पर पहुंच गया। आगे वाली हर सीढ़ी पर जाने के लिए बड़ी सावधानी बरतनी पड़ रही थी। उसने गिना, कुल चालीस सीढ़ियां थीं। आखिरी सीढ़ी पर पहुंचकर उसने सिर उठाकर देखा। छत के बीचोंबीच हल्की-सी रोशनी दिखाई दे रही थी।

वह धीरे-धीरे छत पर पहुंच गया। अपना हैट पीछे की ओर सरकाकर उसने उस कमरे की ओर देखा। कार्ल्स कमरे में था। रेजर भी वहीं था। एक आदमी और भी था, जिसे वह नहीं जानता था। कमरा बहुत नीचा था, गड्ढे की तरह।

कार्ल्स बिस्तर पर बैठा सिगार पी रहा था। रेजर लेटा हुआ था, उसका सिर दीवार की ओर था। दूसरा आदमी ऊंघ रहा था। फेनर छत के बीचोंबीच पहुंच गया था। कमरे की खिड़की शीशे की थी। फेनर अपने पैरों पर उचका और शीशा तोड़कर कमरे में कूद गया। कार्ल्स के सिगार की राख उसके मुंह पर गिर पड़ी। फर्श पर लेटे आदमी ने अपने रिवाल्वर की ओर हाथ बढ़ाया, लेकिन बेकार। वह इतनी नींद में था कि उसका हाथ रिवाल्वर तक पहुंच ही नहीं पाया कि फेनर ने उसे गोली मार दी।

कार्ल्स और रेजर जैसे जम गए थे। वे फेनर की ओर इस तरह देखने लगे, जैसे उस पर झपट पड़ना चाहते हों।

फेनर ने कार्ल्स से कहा— 'अब मैं तुम्हें जिंदा नहीं छोड़ूंगा। मैं तुम दोनों को मार डालूंगा, लेकिन मैं तुम्हें अपने हाथ से नहीं मारूंगा। तुम दोनों आपस में लड़ो, जो बच जाएगा, उसे छोड़ दूंगा। मैं उसे नहीं छुऊंगा।'

रेजर अचानक चिल्ला उठा— 'मैं इसे मार डालूंगा, तुम मुझे छोड़ दोगे?'

'हां।' फेनर बोला।

कार्ल्स ने रेजर को घूरकर देखते हुए कहा— 'ऐसा मत करो रेजर, मैं तुम्हारा बॉस हूं। तुम इसकी बातों में मत आओ।'

रेजर अपनी कुर्सी से धीरे से उठा। उसके चेहरे पर दृढ़ निश्चय झलक रहा था।

फेनर बोला— 'ठहरो, अपना मुंह दीवार की ओर करो।'

रेजर ने घूरकर फेनर को देखा। फेनर ने फिर कहा— 'अपने हाथ ऊपर उठाकर दीवार की ओर मुंह कर लो।'

रेजर ने वैसा ही किया। फेनर ने अपना रिवाल्वर उसकी पीछे की जेब पर अड़ा दिया— 'यहीं खड़े रहो, मुड़ना मत।' फिर वह कार्ल्स की ओर गया और उसकी कमीज पकड़कर उसे उठा लिया तथा बिस्तर पर धकेल दिया।

फेनर एक कोने में दीवार के साथ जा खड़ा हुआ। उसने कड़ककर कहा— 'देर क्यों कर रहे हो? क्या तुममें से एक अपने घर नहीं लौटना चाहता?'

कार्ल्स ने रेजर को घूरकर देखा। रेजर ने खूनी जानवर की तरह उसे घूरा और फिर आंखें मूंदकर कार्ल्स के ऊपर झपट पड़ा। कार्ल्स एक ओर मुड़ गया। उसने अपना सिर रेजर को मारा। रेजर ने कार्ल्स को बूट की ठोकर मारी। कार्ल्स रेजर को लेकर नीचे आ गिरा, तभी कार्ल्स ने अपनी उंगली रेजर की आंख में घुसेड़ दी। रेजर दर्द से चीख उठा। कार्ल्स को मौका मिल गया और उसने रेजर को अपने ऊपर से उठाकर नीचे पटक दिया। रेजर बेहोश हो गया।

'तुम भाग्यशाली हो कार्ल्स, लेकिन अभी रेजर जिंदा है। तुम इसे तब तक पीटो जब तक कि वह मर न जाए। जब रेजर मर जाए तो तुम भाग जाना।'

कार्ल्स रेजर पर टूट पड़ा और जब रेजर ने हिचकी लेकर अपनी आंखें हमेशा के लिए मूंद लीं, तो फेनर ने कहा— 'अब तुम जा सकते हो कार्ल्स।'

कार्ल्स ने दरवाजे को ठोकर मारी और दौड़ता हुआ बाहर निकल गया। फेनर ने उसके जीने से उतरने की आवाज सुनी।

अचानक दो रिवाल्वरों के फायरों ने रात की नीरवता भंग कर दी, लेकिन थोड़ी देर के बाद सब कुछ शांत हो गया।

फेनर अपना रिवाल्वर लिए खड़ा था। उसने एक सिगरेट सुलगाई और बोला— 'मेरा विचार है कि यहां का काम समाप्त हो गया। अब मुझे प्यूला के पास वापस लौट चलना चाहिए।

और फिर वह लोहे के जीने से धीरे-धीरे नीचे उतर आया। जैसे ही वह नीचे पहुंचा, उसने एक कार के स्टार्ट होने की आवाज सुनी। उस कार में अलेक्स और केजरिंस्की थे।

वह उस ओर गया, जहां कार्ल्स की लाश पड़ी थी। उसे संदेह नहीं रहा। उन दोनों ने अपना काम अच्छे ढंग से पूरा किया।

वे तीनों नोलिन के जुआघर की ओर चल पड़े।

फेनर जैसे ही नोलिन के ऑफिस में पहुंचा, नोलिन ने पूछा— 'क्या हुआ?'

'तुम्हारा क्या विचार है?' फेनर ने कहा— 'वे दोनों मर गए। अब तुम यह बताओ ग्लोरी कहां है?'

नोलिन ने अपना मुंह रूमाल से साफ करते हुए कहा— 'वे दोनों मर गए? मुझे विश्वास नहीं होता।'

फेनर ने फिर पूछा— 'ग्लोरी कहां है?'

'क्यों?' नोलिन ने अपना हाथ डेस्क पर रखते हुए पूछा।

'कहां है ग्लोरी?' फेनर को गुस्सा आ गया।

'ऊपर है, तुम उसे इस झगड़े से निकाल दो। मैं उसे अपने संरक्षण में ले रहा हूं।'

'क्या खूबसूरत आइडिया है।' फेनर गुर्राया— 'तुम कुछ नहीं कर सकते।'

नोलिन को................

नहीं लेना चाहता। कुछ भी हो, वह मेरी पत्नी है।'

फेनर ने अपनी कुर्सी पीछे सरकाई— 'पुराने उल्लुओं के समान आजकल के उल्लू नहीं हैं। मरने वाले ग्लोरी का मनीबैग और अब की नई ग्लोरी—क्या बात है?'

'अपनी बकवास बंद करो, फेनर। मैं इसे पसंद नहीं करता।' नोलिन ने कहा।

'मैं उस औरत से मिलने जा रहा हूं। बताओ कहां है वह?' फेनर ने पूछा।

'तुम उससे नहीं मिल सकते।'

'ठीक है, मैं उससे नहीं मिलूंगा, लेकिन याद रखो—मैं एक घंटे के अंदर-अंदर वारंट और अपने आदमी लेकर उसे गिरफ्तार करने आ रहा हूं।'

'तुम्हें उस ओर से कुछ नहीं मिलेगा। वह निर्दोष है।'

'जरूर, मेरे पास एक हत्या का सबूत है।'

'कैसी हत्या?'

'सब मालूम हो जाएगा। मेरे पास तुमसे बात करने के लिए समय नहीं है। अब मैं उससे या तो यहीं मिलूंगा या जेल में। उस औरत को मैं इस रास्ते पर नहीं चलने दूंगा।'

नोलिन का चेहरा आश्चर्य से फैल गया। उसने कहा— 'ऊपर दाईं ओर के कमरे में चले जाओ।'

'मुझे विश्वास नहीं है कि तुम यहीं बैठे रहोगे।' फेनर ने कहा और दरवाजा बंद कर दिया।

वह ऊपर दाईं ओर के कमरे के दरवाजे पर पहुंच गया। उसने हैंडल घुमाकर दरवाजा खोला और अंदर चला गया।

ग्लोरी कुर्सी से उठकर खड़ी हो गई। उसका चेहरा सफेद पड़ गया।

फेनर ने दरवाजा बंद किया और उसके सामने जा बैठा।

'हम दोनों थोड़े देर बात करेंगे।' फेनर ने कहा।

ग्लोरी कुर्सी पर बैठ गई— 'इस समय नहीं। बहुत रात हो चुकी है। मैं सोना चाहती हूं। मैं थकी हुई हूं। मैंने उससे कहा था कि किसी को भी ऊपर न आने दे।'

फेनर ने अपनी पीछे की जेब से सिगरेट-केस निकालकर उसमें से दो सिगरेटें निकालीं और उनमें से एक ग्लोरी की ओर बढ़ा दी।

'भाग जाओ यहां से।' ग्लोरी चिल्लाकर बोली।

फेनर ने एक सिरगेट सिगरेट-केस में रख ली। दूसरी सिगरेट सुलगा ली। फिर उसका धुआं छत की ओर छोड़ते हुए बोला— 'तुम और मैं थोड़ा देर बात करेंगे। पहले मैं और उसके बाद तुम।'

वह कुर्सी से उठी और दरवाजे की ओर जाने लगी, लेकिन फेनर ने झपटकर उसकी कलाई पकड़ ली। ग्लोरी उसका मुंह नोचने लगी। अपनी उंगलियों के नाखूनों से उसके चेहरे को खरोंचने लगी। फेनर ने एक हाथ में उसकी दोनों कलाइयां पकड़ीं और दूसरे हाथ से उसके गाल पर एक थप्पड़ मारा। और फिर उसके गाल पर थप्पड़ मारता ही चला गया।

छह-सात थप्पड़ मारने के बाद उसने ग्लोरी की कलाइयां छोड़ दीं और बोला— 'बैठ जाओ।'

वह कुर्सी पर बैठकर अपने गाल को सहलाने लगी।

'आज मैं तुम्हें एक और कहानी सुनाऊंगा।' फेनर ने कहा।

'मैं जानती हूं कि तुम क्या सुनाओगे। मैं उसे सुनना नहीं चाहती।'

'जब कार्ल्स ने चोंग को मार डाला तो तुम्हारा जीवन कैसे ठहर गया। तुम्हारी दृष्टि में जीवन का कोई महत्व ही नहीं रहा, क्यों ठीक है न?'

'हां।' ग्लोरी ने अपना गाल सहलाते हुए कहा।

'थेलर और तुम न्यूयार्क घूमने गए थे। तुम और चोंग काफी दिनों से नहीं मिले थे, इसलिए चोंग भी न्यूयार्क पहुंच गया। जब थेलर किसी काम में व्यस्त था, तुमने चोंग को देख लिया। कार्ल्स ने उस पर नजर रखने के लिए दो कवने भेज दिए थे। उन्होंने उसे खोजकर मार डाला, ठीक है न?'

'वे रात में आए थे। चोंग मेरे साथ ही था। उनमें से एक ने मुझे पकड़ लिया और दूसरे ने उसका गला काट डाला। मैं कुछ न कर सकी, लेकिन मैंने मन-ही-मन यह निश्चय जरूर कर लिया कि मैं इसका बदला जरूर लूंगी।' ग्लोरी ने डूबी हुई आवाज में कहा।

'तुम अच्छी औरत नहीं हो, इसलिए मुझे दुःख नहीं हो रहा। अगर तुम अच्छी होतीं तो कभी का बदला ले चुकी होतीं।'

ग्लोरी रोने लगी।

फेनर ने कहा— 'थेलर को एक नया खिलौना मिल गया। लिंडसे नाम की एक लड़की से उसकी भेंट एक पार्टी में हुई थी। वह उसे चाहने लगा था और फिर किसी तरह उसे अपने घर ले आया था। मैं अनुमान लगा सकता हूं कि फिर क्या हुआ होगा। उसने उसे बाद में मरवा डाला। तुमने उस लड़की की लाश देखी। उसके शरीर के टुकड़े-टुकड़े कर दिए गए थे। बताओ, अब तुमने क्या किया?'

'तुम सब कुछ जानते हो, फिर मुझसे क्यों पूछते हो?' ग्लोरी बोली।

'तुम मेरे पास क्यों आई थीं?'

'मैंने तुम्हारे बारे में सुना था। मैंने सोचा हेरी को न नचाने और कार्ल्स को फंसाने का बहु अच्छा मौका है। मैंने सुना था कि तुम किसी काम को अपने हाथ में लेने के बाद उसे अधूरा नहीं छोड़ते। मैंने काली पोशाक पहनी और तुम्हारे पा चली गई। मैं सोचती थी कि यदि...।'

'तुम मेरे पास मेरिन डिले के नाम से आई थीं। तुमने कहा था कि तुम्हारी छोटी बहन कहीं गुम हो गई है। तुमने सोचा था कि अगर मैंने केस ले लिया तो मैं एक-न-एक दिन कार्ल्स तक पहुंच जाऊंगा। तुमने मुझे संकेत किया था। 'बारह चीनी, क्योंकि कार्ल्स के आदमी क्यूबा से हमेशा एक दर्जन चीनी लाते हैं। तुमने थेलर के साथ मिलकर योजना बनाई और लिंडसे के शरीर के टुकड़े-टुकड़े कर दिए। हाथ-पैर और सिर कटी लाश वहीं रखी, जहां

मैं जा सकूं और जब मैं उसे पाऊं तो यही समझूं कि यह मृत शरीर मेरिन डिले का ही है, जबकि डिले का कोई अस्तित्व ही नहीं था।

'थेलर ने तुम्हारी पीठ पर निशान बनाए और जब तुम मुझसे मिलने आई थीं, मुझे थेलर ने फोन किया था। यह तुम्हारे लिए कपड़े उतारने का संकेत था। निशान देखकर मैं वास्तव में प्रभावित हो गया। वे निशान बहुत अच्छे थे। थेलर ने वास्तव में गलती की थी।

'वह चाहता था कि मृत शरीर को मकान से बाहर ले जाया जाए। वह चाहता था कि तुम मुझसे मिलकर जितनी जल्दी हो सके, वापस लौट जाओ ताकि डॉक्टर की रिपोर्ट के अनुसार मृत्यु के समय में गड़बड़ न होने पाए। तुम्हारे मिलने के अगले दिन मैं उस मकान में नहीं पहुंच पाया और थेलर अपने कवनों को साथ लेकर चोंग की मृत देह मेरे ऑफिस में छोड़ गया, ताकि मैं पुलिस के हाथों गिरफ्तार हो जाऊं।'

कुर्सी पर बैठी ग्लोरी आश्चर्य से सुन रही थी।

'हां, थेलर का यह विचार गलत था। मैं उसे बहुत समझाया करती थी। मेरे पास प्लान बनाने का समय नहीं था, लेकिन मैं यह जरूर सोचती थी कि किसी तरह थेलर का दुर्भाग्य लाया जाए। मैंने तुम्हें छह ग्रांड दिए, क्योंकि मुझे विश्वास था कि तुम केस जरूर ले लोगे। जब तुम्हारी सेक्रेटरी मुझे होटल में ले गई, मैं चुपके से खिसक गई। मेरिन डिले का यहीं अंत हो जाता है। मैं हैरी के साथ कीवेस्ट आ गई और तुम्हारे आने का इंतजार करने लगी। थेलर ने कवनों से कहा था कि मृत शरीर को ग्रांड सेंट्रल से टैंक में फेंक दें।'

'इस बात का कोई महत्व नहीं है। तुम मेरे पास अगर कार्ल्स के बारे में स्पष्ट बता देतीं, तो मैं इसी तरह काम करता, जिस तरह अब किया है।'

'तुम इस तरह बात कर रहे हो, जैसे वह मर चुका है।'

'हां, वह मर चुका है। तुम भाग्यशाली हो, जो गलत काम के लिए भी अच्छी योजना बना लेती हो।'

ग्लोरी ने लंबी सांस ली। वह कुछ कहना चाहता थी कि फेनर बोल उठा— 'वह आदमी, जिसने लिंडसे की लड़की की हत्या की थी, मारा जा चुका है। तुम मेरी मुवक्किल हो। संभव है लिंडसे को थेलर के बारे में पता चल गया है। उसने मुझसे सहायता मांगी थी, लेकिन मैंने कोई सहायता नहीं की। जो भी हो, तुमने मुझसे संपर्क स्थापित किया और मैंने अपना काम किया। अब तुम फिर नोलिन के साथ अपने संबंध स्थापित कर सकती हो। मुझे तुम में या नोलिन में कोई दिलचस्पी नहीं है। तुम्हारे साथ क्या बीतेगी, मुझे इससे कोई सरोकार नहीं।'

वह उठा और तेजी से बाहर निकल गया।

नोलिन हॉल में खड़ा था। जब फेनर सीढ़ियों से उतरा तो उसने नोलिन में कोई दिलचस्पी नहीं दिखाई।

वह सड़क पर आ गया और पान अमेरिकी एयरपोर्ट की ओर चल दिया।

* * *

www.ingramcontent.com/pod-product-compliance
Lightning Source LLC
LaVergne TN
LVHW062033051026
849518LV00013B/975
9789356848207